L'ultima estate di Billy Morgan

Alan Risi

Copyright © 2024 Alan Risi. All rights reserved.

A mio padre.

E a Billy Morgan, ovunque sia ora.

383

*"Noi siamo come farfalle
che sbattono le ali per un giorno,
pensando sia l'eternità"*

(Carl Sagan)

...ather la-
...at. I have
...the Elsimore and
...esting indeed.
...the fate of the
...ll aire, two important

...enton appeared with I b
...his hand, caught in his Hum
... Mary. I took the band in
...sparrow size, opened it some,
...it of it making it smaller
...ut unpuring the numbers in it.
...est care we got the band on
...the little bird and it slipped
...own. Then we took the bird
...e piassa and Prof Enerton opened
...e and off she went with a whirl.
...n help but of the bird during the
...ays. The little was not in
...urt, and I feel sure that
...recover from the experience
...d from again? I
...ne a good job.

PROLOGO

Era caduta parecchia neve quella mattina di dicembre, a Cedarbrook; fiocchi grandi come palline da golf che, nel volgere di poche ore, avevano imbiancato tetti e davanzali.
Quella domenica Charlie Marsh si era svegliato di buonora, lasciando che sua moglie Madison continuasse a dormire, tutta raggomitolata fra il suo amato piumino Kauffman e due cuscini di velluto blu; saldo nel suo proposito di non fare il minimo rumore, era sgusciato fuori dalle coltri, per poi dirigersi con passo lieve verso la finestra.
Il signor Walsh, un tizio allampanato che ogni sera annunciava le previsioni del tempo sulla NBC, si era detto sicuro che la cittadina si sarebbe risvegliata sotto una fitta nevicata e, per una volta, ci aveva visto giusto.
Così, a Charlie, bastò scostare appena un angolino della tenda per sentirsi rinfrancato dalla pacifica visione di una Cedarbrook mai così incantevole, dove ogni cosa – dalle peonie della signora Cook sull'altro lato della strada, alla vecchia bicicletta del signor Seymour, appoggiata allo steccato – era accarezzata da quel soffice strato di cristalli che, come zucchero a velo, planavano dal cielo tratteggiando improbabili percorsi.
Charlie Marsh, per dirla tutta, avrebbe di gran lunga preferito restare a letto ancora un po', ma il dannato ticchettio del suo orologio biologico gli aveva fatto spalancare gli occhi alle 06:30 precise – come accadeva ogni giorno da ormai ventitréanni – e non c'era stato verso di riprendere sonno. D'altro

canto, è risaputo come le vecchie abitudini siano particolarmente refrattarie a morire.
Per gran parte della sua vita aveva lavorato all'agenzia immobiliare Stevenson & Son; il proprietario, Alfred, lo aveva assunto con la promessa che, se si fosse impegnato abbastanza, gli avrebbe offerto la possibilità di diventare socio. Il buon Charlie stava ancora aspettando che accadesse. Ad ogni modo, lui mica se l'era presa a male; non era proprio il tipo da serbare rancore a qualcuno.
Non c'era mai stato un singolo giorno che si fosse presentato a lavoro in ritardo, o che avesse fatto storie per sostituire un collega malato; Charlie aveva a cuore quel che faceva ma, ancor più di questo, avvertiva il bisogno viscerale di sentirsi benvoluto dalla comunità. Tutti l'avevano sempre considerato un uomo affabile, mai parco nel regalare una buona parola a chi ne avesse avuto bisogno.
In chiesa lo si vedeva tutte le domeniche, puntuale alla funzione delle 16:00, e quando capitava di incontrarlo per le strade del paese, lui era sempre il primo a salutare, offrendo di buon grado un sorriso anche a chi conosceva a malapena.
Eppure persino Charlie Marsh aveva i suoi giorni neri, anche lui a volte si sentiva solo, ma provava a tener distante il pensiero delle proprie amarezze, occultandole in un anfratto dimenticato del suo cuore; e tanto era bravo a far finta d'esser sempre felice che spesso s'ingannava, riuscendo a crogiolarsi in quell'effimera illusione di vivere la vita ch'aveva sempre ostinatamente inseguito, anche nelle rare occasioni in cui chiunque – tranne lui – si rendeva conto di come un alone di malinconia velasse il suo sguardo, che sempre più spesso annaspava nel vuoto e nei ricordi.
«Sarà la crisi di mezza età!» borbottava Madison, mettendocela tutta per farsi sentire, ogniqualvolta le capitava di

sorprendere il marito assorto e imbronciato, mentre osservava rapito il volo degli uccelli migratori, oltre la finestra del suo studio. Charlie non si risentiva, in fondo era pur vero che stesse invecchiando.

Se ne rendeva conto ogni giorno, in particolare al mattino, quando soffermandosi con aria stanca davanti allo specchio del bagno, scrutava con crescente preoccupazione l'attaccatura dei capelli che pareva recedere a ritmo impietoso; per non parlare di quei solchi che gli scalfivano il volto, sempre più marcati, o di quel torpore vigliacco che ogni sera sembrava coglierlo a tradimento, facendolo cadere in un sonno profondo prima ancora che la tv via cavo proponesse il palinsesto del prime time.

Ma non era solo il timore di incontrare quello sconosciuto nello specchio a rendere più fiacco ogni risveglio; fosse stato unicamente per il grigio sulle tempie, o per le ginocchia che scricchiolavano prima di ogni temporale, Charlie avrebbe anche potuto tollerarlo.

Quel che davvero lo consumava era l'angosciosa percezione di non aver vissuto appieno; intendiamoci, non che avesse qualche ragione in particolare per cui avvertisse il bisogno di lagnarsi. Eppure, la sensazione d'essere incompiuto pareva ben lungi dal mollare la presa.

E dire che, in tempi recenti, Charlie si era tolto le sue belle soddisfazioni. Dopo anni di sacrifici, la famiglia Marsh era finalmente riuscita a lasciarsi alle spalle il vecchio, micragnoso appartamento in affitto, per stabilirsi in un'incantevole villetta a due piani con tanto di giardino e dépendance; si trovava proprio all'incrocio fra Cherry Street e Liberty Lane – in una bella zona residenziale riconoscibile per il lungo viale incorniciato da alberi di ciliegio – e quando Charlie si era presentato in agenzia per fare la sua offerta, non c'era stato un solo abitante di Cedarbrook che non avesse provato un po' di invidia. Per non parlare di quando, in occasione del suo cinquantesimo compleanno, Charlie Marsh era saltato giù dal letto alle prime luci dell'alba, come sputato fuori da un geyser, colto dall'improvvisa smania di regalarsi una scintillante familiare color argento metallizzato, una di quelle diavolerie giapponesi con il motore elettrico e l'assistente vocale.

A dir la verità, lui nemmeno ci si raccapezzava in tutta quella tecnologia e le auto non lo avevano mai interessato un granché, ma se solo aveste potuto ammirare l'espressione attonita dei suoi colleghi d'ufficio il giorno in cui lo videro arrivare a bordo di quel gioiellino, capireste il motivo per cui Charlie avesse sempre considerato quella vettura un ottimo investimento.

Comunque sia, la cosa che più di ogni altra lo rendeva orgoglioso era l'esser riuscito, contro ogni pronostico, a sposare la donna che aveva sempre amato, la stessa che frequentava sin dai tempi della Mercer County High School.

E fu proprio a ridosso di quegli anni che Madison rimase incinta. Avvenne così, dalla sera alla mattina, che Charlie Marsh – il ragazzino tutt'ossa con il naso pieno di lentiggini – dovette smettere di fare a pugni con l'idea di diventare grande, perché presto avrebbe avuto una famiglia di cui prendersi cura. Una famiglia tutta sua.

Quando alla fine arrivò Caroline – un fagotto con i capelli giallo canarino e le gote perennemente arrossate – Charlie si era già da tempo assuefatto ai ritmi soporiferi della sua nuova routine; non che non gli fosse pesato il dover sostituire un promettente percorso accademico con intere giornate trascorse in un claustrofobico ufficio alla Stevenson & Son, ma mica poteva avvelenarsi l'animo, a che sarebbe servito? Ormai

era andata, punto, e non ci mise poi molto a farsene una ragione.
In fondo, ogni volta che rincasava dopo una giornata di lavoro, qualsiasi malinconia svaniva in un batter di ciglia, giusto il tempo di scorgere sua figlia scapicollarsi giù per le scale di casa, a braccia protese, entusiasta nel vederlo rientrare.
E a quei tempi non gli importava che, in vita sua, fosse a malapena riuscito a mettere il naso fuori da Cedarbrook, perdendo ogni occasione di vedere quel mondo che aveva sempre e solo immaginato; e nemmeno faceva troppo caso ai suoi colleghi che, quasi ogni settimana, arrivavano al lavoro sfoggiando un nuovo completo, mentre lui era costretto a destreggiarsi fra un paio di cambi economici e il vestito della domenica.
Fu con l'arrivo di Judith, avvenuto dodici anni dopo la prima gravidanza di Madison, che le sicurezze di Charlie Marsh cominciarono a scricchiolare un tantino.
Non accadde di punto in bianco, anzi. Si potrebbe tranquillamente affermare che fu lento e malinconico il processo che lo condusse a domandarsi, sempre più di frequente, quale razza di perverso sortilegio avesse trasformato quell'adorabile bambina dai boccoli biondi in una diciassettenne perennemente arrabbiata, che a stento lo salutava.
I pesci rossi, al contrario, non gli avevano mai creato problemi; loro sì che sapevano stare al mondo! Charlie adorava restarsene imbambolato lì, col naso quasi appiccicato al vetro, a rimirare l'acquario da centoventi litri che aveva fatto installare nel suo studio; trascorreva ore in quella stanza, osservando i sassolini color avorio e il verde acceso delle piantine artificiali, mentre quelle bestioline si inseguivano impetuose fra i meandri delle rocce ornamentali.

Era quello il suo luogo di pace, quelli i momenti che preferiva; in particolare la sera, mentre Madison e Judith dormivano, quando le luci al neon gettavano un bagliore soffuso sull'acqua appena increspata. Nella solitudine di quel silenzio ovattato, Charlie Marsh riusciva ancora a sorridere e sognare, tanto che non era raro trovarlo al mattino seguente, assopito sulla sua vecchia poltrona di cuoio.

Anche quella domenica Charlie la cominciò pensando ai suoi pesci; dopo aver indossato la vestaglia di flanella e le pantofole imbottite, si catapultò al piano di sotto per adagiare un po' di mangime a pelo d'acqua. Fatto questo, ciondolò verso la cucina, intenzionato a preparare la colazione per Madison; ad attenderlo nel forno c'era un'invitante torta al cioccolato, gentile omaggio della signora Obermeyer, una vecchietta ingobbita che abitava proprio in fondo alla strada. Una settimana sì e l'altra pure, quella donna dallo sguardo languido e dai modi spigolosi, si presentava alla porta di casa Marsh con qualche prodotto fatto in casa. E sia chiaro: a Charlie la cosa non dispiaceva per niente.

Conosciuta da tutto il vicinato con il poco elegante appellativo di "zitella", trascorreva le sue giornate preparando dolciumi che non avrebbe mai consumato e portando a spasso Mr. Coffee, il suo Chihuahua, uno scontroso botolo tripode, con il muso perennemente contratto in una smorfia minacciosa.

«Vai da qualche parte?» domandò Charlie Marsh, senza distogliere lo sguardo dalla tazza di caffè nero bollente che andava riempiendosi. Quella scapestrata di Judith se la stava dando a gambe di primo mattino, chissà con quali grilli per la testa; Charlie la sorprese appena in tempo – scorgendo il riflesso delle sue unghie glitterate con la coda dell'occhio – proprio mentre era intenta a sguscciar fuori dalla soglia di casa sperando di non esser notata.

Lei, vedendosi scoperta, s'arrestò sull'uscio con espressione piuttosto contrariata, lasciando che spifferi d'aria gelida si intrufolassero in casa.

«Viene a prendermi un amico. La mamma sa tutto» biascicò di malavoglia, con il piglio arrogante di chi riteneva superfluo sprecare troppi dettagli. La mamma sa tutto, e questo doveva bastare.

A casa Marsh comandavano le donne, ormai. Charlie, già da un bel pezzo, conviveva con la sgradevole sensazione d'aver la stessa importanza di un vecchio suppellettile, uno di quelli di cui la gente solitamente si sbarazza per pochi dollari, proponendoli in mezzo ad altro ciarpame su qualche bancarella improvvisata.

«A quest'ora?» ebbe la forza di obiettare, mentre gettava un'occhiata severa al quadrante malconcio del suo orologio da polso, un vecchio Waltham a carica manuale col vetro pieno di graffi.

«Sì, a quest'ora. C'è altro?» rintuzzò Judith, masticando il chewing gum a bocca aperta.

Charlie Marsh fu colto da un'atroce sospetto. «Dimmi una cosa… Chi sarebbe questo amico che passa a prenderti?» domandò, irrigidendosi un tantino. «Non sarà mica quel Teddy… Bobby… Com'è che si chiama?»

«Lenny» ringhiò la ragazzina, a muso duro.

«Proprio lui. Sai, scusa se te lo dico ma non mi piace per niente quel ragazzo…»

«E chissenefrega!» cantilenò lei, facendo sbattere platealmente la porta e incamminandosi a passo svelto, schivando con destrezza le goccioline di pioggia mista a ghiaccio.

«Ecco…» mormorò Charlie, allargando le braccia sconsolato. «Fine della conversazione». Per quale motivo, quella ragazza, provasse un sadico gusto nel contestare qualsiasi sua regola o divieto, proprio non sapeva immaginarlo.

Così, dopo aver sistemato sul vassoio due abbondanti fette di dolce e altrettante tazze di caffè, arrancò tutto pensieroso verso la camera da letto, dove trovò sua moglie con l'espressione imbronciata di chi si era svegliato da poco.

«Buongiorno» mormorò, appena lo vide, accoccolandosi di nuovo fra le lenzuola.

Charlie non spiccicò parola. Accigliato e incupito, adagiò delicatamente il vassoio sul letto, afferrò due zollette di zucchero e le fece tuffare nel caffè fumante con un agile movimento del polso; quindi, a capo chino, prese a mescolare nervosamente.

«Tu lo sapevi?» chiese infine, nel porgerle la tazza.

«Di che parli?»

«Judith. Sapevi avesse appuntamento con quel tipo?»

«Ti riferisci a Lenny?»

«Sì, Madison. Ovviamente. Mi riferisco a *Lenny*» replicò Charlie, masticando quel nome come fosse un insulto. «Mi pareva di aver chiarito che non voglio frequenti nostra figlia».

Madison non si scompose; addentò la fetta di torta e buttò giù un sorso di caffè, prima di rispondere.

«Che ha che non va?» domandò, scrollando le spalle, come non riuscisse proprio a comprendere la ragione di quel disagio.

«E me lo chiedi pure? Se ne va in giro con quei capelli rasati solo da un lato della testa e quel mezzo sorriso sempre stampato in faccia. Mi dà i brividi, sembra Harvey Dent. Hai notato come se la ride, quando mi saluta? "*Salve, signor Marsh… Come butta?*"» biascicò Charlie, tentando un'imitazione piuttosto malriuscita. «Ci avrai fatto caso, no?!»

«E allora? A me sembra solo che provi ad essere gentile…»

«Figuriamoci. Tu non li conosci i tipi come quello…».

Charlie Marsh pareva affranto, tanto che nemmeno aveva toccato la sua fetta di torta. Ed è bene precisare che lui, per i dolciumi, ha sempre avuto una vera e propria passione.
«Ok, Charlie. Vuoi sapere cosa penso? Secondo me quel ragazzo non c'entra nulla con la tua luna storta. Dai, dimmi qual è il vero problema…».
Lui ci pensò un po' su, come quei ragazzini che s'arrovellano davanti a una lavagna, provando disperatamente a indovinare il risultato esatto d'una equazione.
«È che Judith non mi rispetta» mormorò, una volta decisosi a sputare il rospo. «Avessi visto com'è andata via, sbattendo la porta…».
Madison non poté fare a meno di lasciarsi scappare un sorriso, nel sorprendere suo marito tutto intento a stropicciare il lenzuolo fra le mani, nel tentativo di sfogar la frustrazione.
«Questo non è vero…» lo rassicurò, carezzandogli il volto. «Judith ha diciassette anni… Troverei strano se non provasse a contestare la tua autorità. Ricordi come eravamo noi, alla sua età?».
A Charlie Marsh non pareva un paragone particolarmente felice, proprio no. Lui, a diciassette anni, trascorreva ogni fine settimana assemblando e dipingendo modellini di treni, e mai si sarebbe sognato di rispondere male a suo padre. Erano tempi in cui il massimo della ribellione era tornare alle 22:30 invece che alle 22:00.
«Certo, per te è facile recitare la parte della madre comprensiva, dal momento che sono sempre io il bersaglio del suo odio!» protestò Charlie, con le labbra contratte in una smorfia di disappunto. Lei quasi trasalì nel sentir quelle parole.
«Ma Judith non ti odia affatto, non dirlo nemmeno per scherzo…» obiettò, stringendo la mano di Charlie fra le sue.

«È solo una fase… Vedrai, passerà presto! Fra qualche anno riderai, ripensando a questi giorni!»
«Tu dici?».
Charlie Marsh, per un istante, si sentì rinfrancato nel seguire con lo sguardo i lineamenti di Madison, illuminati dalla luce tenue del mattino. Adorava quel suo modo di sistemarsi la chioma in uno chignon – che la faceva apparire bellissima e in ordine quando chiunque altro sarebbe sembrato sciatto – e riusciva ancora a innamorarsi, dopo tanti anni, ogniqualvolta notava una ciocca impertinente divincolarsi dalla stretta, scivolandole inaspettatamente sul viso.
Spesso si domandava cosa mai ci avesse trovato quella ragazza così popolare – con gli occhi verde oceano e la pelle che profumava di albicocca anche dopo l'ora di ginnastica – in uno smilzo che si era sempre considerato invisibile, per il quale il divertimento più grande era trascorrere il sabato sera chiuso nella sua stanza, al buio, osservando le costellazioni con un vecchio Schmidt-Cassegrain, ricevuto in regalo dal nonno materno. Per dirla tutta, talvolta capitava che puntasse l'obiettivo un po' più in basso – proprio all'altezza della finestra di Sheila Peterson, che abitava qualche isolato più in là – ma questa è un'altra storia, che ci guarderemo bene dall'approfondire.
«Ma sì, forse hai ragione» concluse, deciso a lasciar da parte tutti quei pensieri foschi e arruffati, che altro non facevano che rendere le sue giornate sempre più grigie.
Nella quiete di quella domenica mattina, Charlie Marsh stabilì che avrebbe fatto del suo meglio per riacciuffare la serenità che, da un po' di tempo, sembrava volesse a tutti i costi sfuggirgli dalle mani, come una saponetta bagnata nelle docce di un penitenziario; così rilassò le spalle, liberò la testa da ogni cruccio e ricambiò il sorriso di sua moglie, convinto che presto le cose avrebbero ricominciato a scorrere per il verso

giusto. Poi, d'un tratto, nel rendersi conto che Madison non smetteva di fissarlo, finì per farsi sospettoso.
«Lo sapevo!» sbottò, levandosi la vestaglia in un moto di stizza e precipitandosi di fronte allo specchio del bagno.
«Cosa» borbottò lei, strabuzzando gli occhi.
«Oh, lo sai bene…»
«Cosa dovrei sapere, non ne ho proprio idea!»
«Dai, ho visto come mi guardi. Gesù Cristo, che disastro…» piagnucolò il buon Charlie, passandosi le dita fra i capelli spenti e increspati. «Stanno diventando tutti bianchi! Forse dovrei tingerli, che ne pensi?»
«Senti, non ricominciare…» si lamentò Madison, avvilita. «Non dividerò il mio letto con un sessantenne che macchia il cuscino quando suda!»
«Grazie tante, molto comprensiva… La tua empatia mi commuove! E comunque ne ho solo cinquantatré!» precisò lui, scuotendo la testa, per poi convincersi che sarebbe stato consigliabile cambiare argomento. «Sai, sta nevicando… Penso sia la giornata ideale per finire il mio plastico! Sì, credo che mi chiuderò in casa con una bella cioccolata calda, i miei utensili e un disco dei Boston. Riesci a pensare a qualcosa di meglio? Io no di certo…».
Charlie Marsh si illuminava sempre in volto quando parlava del suo plastico. Aveva avuto la brillante idea di sfruttare le proprie abilità manuali per creare una Cedarbrook in miniatura, nell'intimità della sua amata taverna. C'era proprio tutto: le casette, le stradine, l'antica chiesa di San Berengario e la piazza principale del paese, con l'edicola del signor Pratt e la graziosa caffetteria della signora Davies, con i suoi tavolini color ciliegia.
Tutte le volte che i Marsh ricevevano ospiti, Charlie non mancava mai di condurli dabbasso per esibire la sua creazione,

illustrando nei dettagli ogni minimo progresso. A dir la verità, in pochi si mostravano particolarmente entusiasti, e quasi nessuno riusciva a comprendere i motivi per cui quell'uomo di mezza età amasse così tanto perdersi fra microscopici edifici e vasetti di colori acrilici.

A Charlie, comunque, non importava. Lui era orgoglioso della sua Cedarbrook in miniatura, non gli interessava che gli altri capissero o approvassero. In quel piccolo mondo che, a dispetto degli anni, restava bellissimo e immutabile, lui riversava i suoi ricordi più cari; erano tutti lì, cristallizzati nel tempo. Così, ogni volta che osservava la macelleria degli O'Sullivan – una coppia di irlandesi trapiantati che, ogni due settimane, riusciva a farsi spedire dalla madrepatria della pregiatissima carne di Black Angus – si rammentava di tutte le occasioni in cui sua nonna Gladys lo spediva a comprare il macinato, perché a casa Marsh era tradizione che si mangiassero polpette ogni prima domenica del mese.

Poi, immaginando di ripercorrere lo sterrato di Aldrich Road, si ritrovava a fantasticare ripensando ai pomeriggi trascorsi al Blue Pond Park, dove il perpetuo squittio degli scoiattoli si confondeva con le risate dei bambini intenti a rincorrere lucertole.

In quei momenti, non poteva fare a meno di tornare con la mente alla Stanton, la sua vecchia scuola, che rimaneva poco distante; un edificio rosso con gli infissi bianchi e due campi da basket all'aperto, fin troppo grande per una cittadina che, dagli anni trenta in poi, aveva visto più gente andare che venire. La Stanton fu demolita nel 1997 in favore di un centro commerciale. Charlie, però, nel suo plastico ce l'aveva messa lo stesso.

L'unica parte che non aveva mai completato era l'area del cimitero di St. Matthew; da anni andava ripetendo che presto o tardi ci avrebbe messo le mani, ma finiva sempre per trovare qualche scusa per non farlo. Forse lo intristiva l'idea di tornare con la mente a chi aveva perduto lungo il percorso, o magari, sotto sotto, era proprio la prospettiva di terminare una volta per tutte il suo plastico a immalinconirlo.

«Non ci provare, Charlie!» rimbrottò Madison, alzandosi e allungando il collo per dare una sbirciatina fuori dalla finestra. «Sono tre mesi che mi prometti di riordinare la soffitta! Tre mesi! Direi che è ora tu mantenga la promessa o ne resterò molto delusa…».

Charlie Marsh tirò un lungo sospiro e si strinse nelle spalle.

«Ma Madison…» piagnucolò, desolato.

«Niente "ma", Charlie. Quel posto è un immondezzaio, ormai! Ho quasi il terrore di metterci piede… Fra mobili vecchi e scatoloni, ho la brutta sensazione che se lassù ci vivesse qualche vagabondo nemmeno riusciremmo ad accorgercene!».

Discutere con Madison era sempre stata una battaglia persa, non sarebbe servito; così, vinto ancor prima di cominciare a lottare, Charlie Marsh si diresse a capo chino verso il bagno, senza aver sfiorato la sua fetta di torta.

«Almeno posso farmi una doccia, prima?»

«Ti do quindici minuti, dopodiché verrò a prenderti io stessa per trascinarti in soffitta!».

Fu così che, esattamente diciannove minuti e ventisette secondi dopo, Charlie tirò svogliatamente la cordicella che penzolava dal soffitto del corridoio, lasciando che la scala retrattile si dispiegasse cigolando e liberando nell'aria un'inquietante nube di pulviscolo giallognolo.

«E va bene… Diamoci da fare!» mormorò fra sé, nel percorrere con riluttanza quei gradini scricchiolanti, che pareva reggessero il suo peso per grazia ricevuta.

Quella vecchia soffitta, abbandonata a sé stessa, odorava d'umido e calzini sporchi; Charlie non ci metteva piede da una vita, tanto che nel ritrovarsi sulla soglia di un ambiente così logoro e tetro, quasi gli parve d'essere un archeologo in procinto di violare un antico mausoleo.

Quando provò a premere l'interruttore della luce, la lampadina sopra la sua testa fece un bel botto, esplodendo fra una miriade di scintille e microscopici frammenti di vetro.

«Cominciamo bene…» commentò Charlie, nell'accendere la torcia che si era previdentemente portato appresso.

«Tutto ok, lassù?» domandò Madison, dal piano inferiore.

«Tutto a posto, non preoccuparti!».

Che baraonda c'era, in quella soffitta, la stanza era tutta a soqquadro! Pareva che ogni cosa vi fosse stata accatastata col preciso scopo che non fosse più ritrovata.

Charlie Marsh non poté fare altro che orientare il fascio di luce in ogni direzione, tentando di raccapezzarsi in tutto quel caos.

«Toh, guarda! La radio della zia Bertha… Ecco dov'era finita!» bofonchiò con una certa soddisfazione, speranzoso che quell'accrocco pieno di polvere e manopole inceppate potesse ancora funzionare.

«E questo da dove salta fuori, pensavo di averlo buttato!». esclamò, chinandosi su uno scatolone mezzo aperto. Charlie Marsh, accarezzando le plastiche sbiadite d'un vecchio fonografo Fisher-Price, si rammentò di quando, durante le festività natalizie del 1978, non ci fosse stato un solo, maledettissimo negozio di giocattoli che non avesse esposto in vetrina uno di quei marchingegni.

«Questo è un vero e proprio gioiellino! Chissà se si accende ancora…» si chiese, pigiando i tasti alla rinfusa.

Charlie trascorse quasi un'ora in quella soffitta, senza combinare granché. Intendiamoci, di cose interessanti ne trovò parecchie ma di inventariare e mettere in ordine non se ne parlò proprio.
Tanto passò che Madison, non sentendo rumori provenire dal sottotetto, cominciò a preoccuparsi; nell'avvicinarsi alla botola con un po' di apprensione, prese a chiamare il marito a gran voce.
«Charlie, puoi darmi qualche segno di vita?».
Dopo qualche secondo, la testolina impolverata di Charlie Marsh sbucò dall'apertura, sfoggiando un luccicante sorriso.
«Madison, tu non crederai mai a quello che ho trovato qui sopra! Ti ricordi il clavicembalo di tuo nonno? Era sepolto sotto una montagna di vecchie riviste, proprio fra i volumi dell'enciclopedia Britannica e la mia collezione di fumetti!»
«Ma non mi dire, che gioia! Potremmo sistemarlo in sala da pranzo, al posto del tavolo…» commentò lei, particolarmente acidula, con un sarcasmo nemmeno troppo velato.
«Madison, tu non capisci! Questa roba vale una fortuna, i collezionisti si prenderebbero a botte per accaparrarsela!»
«Benissimo, allora! Sarò lieta di accogliere questi fortunati acquirenti! Voglio essere chiara, Charlie: non mi interessa come, ma sbarazzati di quell'anticaglia e ripulisci la soffitta… Potrebbe diventare una fantastica sala relax!».
Charlie Marsh aggrottò la fronte e ci rimuginò sopra per qualche istante, nel frattempo che sua moglie già s'era avviata per dedicarsi ad altre faccende. «Che diavolo è una sala relax…» borbottò fra sé. «Madison! Che diavolo è una sala relax?!» ribadì a voce alta, provando inutilmente a farsi sentire.
Affranto nel sentirsi nuovamente incompreso, Charlie si sedette in terra pensieroso; non riusciva proprio a darsi pace per il fatto che sua moglie fosse così insensibile al fascino della

storia e dei ricordi. Disfarsi del proprio passato, che idea deprimente gli sembrava!

Nel bel mezzo di quel mesto arrovellarsi, d'un tratto il suo sguardo si soffermò casualmente su un vecchio baule di legno che languiva in un angolo dimenticato, in disparte rispetto a tutto il resto. D'aspetto grande e robusto – con fregi e cerniere in ottone, e un catenaccio in ferro con tanto di chiave già inserita nella serratura – era parzialmente occultato alla vista, sommerso da un mucchio di coperte infeltrite. Charlie lo riconobbe subito e un fremito lo scosse per l'emozione.

«Il baule del nonno!» esclamò, gattonando rapidamente in quella direzione. Pronunciò quelle parole con il tumulto di chi ritrova un amico dopo tanti anni, quando già credeva di averlo per sempre perduto.

Carter J. Marsh mancò che Charlie aveva solo dodici anni; era sempre stato un uomo particolarmente stimato a Cedarbrook, in qualità di unico notaio del paese. Il suo studio era ben conosciuto, e furono molti quelli che, nel corso dei lustri, si rivolsero a quel signore alto e distinto per sbrigare le pratiche più disparate: vendite, permute, mutui… E, ovviamente, testamenti.

La dipartita di Carter J. Marsh, avvenuta una mattina come tante durante la primavera dell'83, colse tutti di sorpresa e riempì di sgomento la comunità, tantopiù che la sua attività venne rilevata in fretta e furia da un avvoltoio del New Jersey – un certo Jordan Jones – un tizio tarchiato dall'andatura sbilenca, con lo sguardo severo e una coppola in tweed a lisca di pesce adagiata perennemente sul cranio.

Il signor Jones, nonostante non si presentasse certo come un individuo particolarmente gioviale, perlomeno ebbe il buongusto di recarsi a casa Marsh per offrire le proprie condoglianze alla vedova, promettendole che nel giro di qualche

giorno si sarebbe occupato di farle recapitare gli effetti personali del marito defunto.
A Charlie quell'uomo non era andato mica troppo a genio, ma apprezzò il fatto che mantenne la parola; fu così che non passarono nemmeno settantadue ore da quella visita di cortesia, che un ragazzotto della U.S. Mail si palesò alla porta con un grosso pacco fra le mani.
Charlie Marsh ricordava perfettamente quel giorno. Aveva ben stampato in testa il volto di sua nonna rigato di lacrime, mentre tirava fuori da quella scatola di cartone un po' ammaccata oggetti che ancora conservavano l'odore di chi li aveva maneggiati: agende piene di note appuntate in bella calligrafia, un paio di stilografiche Cross e un set da scrivania in coccodrillo, personalizzato con le iniziali del nonno. Nemmeno il tempo di dare un'occhiata a quell'armamentario, che Gladys Marsh rimpacchettò ogni cosa, per poi chiuderla in un vecchio baule, insieme a ogni altro oggetto che potesse anche solo lontanamente ricordarle quel lutto così atroce e inatteso. Ma Gladys forse non sapeva che il tempo non cancella i ricordi, li annacqua a malapena. Ci si può sforzare di spingerli sul fondo, e quelli con più vigore torneranno in superficie, magari proprio quando meno ve lo aspettereste.
«Fammi un po' dare un'occhiata» mormorò Charlie, scostando le coltri e liberando il forziere dalla sua prigionia.
Nel sollevare il coperchio, la prima cosa che vide fu la vecchia sveglia a doppia campana del nonno, ch'era stata abbandonata in mezzo ad altra paccottiglia. Quasi si commosse nel tenerla fra le mani, ricordando come, tutte le sere, Carter J. Marsh la sistemasse con cura accanto a sé sul comodino, assicurandosi che fosse carica e pronta per suonare alle 5:27 precise.
Poco distante, adagiata su una pila di camicie consunte, c'era una copia de "Il giovane Holden"; era una prima edizione, e

Charlie rammentava bene il giorno in cui la ricevette in dono dal nonno, in occasione del suo dodicesimo compleanno.
Seduto in terra, con la schiena poggiata contro il baule, Charlie Marsh prese a carezzare la copertina di quel volume e ad annusarne la carta increspata, trovando conforto nella penombra di quell'angolo appartato, dove nessuno avrebbe potuto giudicarlo se una lacrima fosse inavvertitamente sfuggita al controllo.
Nell'esaminare distrattamente quel tomo, d'un tratto qualcosa sguscio via dalle pagine; di primo acchito, Charlie non ci badò, lasciando che quel foglio svolazzante terminasse la sua traiettoria sul pavimento. Poi, osservandolo meglio, si rese conto ch'era un vecchio ritaglio del Chronicle, il giornale locale.
"*Ritrovati i tre ragazzi scomparsi, ancora mistero sulle cause della loro fuga*". Questo era il titolo a corredo di un'immagine sbiadita, di cui nemmeno ricordava l'esistenza.
Ritratti in quello scatto dai colori spenti, tre ragazzini dall'aria un po' disorientata, con i vestiti macchiati di polvere e fango, immortalati durante quella che sarebbe passata alla storia come l'ultima estate trascorsa insieme.
Charlie Marsh era al centro, con i suoi occhi vispi e brillanti, mai così pieni di vita, fissi verso l'obbiettivo; alla sua sinistra c'era Thomas Merowitz, detto Timmy, con gli onnipresenti pantaloni al ginocchio tenuti su da un paio di bretelle rosso peperone, che tanto lo facevano somigliare a un piccolo avventore dell'Oktoberfest.
Povero Timmy, con quella sua figura goffa e appesantita, e i capelli a scodella; anima candida in un mondo di ragazzini che troppo presto si atteggiano a adulti, all'epoca era diventato il bersaglio prediletto di ogni bullo della Stanton e il suo eccellente rendimento scolastico era inversamente proporzionale alla popolarità che riscuoteva fra gli altri studenti.

Alla destra di Charlie, invece, c'era un giovanotto dall'aria sfrontata e lo sguardo malinconico di chi aveva vissuto già troppo miserie per la sua giovane età; indossava dei jeans stretti con i risvolti alle caviglie, e una camicia a quadri a cui erano state tolte le maniche.

«Billy...» mormorò Charlie Marsh, con gli occhi umidi, mentre sfiorava con le dita la carta ruvida e opaca di quel vecchio quotidiano.

Osservando quei volti sbucati a tradimento da una grinza del passato, d'un tratto gli venne da chiedersi dove fossero finiti quei giorni. Che fine aveva fatto quel ragazzino spensierato con le lentiggini in volto, che soleva andare a letto, la sera, credendo di vedere l'uomo di latta e il leone codardo al di là dello specchio?

Si domandò dove avesse sbagliato – quando, esattamente, si fosse perso per strada – se d'improvviso, nel ritrovarsi uomo, era divenuta così soffocante la sensazione di quanto poco avesse realizzato e di quanto amaro fosse il sapore di ogni sogno che gli era stato negato.

Dov'erano le corse in bicicletta? Dov'era il rumore delle ruote sulla ghiaia e il sapore della polvere, dove il sibilo del vento fra i capelli e il profumo fruttato delle notti d'estate?

Dov'erano le risate, le spinte, i desideri di chi era convinto fosse tutto un gioco destinato a durare, e in quale vicolo oscuro erano andate a morire quelle emozioni di cui nemmeno gli stanchi si stancano mai?

Charlie Marsh si chiese cosa restasse di quei tredicenni eternamente intrappolati in una fotografia, dei ricordi sfioriti, dei rapporti interrotti e dell'ingenua incoscienza di chi si gettava a capofitto alla ricerca di tesori sputati fuori dalla fantasia di chi era stato abbastanza folle da poterli immaginare.

Cosa rimaneva di quegli anni spensierati, consumatisi in fretta, scivolati fra le dita come una stagione calda che avresti voluto non dover salutare, pur nella consapevolezza che ogni cosa che nasce deve perire?

Charlie chiuse gli occhi e il respiro si fece un poco affannoso, non appena fu colto dal dubbio che fosse stata quella l'ultima volta in cui si sentì davvero felice. Correva l'estate del 1984. Fu allora che visse la sua piccola, grande avventura, cominciata esattamente come quella domenica mattina: una soffitta polverosa, un vecchio baule e un ritrovamento inaspettato.

Capitolo I
1984

L'estate dell'84 fu particolarmente torrida. Gladys Marsh soleva trascorrere le sue giornate sul portico, seduta su una sedia a dondolo sbilenca; arroccata su quel trespolo, salutava con un sorriso i passanti che le rivolgevano uno sguardo o una parola, sventolandosi in continuazione con un bellissimo ventaglio ricamato, regalo di sua sorella Mary Lou.

Nelle ore più calde, invece, preferiva riparare in casa. Versava del tè alla pesca in un bicchiere pieno fino all'orlo di cubetti di ghiaccio e si accomodava davanti al televisore, con un bel ventilatore a piantana puntato dritto dritto sulla testa, incurante del torcicollo che quell'aggeggio le avrebbe procurato.

A volte perdeva la cognizione del tempo e, in men che non si dica, si faceva l'imbrunire, cosicché il ritornello era il medesimo quasi tutte le sere, più o meno a ridosso delle sette, quando già il frinire dei grilli riempiva di note l'aria umida e pastosa.

«Charlie, puoi venire a cambiare canale, per favore?» urlava dalla sua poltrona reclinabile, sperando ardentemente che il nipote potesse udirla fino al piano di sopra. «Fra cinque minuti comincia "La ruota della fortuna"!».

Gladys Marsh aveva una vera e propria ossessione per quel programma e, soprattutto, pareva nutrire un'autentica venerazione per Pat Sajak, il tizio che presentava.

«Mi ricorda tanto tuo nonno, quando era giovane!» usava ripetere a Charlie, tutte le volte che il ragazzino, con santa pazienza, discendeva le scale solo per cambiare canale, perché la nonna non si era mai decisa ad acquistare una tv che, prodigi della tecnologia, fosse provvista di telecomando.

A quel tempo, i Marsh vivevano in una bella villetta a due piani ubicata in Albany Road, che si riconosceva per via dell'altalena installata in giardino e per i vasi di bucaneve accostati ai vetri delle finestre.

Charlie si era sistemato in pianta stabile dai nonni perché, viste le circostanze, a tutti era parsa la soluzione migliore. Suo padre Harold lavorava come commesso viaggiatore, e a Cedarbrook lo si vedeva sì e no ogni otto settimane; impiegato presso le industrie Litton, si era sempre occupato della vendita di macchine da scrivere e forniture da ufficio, prima che la maggioranza della relativa divisione fosse ceduta alla Volkswagen, nel 1979. Così, dalla sera alla mattina, si era dovuto reinventare – non senza qualche prevedibile difficoltà – esperto di componentistica elettronica progettata per i sistemi di difesa. Roba da perderci il sonno, non trovate?

Quando tornava a casa, si fermava giusto un paio di giorni. *Il necessario per riprendere fiato*, diceva lui. Non riusciva a trascorrere molto tempo con Charlie, tanto che i due si conoscevano a malapena. La ricetta del loro rapporto era composta da pochi ingredienti: interminabili silenzi, qualche sorriso di circostanza e il consueto abbraccio fugace in occasione di ogni arrivederci.

Quanto a sua madre, Charlie non l'aveva mai conosciuta. Morta di parto, così gli era stato detto. Sapeva solo che si chiamava Rose, che le piacevano le canzoni di Janis Joplin e che aveva lavorato come commessa giù all'emporio degli Arlington. Di lei gli restava una vecchia fotografia dai bordi logori, conservata fra le pagine di un libro di astronomia con il dorso scollato; in casa non si parlava mai della mamma e lui ben si guardava dall'entrare troppo spesso in argomento, per timore di riaprire ferite che il tempo non era riuscito a guarire. Charlie Marsh, però, sua madre non l'aveva mai lasciata andare. Tutte le sere, chiuso nella sua stanza, poco dopo aver spento le luci e qualche minuto prima di addormentarsi, fantasticava di poterle parlare e insieme facevano lunghe chiacchierate. A dire il vero, la mamma non parlava quasi mai ma, in compenso, era una buona ascoltatrice; Charlie, per lei, non aveva segreti. Le raccontava, per esempio, di ogni volta che la nonna lo mandava a comprare i dolci alla pasticceria Dawson, nonostante il dottor Grady le avesse raccomandato di stare alla larga dagli zuccheri, o il suo diabete l'avrebbe uccisa.

Le raccontava anche del professor Seymour, che si diceva avesse una tresca con la preside Reynolds; alla Stanton nessuno si capacitava di come un uomo tanto raffinato potesse provare attrazione per una donna con l'alito di un gatto malato e i peli sotto le ascelle, così lunghi che ci si poteva fare le trecce.

Infine, le parlava di quelle sue giornate che sembravano tutte uguali, di quell'estate che pareva appena cominciata e già sul punto di sfiorire, e di quel padre perennemente assente di cui lui attendeva con pazienza ogni ritorno.

Perché Charlie Marsh, nonostante si sforzasse di mostrarsi sempre sereno, restava un giovane introverso, perlopiù insicuro, con quell'incertezza nello sguardo tipica di un ragazzino sempre troppo solo, a cui nessuno aveva mai insegnato a sognare.

Sii diligente a scuola, non disubbidire a tua nonna e cerca di non metterti nei pasticci. Così si raccomandava Harold Marsh, ogni singola volta che si rimetteva in viaggio, con la sua valigia a trama scozzese piena di progetti mai realizzati e cambiali scadute. E Charlie annuiva silenziosamente, domandandosi in quali pasticci avrebbe mai potuto cacciarsi, dal momento che a Cedarbrook il pericolo più grande era rappresentato dalla signora Sedgwick, un'ottuagenaria che, a causa dell'Alzheimer, gettava secchiate d'acqua fredda a tradimento, verso chiunque avesse l'ardire di transitare sotto la sua finestra.

A casa Marsh le mattine cominciavano sempre allo stesso modo: Gladys si svegliava di buonora e, dopo aver innaffiato i suoi fiori, si metteva subito a preparare la colazione per Charlie. Uova, bacon, spremuta d'arancia allungata con acqua del rubinetto e un dolcetto alla mela, la specialità di cui andava particolarmente orgogliosa.

Non c'era giorno in cui quella donna, nell'imbandire la propria tavola, non ascoltasse sempre lo stesso disco: un vinile tutto consumato che le aveva regalato suo marito Carter molto tempo addietro, con incisa "Always on my mind", nella versione interpretata da Elvis, perché – diceva – avrebbe preferito perdere l'udito piuttosto che veder quel pezzo deturpato dalla voce nasale di Willie Nelson.

Charlie ormai si era assuefatto a quella routine e già sapeva che ad ogni levar del sole, nell'aprire gli occhi, le prime cose che avrebbe sentito sarebbero state il profumo delle uova fritte e il rumore della puntina del giradischi che danzava fra le note di quel brano malinconico, con cui Gladys amava torturarsi nel ricordo del coniuge defunto.

Così era cominciata anche quell'afosa domenica di fine luglio, in cui sembrava che le ore fossero destinate a trascorrere lente e soporifere, fra qualche puntura di zanzara e un fazzoletto zuppo d'acqua fredda da passarsi sulla fronte a intervalli regolari.

«Nonna, posso andare da Timmy dopo colazione?» chiese Charlie, giochicchiando con il cibo nel piatto.

La famiglia Merowitz viveva in Almond Road, in una casa color crema arroccata su un'altura verdeggiante, giusto a qualche isolato di distanza; cinta da una staccionata verniciata di fresco e da un giardino sempre ben curato, quell'edificio era senza dubbio uno dei più graziosi in tutta Cedarbrook e dalla sua posizione privilegiata era possibile osservare il resto della cittadina in tutto il suo bucolico splendore.

A Charlie piaceva frequentare casa Merowitz, nonostante ogni stanza emanasse un forte odore di naftalina. Il padre di Timmy, Jacob, era direttore di banca mentre sua madre Claire lavorava come insegnante. Erano fra le persone più ricche e rispettate della città, e a loro non mancava mai nulla; possedevano l'ultimo modello di televisione, la vasca da bagno con l'idromassaggio e avevano assunto pure una signora cilena, Maria Dolores, che veniva alla residenza per sbrigare tutte le faccende, seppur non spiccicasse una parola d'inglese.

I bisnonni di Timmy si erano trasferiti a Cedarbrook quando ancora non contava nemmeno mille abitanti; all'epoca furono in grado di aprire diverse attività commerciali e da lì nacque la loro fortuna.

Per un certo periodo il patriarca della famiglia, Samuel Merowitz, accarezzò persino l'idea di far erigere una sinagoga in pieno centro, ma alla fine non se ne fece nulla perché pare che l'anziano parroco della chiesa di St. Matthew si fosse messo di traverso, riuscendo a trascinarsi appresso quasi tutta la comunità.

Da allora molte cose erano cambiate, e la famiglia Merowitz aveva già da tempo rinunciato a gran parte del proprio retaggio, accogliendo di buon grado lo stile di vita americano. Solo a tavola Jacob insisteva che il figlio indossasse la kippah – cosa che lo faceva letteralmente andare in bestia – e non c'era volta che la faccenda non fosse motivo di discussione.

Dall'alto della propria posizione sociale, i genitori di Timmy vivevano crogiolandosi nell'aspettativa che quel ragazzino impacciato e introverso, prima o poi si sarebbe trasformato da crisalide in farfalla; tutti, in famiglia, lo vedevano già proiettato verso una brillante carriera manageriale e Charlie Marsh proprio non capiva su quali presupposti fondassero quelle loro convinzioni.

Chissà come sarebbero rimasti delusi se fossero venuti a sapere che, alla Stanton, Thomas Merowitz godeva della stessa considerazione di un chewing gum appiccicato sotto alla suola delle scarpe.

Ad ogni modo, se solo avessero provato a parlare con Timmy – a parlarci per davvero, intendo, ascoltando quel che aveva da dire – probabilmente avrebbero scoperto che a lui di diventare commercialista o direttore di banca importava meno di zero. A Thomas Merowitz piacevano gli animali, le ciambelle con le scaglie di cioccolato e i cartoni animati giapponesi. Ma, sopra ogni cosa, adorava armarsi di leve e cacciaviti, dato che aveva l'ossessione di aprire ogni sorta di aggeggio elettronico per vedere come fosse fatto all'interno, e quale arcano sistema gli permettesse di funzionare.

Dopotutto, bisogna ammetterlo, c'era una scintilla di genialità in Timmy; solo che era persa da qualche parte nella sua testa, e forse nemmeno lui era consapevole di possederla. Ormai si era talmente tanto calato nel ruolo di sfigato con la pancetta,

che non gli interessava poi molto dimostrare di valere più di quel che dava a vedere.
«Hai chiesto il permesso alla signora Merowitz? Non mi piace che ti presenti a casa d'altri senza essere invitato!» ammonì Gladys Marsh, guardando il nipote di sbieco.
Charlie buttò giù una sorsata di spremuta e si ficcò in tasca il dolcetto alla mela, con l'intenzione di portarlo ai cani randagi che si aggiravano nei dintorni della Stanton; perché loro, di sicuro, avevano lo stomaco più vuoto del suo.
«Timmy ha detto che per lei è ok! Allora, posso?»
«Se lo ha detto Timmy… Ma non tornare troppo tardi, d'accordo? E porta fuori la spazzatura, prima di andare!».
Charlie Marsh non ricordava esattamente come e perché fosse diventato amico di Thomas Merowitz. Si poteva tranquillamente affermare che il loro rapporto fosse nato quasi per caso; accadde un giorno come tanti che Charlie si ritrovò questo ragazzino paffutello a gironzolargli intorno, senza che nemmeno si fossero prima presentati. Portava degli occhiali con lenti spesse mezzo pollice e, puntuale ogni quindici minuti, tirava su una bella boccata dal suo inalatore, perché pareva non esistesse sostanza al mondo a cui non fosse allergico. «Sento che comincia a mancarmi l'aria» ripeteva a ogni piè sospinto, arricciando il naso per il disagio.
All'inizio non furono subito rose e fiori, perché se c'era una cosa che Charlie aveva imparato riguardo a come sopravvivere alle scuole medie, quella era senza dubbio la regola aurea di ogni adolescente di questo mondo, o almeno di tutti quelli con un briciolo di sale in zucca: tieniti alla larga dagli sfigati, perché portano guai.
Non che Charlie Marsh potesse considerarsi popolare, al contrario, ma almeno era stato abbastanza scaltro dal perfezionare la rinomata tecnica della mimetizzazione, aspetto che lo

aveva tenuto fuori dai radar di ogni prepotente della Stanton. Sostanzialmente il trucco consisteva nel non indossare nulla di troppo sgargiante, parlare il meno possibile e soprattutto farsi gli affari propri.

Insomma, con questi piccoli accorgimenti era sempre riuscito a portare a casa la pelle, ma con un individuo come Thomas Merowitz perennemente fra i piedi, mimetizzarsi sarebbe diventata un'impresa ai limiti dell'impossibile.

Basti pensare che quel ragazzino aveva il fegato di presentarsi a scuola indossando mocassini di vernice e apparecchio per i denti, che quando salutava qualcuno finiva puntualmente per sputacchiare in ogni direzione; per non parlare del fatto che, nel camminare, sbandava sempre a destra – perché era nato con una gamba un po' più corta dell'altra – e il suo incedere somigliava a quello di una gallina zoppa.

Capirete bene anche voi che, per Charlie, stare in sua compagnia significava sfidare la sorte ogni giorno.

Ad ogni modo, non passò molto tempo prima che Charlie Marsh si abituasse alla presenza costante di Timmy, finendo per affezionarsi a quel bambino dall'aria così ingenua, con cui potevi parlare di qualsiasi argomento sicuro che lui ti avrebbe ascoltato e che, in qualunque guaio ti fossi cacciato, sarebbe stato sempre dalla tua parte.

«Allora io vado...» borbottò Charlie, schiacciandosi in testa il suo cappellino preferito, quello con il logo dei Chicago Cubs. «Prendo la bici, ok?».

Ora, avete presente quelle Bmx Mongoose dai colori sgargianti, che tanto andavano di moda in quegli anni? Quelle per cui ogni ragazzino avrebbe barattato senza rimpianti tutti i membri della famiglia? Ecco, la bicicletta di Charlie era esattamente l'opposto.

Lui doveva accontentarsi di una Hopalong Cassidy, una specie di residuato degli anni cinquanta, con la catena cigolante e il manubrio mezzo arrugginito; suo padre gli raccontò che era riuscito a strapparla per due soldi a un robivecchi incrociato casualmente viaggiando sull'interstatale 80, in direzione di Omaha. A Charlie non era sembrato un grande affare.
«Ah senti, nonna...» cincischiò poco prima di varcare l'uscio, tornando immediatamente sui propri passi. «Credi ci sia qualche possibilità che papà mi regali un Walkman, per il mio compleanno?»
«Un cosa?!» domandò Gladys Marsh, strabuzzando gli occhi come se qualcuno vi avesse appena ficcato un dito dentro.
«Te ne avevo parlato... Serve per ascoltare la musica, ricordi?».
Lei si fece pensierosa, nel far mente locale; poi cominciò a scuotere il capo, non riuscendo a comprendere appieno il senso di quel discorso.
«Scusa, che ha che non va il mio giradischi?»
«Ma nonna, il tuo giradischi non me lo posso mica portare appresso, mentre vado in bicicletta... Non è che potresti mettere una buona parola con papà? Sai, mi sarei anche informato, costa solo centocinquanta dollari!».
Gladys quasi sussultò, ché proprio non poteva credere alle sue orecchie.
«Charlie, ora ascoltami bene. Non è un buon momento per tuo padre...» disse, agitando l'indice in aria. «Vedi, non credo possa permettersi di spendere centocinquanta dollari per un mangiacassette portatile, specie ora che il nonno non è più tra noi. Lo capisci, vero? Fossi in te non ci farei troppo affidamento...»
«D'accordo, nonna...» mormorò Charlie, facendo del suo meglio per mascherare la delusione. «Non importa».

Che disdetta. Perché Thomas Merowitz poteva veder realizzato ogni suo desiderio senza il minimo sforzo, mentre lui doveva sempre sudarsi ogni cosa? Charlie Marsh se lo domandava spesso, durante i suoi momenti di sconforto.

Forse il problema risiedeva nel fatto che Jacob Merowitz ricopriva un posto di prestigio alla Morgan Stanley, mentre suo padre doveva viaggiare da una parte all'altra del paese in una scassatissima Chevrolet Malibu del '68, pur di riuscire a portare un piatto caldo in tavola.

Durante gli ultimi mesi, poi, Harold Marsh era parso sempre più taciturno e scuro in volto; in città, già da tempo si vociferava che alla Litton stessero valutando di dare una bella sfoltita al personale, cosicché il buon Harold aveva cominciato a convivere con il terrore di finire dritto dritto nell'occhio del ciclone.

«Ah senti, Charlie!» urlò Gladys, richiamando il nipote quando già stava per montare in sella.

«Sì, nonna?»

«Per favore, prima di andare, potresti salire in soffitta a prendermi la borsa con gli abiti vecchi? Più tardi vorrei passare in chiesa... Padre Harding è sempre così felice di ricevere donazioni per i bisognosi!».

Oh, certo, Padre Harding era ben lieto di aiutare i meno fortunati, sempre che non fosse lui a rimetterci. Lo si vedeva tutte le mattine, a spazzare via foglie e polvere dal sagrato, con quella tipica espressione arcigna capace di evolvere in un sorriso benevolo non appena si accorgeva che qualcuno lo stava guardando.

A Cedarbrook, in pochi avevano simpatia per quel parroco dai modi spicci, tanto che qualcuno aveva persino diffuso il pettegolezzo che, fra una messa e l'altra, Harding trovasse il modo di intrattenersi con la signora Miller, la moglie del lattaio, che non mancava mai di partecipare alle funzioni con un entusiasmo piuttosto sospetto.

Charlie Marsh, senza emettere un fiato, lasciò la bici sul portico e, facendosi strada attraverso una nube bella densa di moscerini, rientrò in casa un po' di malavoglia.

«Ti ricordi dove l'hai messa?» domandò, salendo le scale a due gradini per volta.

«Dovrebbe essere in fondo a destra, vicino all'abbaino!» rispose la donna, massaggiandosi le terga. «Prendila e vieni giù subito, capito?».

A Charlie Marsh non piaceva salire fin lassù, specialmente la sera, perché ancora soffriva di quelle ataviche paure infantili che lo facevano sentire a disagio nel ritrovarsi da solo in ambienti poco illuminati; lui se ne vergognava e non voleva darlo a vedere, ma ogni volta che era costretto a varcare la soglia della soffitta gli pareva di sentire il cuore ballare un boogie-woogie in coppia con lo stomaco.

Fortuna volle che, quella mattina, la luce del giorno si fosse fatta già abbastanza intensa da rischiarare quasi ogni anfratto di quella stanza caotica e polverosa, che pareva fatta apposta per abbandonarvici le cose di cui volentieri ci si sarebbe voluti dimenticare.

Charlie, appena oltre l'uscio, cominciò a guardarsi intorno piuttosto circospetto.

Lungo la parete, affastellate su una mensola, c'erano le vecchie bambole di porcellana della nonna, con i loro vestiti sfilacciati e i boccoli invasi di ragnatele; poco più avanti, dimenticata in un angolino buio, languiva la cassapanca di faggio contenente gli album fotografici della famiglia Marsh, che nessuno aveva più avuto voglia di sfogliare da almeno un lustro, chissà perché.

Giusto qualche passo ancora, e tanto bastò per far emergere dalla penombra il grammofono che, parecchi anni addietro, aveva allietato i pomeriggi di Wilfred Marsh, il bisnonno di Charlie; era stato abbandonato su un tavolino in stile Art Déco con piano in marmo maculato, mortificato da un telo di canapa che ne copriva la tromba in ottone, ormai tutta ammaccata.

Ed infine eccola lì, la borsa con gli abiti usati: era proprio vicino all'abbaino, come aveva detto la nonna, incastrata fra uno scatolone pieno di vecchi dischi e un ventilatore da tavolo Superior Electric, assemblato nel '72, pesante quasi come una cassa di piombo e con la gabbia ormai tutta arrugginita.

Charlie si fece forza, afferrò la borsa con entrambe le mani e, senza pensarci troppo, girò i tacchi, così repentinamente che quasi incespicò sui propri passi; non voleva trattenersi un minuto più del necessario, poco ma sicuro! Dopotutto non c'era nulla, lì dentro, che potesse interessarlo.

Solo polvere e ombre, Charlie, polvere e ombre! – ripeteva a sé stesso il giovane Marsh, provando a convincersi che non vi fossero anime in pena o esseri deformi a popolare quell'ambiente dalle forme ambigue.

Potete fidarvi, il buon Charlie se la sarebbe volentieri data a gambe – e senza vergogna – se solo non si fosse imbattuto a tradimento nel baule di suo nonno Carter, che giaceva trascurato a pochi metri dalla porta, mimetizzato in mezzo a un bel mucchio di altre cianfrusaglie.

Gladys Marsh aveva perso la voce a forza di raccomandarsi: «Stai lontano dalle cose del nonno, siamo intesi?». Lo aveva ripetuto un milione di volte, e ogni dannata volta che ribadiva il concetto, la tentazione di aprire quel forziere non faceva altro che divenire più forte.

Charlie aveva sognato di sollevarne il coperchio durante le lunghe notti invernali, quando la pioggia batteva così forte sui vetri da non permettergli di prendere sonno; e aveva fantasticato di trovarci all'interno chissà quali meraviglie quando, al sopraggiungere dei primi pomeriggi d'estate, trascorreva ore da solo, in camera sua, consolandosi nell'illusione che presto o tardi, lungo il percorso che lo attendeva, qualcosa di unico e sorprendente sarebbe accaduto.

Come avesse fatto quella povera donna di Gladys a tenere a bada il nipote per tutto quel tempo, non è dato saperlo; fatto sta che fu proprio quello il giorno in cui, per la prima volta, Charlie Marsh decise che nulla lo avrebbe più separato da ciò che era stato del nonno, e che presto, in un modo o nell'altro, sarebbe diventato suo.

Sbarazzatosi di ogni timore irrazionale, prese a mordicchiarsi il labbro inferiore, come faceva ogniqualvolta si trovava a progettare qualche malefatta. Poi, quasi senza accorgersene, si avvicinò al baule e vi si accovacciò proprio di fronte.

«Darò solo un'occhiata, non romperò niente e rimetterò tutto esattamente com'era!» giurò a sé stesso, provando a farsi coraggio, mentre carezzava le venature del legno e i fregi d'ottone brunito.

Bastò un attimo, appena un piccolo sforzo, e il coperchio si sollevò senza opporre resistenza. Subito salì dall'interno un profumo che Charlie ben conosceva, di vaniglia con un cuore di tabacco; era l'odore che per decenni aveva annunciato la presenza di Carter J. Marsh. Lo si avvertiva nei corridoi quando passava e attaccato a ogni suo abito smesso.

La prima cosa che riemerse alla vita fu l'orologio da polso del nonno, un Waltham solo tempo, con cassa in argento e indici dorati; Charlie lo afferrò immediatamente e prese a osservarlo affascinato. Quindi lo agitò un pochino e lo accostò all'orecchio, riuscendo ad udir distintamente il movimento rimettersi in moto. Infine, venendo meno alla promessa fatta poco prima, se lo mise in tasca con un gesto furtivo, ritenendo che quell'oggetto sarebbe stato decisamente meglio al suo polso piuttosto che abbandonato in quel forziere.

«Wow…» sussurrò poi, sgranando gli occhi, nello scorgere una piccola bacheca in legno con gli interni rivestiti di velluto borgogna; all'interno brillavano delle monete d'argento che Charlie Marsh conosceva bene.

Erano cinque dollari spagnoli del XVIII secolo, con l'effige di Re Filippo; il nonno teneva a quelle monete quasi più che alla sua stessa vita. Charlie non ne capiva granché di numismatica, sapeva solo che quei pezzi da otto dovevano avere un grande valore affettivo per la sua famiglia e, se non li avesse rimessi subito a posto, di sicuro avrebbe passato un brutto quarto d'ora.

«Charlie, tutto bene?» chiese Gladys, dal piano di sotto.

«Sì, nonna! Adesso scendo!»

«Hai trovato la borsa?»

«Sì, l'ho trovata, tranquilla!» replicò Charlie Marsh, dopo aver sbuffato platealmente. Al che, con un pizzico di rammarico, giunse alla conclusione che il suo tempo lassù fosse scaduto.

Ripose la bacheca con le monete proprio dove l'aveva trovata, posizionandola con precisione millimetrica e riproponendosi di tornare in soffitta alla prima occasione; fu allora che la sua attenzione venne colta da una grande busta color ocra, schiacciata fra un vecchio pullover e un busto bronzeo di George Washington.

«Ri-ser-va-to…» farfugliò, leggendo l'etichetta appiccicata a guardia di quel plico.

Charlie Marsh mica lo sapeva bene cosa stesse a significare "riservato", ma quella parola gli suonava piuttosto interessante; così afferrò la busta, la aprì e prese subito a rovistarci dentro. Quello che trovò fu un bel foglio di pergamena formato A4, su cui era stato apposto il timbro dello studio notarile Marsh.

«28 Novembre, 1976» mormorò Charlie, cominciando a leggere il contenuto di quel documento.

«Io, Evelyn Davenport,
nata il 26 Luglio del 1886,
nel pieno possesso delle mie facoltà mentali,
dispongo le mie ultime volontà
attraverso questo testamento.

Lascio la somma di settantamila dollari
all'orfanotrofio di Abbey Manor,
auspicando possa servire
alla cura di quei poveri sfortunati.

Alla mia morte, desidero che la casa
in cui vivo venga venduta, e che il ricavato
sia immantinente donato alla clinica
Sarabeth Bellingham,
dove trascorrerò i pochi anni che mi restano.

Dispongo infine che il mio corpo
venga riportato a Suttwin, dove sono nata,
e lì tumulato nella cappella di famiglia,
di modo che possa riposare
accanto ai miei genitori.

Prima che la cassa venga chiusa
per l'ultima volta, e il mio loculo sigillato per sempre,

*chiedo che sul mio grembo venga adagiato
il portagioie che fu di mia madre, e che all'interno
sia custodito ciò che, fra quanto possiedo,
mi è più caro, di modo che nessuno
possa appropriarsene dopo la mia dipartita.*

*Nomino esecutore testamentario il notaio
Carter J. Marsh, che è stato adeguatamente
informato in merito ai dettagli di
queste mie volontà. A lui affido il portagioie, nonché
la procura su ogni mio altro bene materiale, di modo
che, alla mia scomparsa, possa disporne
secondo coscienza.*

In fede: Evelyn Davenport».

Charlie Marsh si fece pensieroso, tanto che quasi si potevano udire gli ingranaggi nella sua testa muoversi e cigolare. Ovviamente non riusciva a immaginare la bizzarra ragione per la quale quel documento fosse rimasto incastrato fra le cose del nonno, ma la coincidenza gli parve da subito piuttosto singolare.

Si ricordava di Evelyn Davenport! D'altra parte, non c'era nessuno, a Cedarbrook, che potesse affermare di non conoscerla. Quando si trasferì in città, verso la metà degli anni sessanta, decise di acquistare la residenza McNeeley, una magione composta da tre piani, diciotto stanze, sei bagni e qualche ettaro di manto erboso. C'era persino un grazioso laghetto artificiale popolato da una famiglia di pesci rossi piuttosto robusti e da una famigliola di ranocchi.

La vecchia Evelyn si ritirò fra quelle mura con l'intenzione di trascorrere gli ultimi anni della sua vita in completo isolamento – fatta eccezione per una nutrita schiera di domestici – e accadeva raramente di incrociarla al di fuori dei confini della sua proprietà.

Fra i corridoi della Stanton, se ne sentivano di tutti i colori sul suo conto; ed è risaputo come i ragazzini, a volte, sappiano essere particolarmente crudeli.

C'era chi andava spergiurando che fosse avvezza allo spiritismo, mentre altri si erano spinti addirittura a sostenere di averla vista volteggiare fra le fronde degli alberi, durante le notti di plenilunio, con tanto di cappello a punta e scopa di saggina.

Insomma, a tal punto si diffusero le malelingue, che quella povera donna finì per esser conosciuta da tutti come la "Malvagia Eve".

Bisogna pur ammettere che il suo aspetto non aiutasse di certo ad allontanare i pettegolezzi. Vestita perennemente di nero – in aperto contrasto con il suo pallore cadaverico – con i capelli bianchi raccolti alla bell'e meglio dietro la nuca e gli occhi sporgenti di chi ha appena visto uno spettro, aveva tutta l'aria di una megera intenta a pianificare la sua prossima fattura.

Ad ogni modo, in quell'incessante turbinio di dicerie e falsità ogni volta più assurde, c'erano giusto un paio di cosette che proprio non si potevano negare, in quanto indiscutibilmente vere.

La prima era che Evelyn Davenport fosse ricca da far invidia a un petroliere texano. Si vociferava che, prima di ritirarsi nella sua prigione dorata, fosse stata un pezzo grosso nel campo dell'editoria e che detenesse addirittura alcune quote del Chicago Tribune.

La seconda, ancor più importante della prima, era che quel suo indomabile desiderio di riservatezza non fosse semplicemente il capriccio di una vecchietta eccentrica e svampita, quanto piuttosto il solo modo conosciuto di gestire il trauma di una perdita.

A questo proposito, giova specificare che il signor Wheatley – titolare dell'omonima impresa edile – si era recato innumerevoli volte alla residenza McNeeley per provvedere ad alcuni lavori di ristrutturazione e manutenzione, ed era tornato con informazioni di prima mano. E c'era da credergli, dato che quell'omaccione dalla figura goffa, con le mani callose e folti baffi screziati, aveva un vero e proprio talento per farsi gli affari altrui; insomma, secondo le sue fonti – da lui definite indiscutibilmente attendibili – la famiglia di quella povera donna venne sterminata a seguito di un terribile incidente stradale, avvenuto sulla Route 58, in direzione La Crosse. Correva l'anno 1962.

Bruce Davenport, unico erede di Evelyn, aveva solo 36 anni quando centrò in pieno un palo della luce, mentre si trovava a bordo della sua Chrysler New Yorker color rosso metallizzato; al suo fianco la moglie Amanda, di anni 29, e la piccola Maryanne, che all'epoca dei fatti aveva appena compiuto 12 anni. Come andarono veramente le cose nessuno lo seppe mai; alcuni sostennero che Bruce prese male una curva a causa della pioggia battente, altri che fu tradito da un colpo di sonno.

Ad ogni buon conto, per Evelyn Davenport – manco a dirlo – il lutto fu devastante, tanto che furono in parecchi a ritenere quell'evento infausto il principio della sua ripida discesa dal crinale della sanità mentale. Morì il 23 dicembre 1978, quando già da un pezzo le era stata appiccicata addosso l'etichetta di "svanita"; la trovarono accasciata vicino al pianoforte a coda, nel salone della sua residenza.

Charlie Marsh, fremente per l'eccitazione, ripiegò la pergamena in quattro parti e se la infilò nella tasca posteriore dei jeans, quindi corse giù per le scale.

Per un attimo si fece tentare dall'idea di infilare il plico in una busta di plastica, per poi seppellirlo dietro casa, in prossimità del vecchio albero tremulo, dove era certo che nessuno ci avrebbe messo le mani. Quel ragazzo era fatto così, aveva un'irrazionale fissazione per sotterrare qualsiasi cosa avesse un qualche tipo di valore, o che perlomeno lo avesse secondo il suo insindacabile metro di giudizio.

Nessuno ricordava esattamente come o quando gli fosse venuta, ma ormai Gladys aveva fatto l'abitudine a veder mucchietti di terra smossa su e giù per il giardino.

«Ecco la tua borsa, nonna!» borbottò Charlie, sbuffante e trafelato, nell'abbandonare quel fardello proprio ai piedi della scalinata. «Ci vediamo dopo, ok?».

Così dicendo, montò in sella alla sua Hopalong Cassidy con la vernice scrostata e prese a pedalare come un forsennato, con il sole negli occhi e il vento caldo fra i capelli.

Gladys Marsh fece appena in tempo a vederlo andar via, affacciandosi sull'uscio di casa.

«Non fare tardi, capito? E compra il giornale prima di rientrare!» gli urlò dietro, arrestandosi poco oltre il portico.

«Non aspettarmi!» le rispose Charlie Marsh quando già era diventato solo un puntino all'orizzonte, consapevole che al suo ritorno, come accadeva quasi ogni sera, l'avrebbe trovata singhiozzante nella camera da letto padronale, avvinghiata al cuscino del nonno.

In quel momento, però, nulla gli importava più del condividere con Timmy i dettagli della sua scoperta. Qualcosa stava cominciando a frullargli nella testolina; non era ancora sicuro

di cosa fosse esattamente ma di certo c'era che, da solo, non sarebbe mai riuscito a cavare un ragno dal buco.
Gli serviva aiuto. Meglio ancora: gli serviva Billy Morgan.

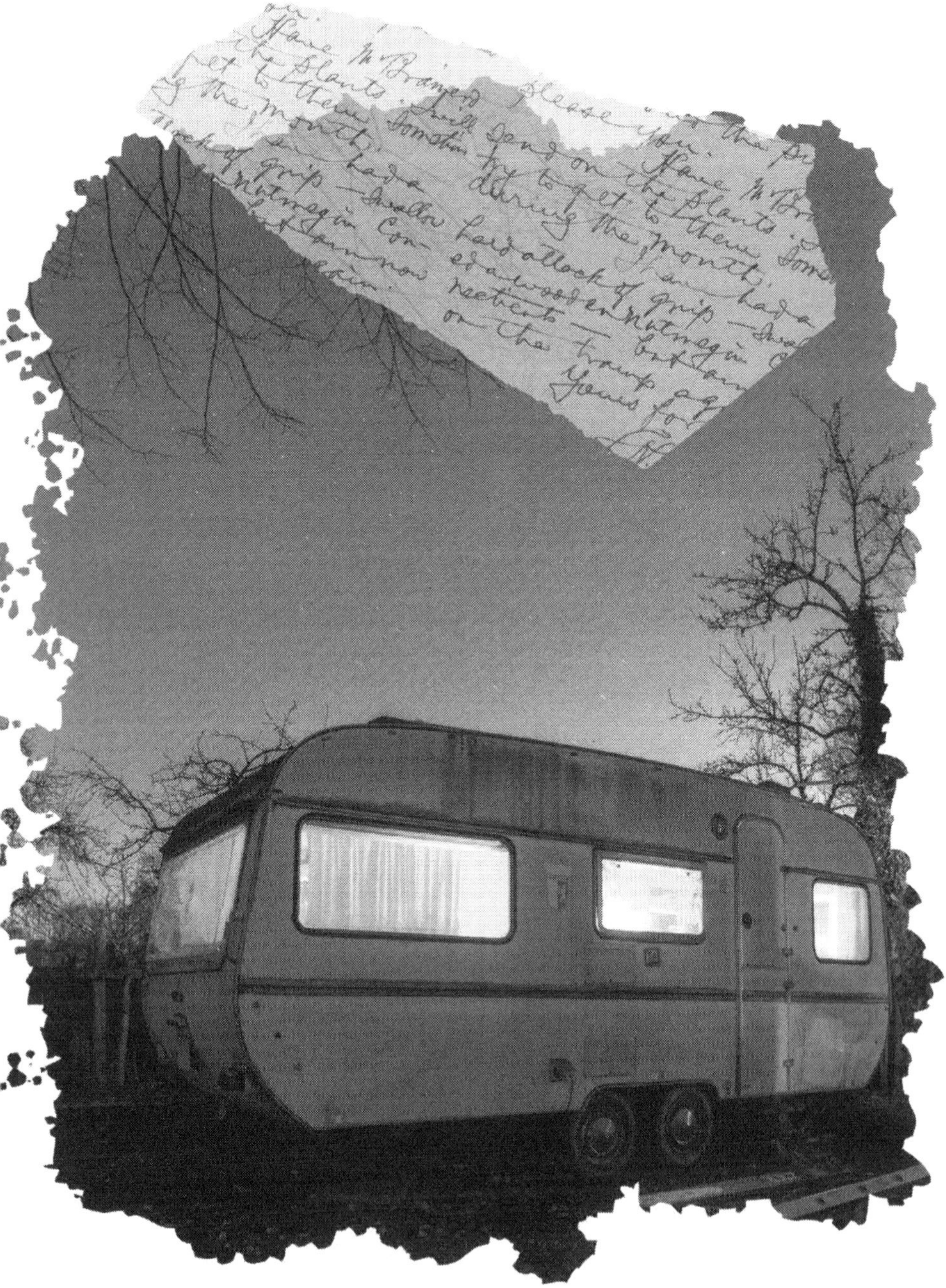

Capitolo II
Piacere, Billy!

Erano trascorse già due settimane da quando Billy Morgan se n'era andato; sia chiaro, non che se la fosse svignata di sua volontà, tutt'altro. Se l'erano portato via gli assistenti sociali, durante un martedì pomeriggio insolitamente uggioso. E lasciate che ve lo dica, non fu mica semplice caricarselo in auto! Charlie Marsh era presente, in quel momento, e per giorni non era riuscito a togliersi dalla testa le urla disperate di Billy, mentre scalciava come un vitello e si divincolava nel vano tentativo di riguadagnare la libertà perduta.

Tutti, alla Stanton, conoscevano Billy Morgan; magari non poteva esattamente considerarsi famoso, ma di sicuro era famigerato. Ricordo ch'era particolarmente fiero del suo cognome, e andava vantandosi di essere un lontano discendente dell'omonimo pirata. Tutte fandonie, ovviamente, ma lui sosteneva che era tutto vero fino a prova contraria.

Ogni mattina arrivava a scuola a bordo di una vecchia bicicletta Schwinn, che aveva trovato abbandonata a bordo strada vicino alla fermata dell'autobus; sarà stato l'inverno dell'82. Per qualche giorno quel rottame rimase lì ad accumulare polvere e pioggia, senza che nessuno osasse metterci le mani sopra, forse per timore di contrarre il tetano; d'altra parte, chi avrebbe mai potuto desiderare di possedere una due ruote che Ryan Rogers – uno dei ragazzi più popolari della scuola – aveva avuto l'ardire di etichettare come un "cesso a pedali"?

Ma Billy Morgan era uno che non badava molto alla forma, né gli importava cosa pensassero gli altri; a lui avrebbe fatto un gran comodo quella bicicletta, sapeva solo questo, quindi perché non approfittare dell'occasione? Insomma, quando fu assolutamente sicuro che nessuno sarebbe tornato a riprenderselo, Billy afferrò quel ferro vecchio e se lo portò a casa; cambiò la catena, fece una veloce messa a punto e verniciò il telaio con una tinta color nero petrolio, di modo che sarebbe stato più facile mimetizzarsi con la notte.

Che ci crediate o meno, a lavoro terminato, in parecchi strabuzzarono gli occhi nel veder sfrecciare Billy fra le strade di Cedarbrook, a bordo del suo nuovo gioiellino.

Come tocco finale, sistemò una carta da gioco fra i raggi della ruota posteriore, cosicché te ne accorgevi sempre quando si trovava nei paraggi.

Alla Stanton in pochi avevano il fegato di rivolgergli la parola; Billy era un tipo taciturno, che preferiva starsene in disparte.

Con l'arrivo delle stagioni calde, durante ogni ricreazione, mentre tutti gli altri urlavano e si rincorrevano dando la caccia a un pallone, lui immancabilmente si allontanava dal gruppo, per poi sistemarsi da solo in un angolo, natiche in terra e le spalle poggiate al cancello d'ingresso.

Nonostante facesse di tutto per non dare nell'occhio, era quasi impossibile non notarlo; con le sue sneakers mezze scollate, i jeans consunti e le camicie a quadri a cui puntualmente strappava via le maniche.

Per un po' lo vedevi con lo sguardo perso verso l'orizzonte, come se riuscisse a vedere un qualcosa che a tutti gli altri sfuggiva; poi, dopo poco, si scostava dalla fronte i capelli ondulati – che parevano sempre troppo lunghi anche dopo averli appena accorciati – e tutto a un tratto cominciava a scrivere, come colto da improvvisa ispirazione.

Possedeva un quadernetto su cui aveva l'abitudine di prendere appunti; sulla copertina scura spiccava lo schizzo di un antico veliero. Lui lo chiamava il suo diario di bordo.

Nessuno aveva mai avuto il coraggio di sbirciarci all'interno e lui non aveva mai sentito il bisogno di confidare a qualcuno i contenuti di quelle pagine.

Ormai gli abitanti di Cedarbrook si erano abituati a veder sbucare Billy Morgan nei posti più improbabili – in cima a un albero, seduto sul tetto di un'auto o accovacciato sotto una sporgenza di roccia – tutto intento a produrre scarabocchi, con la lingua che spuntava da un lato della bocca e una penna di riserva appoggiata sopra l'orecchio.

D'altro canto, bighellonare fino all'imbrunire era senz'altro una prospettiva più allettante che tornarsene subito a casa; anche perché Billy, una casa, nemmeno ce l'aveva. Almeno non una come la intendereste voi.

Viveva insieme a suo padre in una vecchia roulotte Winnebago, perennemente parcheggiata nelle adiacenze dello sfasciacarrozze dei fratelli Ward. Quel mucchio di ferraglia con le ruote sgonfie puzzava di bourbon e pullulava di quei piccoli ragnetti rossi che puntualmente affollano i muri degli edifici in primavera, ma se non altro offriva un tetto per tenersi all'asciutto e quattro pareti per ripararsi dal freddo.

Il padre di Billy, Finlay Morgan, era un uomo che in parecchi, a Cedarbrook, non avrebbero esitato a definire come un tizio poco raccomandabile. Aveva sempre vissuto di espedienti: piccoli lavori manuali, qualche scommessa e un paio di furti progettati male e finiti peggio, tanto che gli costarono un soggiorno di quattro anni nelle galere di stato.

La madre di Billy, Melody, stanca di vivere in una roulotte e di pulire il vomito del marito, appena ne ebbe l'occasione fece in modo di filarsela, portandosi dietro la figlia Daisy – nata da una precedente relazione – e di entrambe si persero per sempre le tracce.

Sui motivi per cui decise di lasciare indietro Billy, nessuno seppe mai farsi un'idea. Forse pensò che tirar su una dodicenne con la sindrome di Williams si sarebbe rivelato un impegno sufficientemente gravoso e che Billy, dopotutto, era un ragazzino sveglio e in qualche modo se la sarebbe cavata.

La realtà era che, in quella roulotte, i giorni da dimenticare ben presto divennero molti più di quelli memorabili.

Finley Morgan trascorreva quasi tutte le sere buttato sul divano, perso sul limitare di quel pericoloso quanto sottile confine che si estende fra le veglia e il coma etilico. Durante i rari momenti di lucidità – sempre che di lucidità si potesse effettivamente parlare – alternava attimi di melanconia e depressione ad impeti di rabbia incontrollabile. Quando accadeva, le sue urla si sentivano a isolati di distanza, mischiate al rumore di vetri rotti e al pianto soffocato di Billy, che puntualmente si presentava a scuola, il giorno dopo, con indosso una camicia a maniche lunghe o un pullover fin troppo pesante per le prime giornate di sole. Allora tutti capivano, e lo guardavano di sottecchi, perché sapevano che solo in quel modo sarebbe riuscito a nascondere i segni delle cinghiate e le bruciature di sigaretta.

Quanto pesavano, a Billy, quegli sguardi colmi di disgusto e commiserazione. Quanto lo feriva la diffidenza con cui lo scansavano, destino comune a chiunque venga percepito come diverso.

Charlie Marsh e Billy Morgan non avevano quasi nulla in comune, tanto che sarebbe stato uno spreco persino scommettere un misero cent sulla loro amicizia; eppure, una mattina di aprile, accadde quello che in pochi avrebbero anche solo potuto ipotizzare.
Billy se ne stava lì, seduto al tavolo da solo durante una ricreazione, e fissava il vuoto senza batter ciglio; tutti avevano qualcosa da metter sotto i denti – chi un sandwich, chi una busta di patatine – mentre lui non aveva nulla, e il suo stomaco pareva contenere un bollitore sul punto di tracimare, per quanto borbottava.
Gli altri ragazzi facevano del proprio meglio per evitare di rivolgere lo sguardo nella sua direzione, ma la maggior parte di loro non doveva nemmeno impegnarsi più di tanto: Billy Morgan era un reietto, ignorarlo risultava ben più comodo rispetto al tendergli una mano.
Fu allora che Charlie Marsh, in uno dei suoi rari momenti impavidi, decise di sedersi proprio accanto a quel ragazzo dall'aria triste, che la mattina arrivava in aula per primo e se ne andava per ultimo, perché persino le lezioni della signorina Edwards erano meglio delle sfuriate di suo padre.
«Io non ce la faccio a finirlo...» biascicò Charlie, adagiando sul tavolo un panino avvolto nel cellophane. «Non è granché, a dire il vero: tonno e uova sode. Però, ecco, se ti andasse di fare a metà...».
Billy Morgan prese a fissare Charlie Marsh senza dir nulla. Per qualche secondo Charlie temette che se lo sarebbe ritrovato in cortile, alla fine delle lezioni, pronto a gonfiarlo come una zampogna.
Poi, d'improvviso, avvenne l'imponderabile.
«Piacere, Billy» disse, tendendo la mano, con lo sguardo un po' sgomento di chi dalla vita non s'aspettava più nulla, dopo

tutti gli schiaffi presi. «Mi piacciono le uova sode» aggiunse con un sorriso a mezza bocca.

Se fu grazie alle uova sode o per merito di quel gesto di gentilezza inatteso, nessuno lo saprà mai; ciò che sappiamo di certo è che da quel giorno quei due divennero inseparabili.

Beh, perlomeno fino a quando tale Jefferson Cod, dei servizi sociali, ci si mise di mezzo. Ma di questo parleremo più avanti.

Due settimane, dicevamo. Tanto era trascorso da quando Billy se n'era andato, ma pareva passato un secolo. L'ultima volta che si erano visti fu a casa di Timmy – tanto per cambiare – e gli argomenti di quella riunione non furono esattamente dei più impegnati.

«Qua dice che il prossimo anno uscirà un videogame dove potrai sparare a delle anatre che volano sullo schermo della televisione!» esclamò Billy, tutto euforico, spulciando l'ultimo numero di Computer Gaming World.

«A me piacciono, le anatre…» bofonchiò Thomas Merowitz, con una smorfia disgustata, come se la sola idea gli procurasse l'orticaria.

«Fa' un po' vedere…» intervenne Charlie Marsh, strappando la rivista dalle mani di Billy. «Duck Hunt! Sembra fico!»

«Se è fico allora di sicuro la mamma me lo comprerà. Così potrete giocarci anche voi!».

Succedeva sempre così. Timmy otteneva qualsiasi cosa senza nemmeno dover fare la fatica di chiedere, ma se non altro aveva un cuore grande come il Lincoln Memorial; per lui la più grande soddisfazione era il poter condividere la propria fortuna con gli altri.

«Sapete cosa mi andrebbe davvero?» domandò Charlie Marsh, tuffandosi di schiena sul letto di Timmy. «Al Regent danno l'ultimo "Venerdì 13"… Ci si potrebbe andare, una di queste sere!».

Billy Morgan assunse un'espressione perplessa, tirò un lungo sospiro e prese a strofinarsi il mento, come volesse lisciarsi la barba che ancora non aveva.

«Non lo so se è una buona idea...» mugugnò, con lo sguardo furbo di chi sta per spararla grossa. «Voglio dire, sei sicuro di volerci andare con quel pisciasotto?».

Al che, Thomas Merowitz, sentendosi chiamato in causa, scattò come una molla, professando la propria innocenza.

«Non sono un pisciasotto, bugiardo! Rimangiatelo!».

In realtà, Billy Morgan bugiardo non era, almeno non in quel caso specifico. Forse la delicatezza non era propriamente il suo forte, ma nessuno poteva affermare che quell'accusa fosse falsa.

Il fatto era che a Timmy erano sempre piaciuti i film di fantascienza, quelli pieni di astronavi sbrilluccicose e alieni dalle sembianze improbabili; non era proprio il tipo da film dell'orrore. Ciò nonostante, un paio d'anni prima, Charlie e Billy fecero l'errore di portarselo appresso, la sera in cui al Regent davano "La casa"; era un venerdì, proiezione delle 20:00, e sebbene la pellicola fosse considerata *off limits* per dei ragazzini, Billy Morgan trovò il modo di sgattaiolare all'interno e di procurare a tutti anche un bel secchio di pop-corn. Chissà perché, ma lui sapeva sempre come comportarsi in quel genere di situazioni, bisognava dargliene atto.

Ad ogni modo, andò a finire che, dopo aver visto il film, Timmy bagnò il letto per le due settimane successive.

Charlie lo sapeva per certo, perché la signora Merowitz lo aveva confidato a sua nonna durante la loro consueta telefonata del martedì sera, dove gli argomenti principali passavano dallo spauracchio di un attacco nucleare sovietico ai chili di troppo di Natalie Fleming, che a Cedarbrook tutti conoscevano come "l'edicolante impicciona".

Ovviamente Timmy si sarebbe fatto uccidere piuttosto che ammettere il fattaccio, ma più si ostinava a negare e maggiore era il gusto che Billy provava a sfotterlo.

«Ah sì? Allora giura che non te la sei fatta addosso! Giuralo, che ti potesse venire un attacco di diarrea in sala musica, se stai mentendo!» provocò Billy, puntandogli il dito contro con un ghigno crudele e beffardo.

«Eddài, Billy…». Charlie Marsh – che nel gruppo era quello che provava a far sempre da paciere – non sapeva più a che santo votarsi per metter fine a quei litigi.

Billy Morgan, guardando il volto paonazzo di Timmy, con gli occhi gonfi ormai prossimi al pianto, capì di aver tirato troppo la corda e decise di dargli un po' di respiro.

«Ho una sorpresa per voi!» disse, frugandosi nelle tasche e cambiando repentinamente argomento. «Ieri, in sala giochi, ho incontrato Teddy Ross…»

«Chi, *testa quadra*?» domandò Charlie Marsh, aggrottando la fronte.

«A lui non piace che lo si chiami così…»

«Mia madre dice che Teddy Ross è un poco di buono…» intervenne Timmy, subito dopo aver tirato dal suo inalatore. «Dice pure che una volta l'ha visto fumare erba al Blue Pond Park…»

«Che stronzata…» commentò Billy Morgan, scuotendo la testa. «E come avrebbe fatto a sapere che era erba? Per caso ha fatto un tiro anche lei?».

Il rapporto fra Billy e Timmy pareva nato sotto una cattiva stella; si poteva dire che, in fondo, fossero amici ma le loro interazioni, di fatto, si riducevano a continui battibecchi e reciproche punzecchiature. Non fosse stato per Charlie Marsh, quei due avrebbero finito per darsele di brutto, prima o poi, ed è inutile specificare chi ne sarebbe uscito con le ossa rotte.

«Comunque mi ha passato questa! L'ultimo dei Van Halen!» proseguì Billy, tutto trionfante, mostrando agli altri due una musicassetta color ghiaccio. «Mi ha assicurato che è dinamite pura! Che dite, la buttiamo nel mangianastri?».
Timmy prese a grattarsi la tempia, in preda ai dubbi più atroci.
«Non lo so... A mia madre non piace che ascolti musica rock. Dice che dovrei starne alla larga e che solo drogati e criminali la ascoltano».
Al che Billy Morgan – che di sentire quei piagnistei ne aveva già le scatole piene – si piantò dritto di fronte a Charlie Marsh, mani sui fianchi e gote rosse di rabbia.
«Dico, ma lo senti? Mia madre questo, mia madre quello... Cerca di crescere, Timmy! O arriverai a quarant'anni pensando che la vulva sia una marca d'automobili...».
A Thomas Merowitz non piaceva per niente che si parlasse di sua madre a quel modo, gli faceva ribollire il sangue.
«Sta' zitto, Billy! Lo so benissimo cos'è una vulva!» protestò a gran voce, tanto da non rendersi conto che probabilmente quelle parole stessero rimbombando in ogni stanza della casa.
«Cosa state combinando, ragazzi?».
Claire Merowitz possedeva l'innato talento di sbucare fuori dal nulla nei momenti meno opportuni. Metteteci pure che aveva il brutto vizio di origliare dietro alle porte e capirete perché quella donna rappresentasse un vero e proprio spauracchio.
«Non voglio bisticci, siamo intesi?»
«Sì, signora Merowitz...» rispose Billy, che quando doveva giocar la parte del finto tonto sfoggiava interpretazioni da premio Oscar.
«Bravo, Billy...» lo blandì la donna, carezzandogli la nuca.
«Avete fame? Che ne direste se vi facessi portare dei dolcetti al miele da Maria Dolores?»

«Direi che è un'ottima idea, signora Merowitz!» replicò ancora Billy Morgan, senza farsi pregare, con il sorriso ruffiano e lo sguardo scaltro di chi la sa lunga.

«D'accordo, allora. Vi lascio soli. Vieni, Timmy… Dai un bacio alla mamma!».

In un modo o nell'altro, Thomas Merowitz finiva sempre per cacciarsi in situazioni imbarazzanti, nonostante facesse del suo meglio per tenersene a debita distanza. Tutto strizzato fra le braccia della madre, vedeva gli amici sghignazzare alle sue spalle, e proprio non capiva per quale stupida ragione reputassero così divertenti quegli slanci d'affetto.

Ferito nell'orgoglio, alzò furtivamente il dito medio in direzione di Billy, che subito perse il sorriso.

«Questa te la faccio pagare…» sussurrò lui, di riflesso, mentre Charlie Marsh non sapeva se continuare a ridere o cominciare a preoccuparsi per le sorti del suo amico imbranato. E chissà che quelle risate di scherno, sotto sotto, non nascondessero un pizzico di invidia per chi una madre ce l'aveva ancora.

Quel pomeriggio trascorse veloce e pareva dovesse finire come tanti altri: una pacca sulla spalla, un ultimo dispetto e il sorriso di chi ancora poteva permettersi di sperare che il giorno seguente potesse essere migliore di quello che lo aveva appena preceduto.

Invece, alle 18:37 precise, annunciato dal rumore di una brusca frenata che lasciò degli orribili segni di pneumatici sul vialetto d'ingresso, Jefferson Cod si presentò alla porta di casa Merowitz, accompagnato dalla sua assistente, una certa Diane Beasley: quarantasette anni, già due matrimoni falliti alle spalle, un fastidioso problema di alopecia areata e il piglio sadico di chi gode a sfogare le proprie frustrazioni sul primo che capita.

Quando il signor Cod domandò alla signora Merowitz se Billy Morgan fosse in casa, tutti ebbero l'opprimente sensazione che qualcosa di grave fosse accaduto.

«Due ora fa Finlay Morgan ha avuto un infarto, purtroppo non ce l'ha fatta. Non risultano parenti stretti, quindi il ragazzo deve venire con noi. Starà bene, per il momento lo sistemiamo dalla signora Kinkaid, ad Abbey Manor».

Starà bene. Lo dicono sempre ma poi non succede mai. Chissà, forse provare a convincersene è utile per ripulirsi un po' la coscienza.

Comunque sia, il resto è storia: le urla di Billy, il pianto di Timmy e l'espressione terrificata di Charlie Marsh, nell'assistere impotente al ratto del suo amico più caro.

Solo due settimane più tardi – per l'esattezza tredici giorni, undici ore, ventisette minuti e trentaquattro secondi dopo – il mondo non era più lo stesso. Poteva sembrarlo, in apparenza, ma Charlie era sicuro fosse cambiato: i colori apparivano scialbi, le ore si erano fatto più lunghe e i cibi non avevano il solito sapore, come quando il raffreddore ti costringe a letto e parli come se avessi un tubero in bocca.

A questo pensava Charlie, mentre spingeva sui pedali, madido di sudore e con la gola arsa, rimuginando su quali avrebbero dovuto essere le parole migliori da impiegare per fare in modo che Timmy si lasciasse coinvolgere nella bizzarra impresa che si era messo in testa di portare a compimento.

Nel parcheggiare la bici, Charlie Marsh si fermò un istante e inspirò profondamente, riempiendo i polmoni di quell'aria che odorava di canfora ed erba appena tagliata; tutto per via della repulsione che i Merowitz provavano verso gli insetti, radicata al punto che non passava giorno senza che facessero vaporizzare ogni sorta di pesticida per tutto il giardino.

«La Malvagia Eve?! Tu sei tutto matto, Charlie...» osservò Timmy, cominciando a balbettare impercettibilmente, come gli capitava ogni volta che si sentiva sopraffatto.

«Di che hai paura? Sono i vivi che dovresti temere, mica i morti...» ribatté Charlie Marsh, agitando in aria il testamento della Davenport.

«Beh, io nel dubbio temo sia gli uni che gli altri, va bene? Non mi ci freghi, questa volta! Ti ricordi, l'anno scorso, quando ti eri messo in testa di entrare di notte nel laboratorio di scienze per liberare tutte le rane? Ti ho seguito, giusto? E sono venuto con te pure quando hai voluto a tutti i costi trascorrere Halloween alla vecchia segheria, pur sapendo che odio i luoghi abbandonati! Ma questo è troppo, non mi convincerai ad aprire la tomba di quella strega... Ci tengo alla mia pelle!».

«Bell'amico che sei...» mormorò Charlie Marsh, osservando avvilito lo strano orologio a forma di gatto che Timmy teneva attaccato alla parete, vicino alla porta, con quella sua lunga coda semovente che, ondulando, scandiva i secondi.

Thomas Merowitz tutto voleva tranne che sentirsi un amico da poco. Non appena si accorse che Charlie se l'era presa sul serio, si sedette accanto a lui, tirò con forza dall'inalatore e provò a scavare un poco in quella strana storia, dato che fino a quel momento ci aveva capito meno di quel che avrebbe voluto.

«Dimmi una cosa, Charlie... Perché è così importante per te? Lo sai che finirà male, vero?» domandò Timmy, pulendosi le lenti degli occhiali con la maglietta.

Charlie sospirò sconsolato e rimase in silenzio per qualche istante, limitandosi ad osservare affascinato un piccolo ragno tessitore tutto intento a perfezionare la sua tela, sul bordo del davanzale.

«Non sei stanco di trascorrere le estati tirando sassi nello stagno?» chiese dopo un po', senza staccare gli occhi dall'animaletto.
«Ti dirò, Charlie… Le mie giornate non sono poi così male. Dopotutto oggi ci stiamo divertendo, no? E magari domani sarà ancora meglio! Potremmo andare al chiosco del signor Townsend a comprare dei vermi gommosi, se ti va…»
«E se non ci fosse, un domani?» borbottò Charlie Marsh, che nel petto avvertiva una stretta, come se qualcuno stesse tenendo il suo cuore in pugno, impedendogli di pulsare.
«Che vuoi dire?»
«Se ci capitasse qualcosa, se per qualche motivo non fossimo più amici… Non rimpiangeresti di non averci almeno provato?»
«Non riesco a seguirti, Charlie. Non mi piacciono questi discorsi…» mugugnò Thomas Merowitz, che solo a sentir quelle parole quasi si fece salire il groppo in gola. «Io sarò sempre tuo amico…» soggiunse, con un tono in cui fece capolino la convinzione che solo un puro o uno stolto può possedere, sbilanciandosi in quel genere di promesse che nessuno ha la sicurezza di poter mantenere.
«Senti… Dico solo che ci è capitata una grande occasione, e non voglio perderla! Cosa c'è da capire? Lo sai cos'è questo pezzo di carta?» chiese Charlie Marsh, incalzando l'amico e sventolandogli le volontà della Davenport proprio sotto al naso.
«Un testamento?» replicò Timmy, ingenuo.
«Tu ci vedi un testamento… Io invece ci vedo un'opportunità. La signora Davenport viveva nel lusso… Oggi, grazie a questa pergamena, sappiamo che ha chiesto di essere seppellita con ciò che aveva di più caro! Ti rendi conto? In quella bara c'è

qualcosa di valore, te lo dico io! Potremmo diventare ricchi, avere tutto quello che vogliamo!»

«Ma io ho già tutto quello che voglio…» rintuzzò Timmy, sempre più perplesso e svogliato, senza rendersi conto che quelle parole erano sale sulle ferite di Charlie Marsh.

«Beh, io no, Timmy. Io no…».

Charlie, al solo pensiero che quell'inattesa fortuna potesse sfuggirgli dalle mani, parve comprendere come dovessero sentirsi quegli insetti che puntualmente finivano intrappolati fra la peluria del cactus di sua nonna Gladys, il temutissimo Cereus lanatus che faceva bella mostra di sé sopra al frigorifero.

Gli sembrò di condividere con quegli esserini l'insofferenza di chi trascorre ore – a volte persino giorni – a divincolarsi e ad agitare disperatamente le ali, nella speranza di poter tornare a volare, per poi smarrire ogni forza, di colpo rassegnandosi al destino oscuro di chi in fondo sa di non avere scelta, né via d'uscita.

«Mio padre potrebbe perdere il lavoro alla Litton. Non li hai sentiti i pettegolezzi, giù in città? La nonna non fa che dirmi che bisogna stringere la cinghia e ha sempre quell'espressione preoccupata… Ce l'hai presente, no?»

«Quella che la fa assomigliare a un bulldog francese?»

«Ecco, bravo. Proprio quella»

«Allora la faccenda dev'essere grave davvero…» sentenziò Thomas Merowitz, facendosi improvvisamente serio.

«Voglio sapere cosa c'è nella tomba della Davenport, Timmy. E poi, non ci pensi? Se dovessimo trovare qualcosa di importante, potremmo diventare degli eroi! Magari, fra qualche anno, qualcuno potrebbe addirittura scrivere un libro su di noi… O un articolo di giornale!»

«Non credo che aprire la bara di una vecchia senza permesso farebbe di noi degli eroi. È più probabile che ci qualifichi come dei criminali...»
«E con questo? Anche Billy the Kid era un fuorilegge... Eppure, oggi tutti lo considerano una leggenda!».
Charlie Marsh si sentiva insolitamente audace. Non riusciva a decidere se tutta quella faccenda lo emozionasse per via di quel fantomatico tesoro che si augurava di trovare o se fosse perlopiù l'irrefrenabile impulso di diventare, per una volta, il protagonista della storia – invece che una semplice comparsa – ad alimentare le sue fantasie.
«Scusa, ma come pensi di arrivare fino a Suttwin senza che notino la nostra assenza?» obiettò Thomas Merowitz, con la postura e il tono di voce saccente di chi credeva d'esser l'unico ad avere un po' di sale in zucca.
«Oh, puoi stare tranquillo, mentre venivo qui ho pensato a tutto!» replicò Charlie, tutto entusiasta nell'intravedere finalmente la possibilità di trascinare Timmy dalla propria parte. «Partiremo venerdì, fra cinque giorni esatti, a mezzogiorno in punto. Dirai a tua madre che ti ho invitato a casa mia per il weekend, io farò lo stesso con mia nonna; l'abbiamo fatto un milione di volte, non avrà sospetti se dovessi dirle che passo un paio di giorni a casa tua!»
«Tu dici? E se dovessero telefonarsi?» domandò Thomas Merowitz, colto dal terrore di finire nelle peste.
«Non succederà, sono entrambe abitudinarie, si sentono solo il martedì sera, poco dopo il notiziario. Ora, una cosa importante: quando uscirai di casa, dovrai prendere la bici. Ci incontreremo in Willington Street, all'altezza della statua di Benjamin Franklin. Da lì dovremo percorrere qualche miglio per arrivare alla stazione ferroviaria di Camden, per poi saltare sul primo treno in direzione Buffalo»

«Saltare?! Ma se a malapena riesco a prendermi una pallonata in faccia, durante l'ora di ginnastica… Lo sai che non sono portato per questo genere di cose!»
«Sta' tranquillo, Timmy… È un modo di dire! Con il favore della notte, aspetteremo la nostra occasione. Il padre di Johnny Kowalski lavora per le ferrovie di stato, potrei farmi dare la lista dei treni in transito; a Camden fanno tappa tantissimi treni merci, basterà intrufolarsi su un vagone e nascondersi fra gli scatoloni… Nessuno baderà a noi!».
Thomas Merowitz si accasciò sulla sua poltroncina in tessuto, armeggiando a capo chino con un cubo di Rubik; la testa gli suggeriva di restare fuori da quella storia, ma il cuore gli urlava che mai avrebbe dovuto voltare le spalle a un amico.
«Non lo so, Charlie… Tu la fai troppo facile! Io invece la vedo proprio grigia, se vuoi saperlo…»
«Adesso non cominciare a fartela addosso!» rintuzzò Charlie Marsh, con una veemenza che gli era insolita. «Una volta a bordo, dovremmo essere a Suttwin in circa tre ore, ma non più di quattro, secondo i miei calcoli. Avremo il tempo necessario per arrivare, cercare il cimitero dove è sepolta la Davenport, aprire la tomba e tornarcene indietro in tutta calma. Anzi, potremmo persino fermarci da qualche parte a farci una pizza, per festeggiare! Se tutto va come deve, saremo a casa domenica, all'incirca per il tramonto…»
«Spero tu abbia ragione, Charlie… Sai, fra due settimane la mamma vuole portarmi qualche giorno al lago Winnipesaukee! Non vedo l'ora! Laggiù hanno una sala giochi gigantesca, quanto vorrei che la vedessi… E sai un'altra cosa? Papà mi ha promesso che quest'anno mi insegnerà ad andare in barca a vela! Insomma, non posso permettermi di finire in punizione proprio ora…»

«Non succederà» mormorò Charlie Marsh, tentando di rincuorare quell'amico un po' fifone, a cui però non faceva difetto il buon cuore. «Te lo prometto. Possiamo farcela, dipende tutto da noi!».
«Ma è proprio questo che mi preoccupa… Noi siamo solo dei ragazzini, Charlie. Sarà già tanto se riusciremo ad arrivare alla stazione senza inciampare nei lacci delle scarpe…».
Thomas Merowitz non aveva tutti i torti. Un conto era pianificare mirabolanti avventure fra le quattro mura della sua cameretta, tutt'altra faccenda era concretizzare quelle fantasie scalcinate.
«Hai ragione, Timmy. Ed è per questo che ci serve una mano. Qualcuno che possa guidarci… Qualcuno che sappia cosa fare quando tutti gli altri vengono presi dal panico!»
«Potrei chiedere a mio cugino Abbott!» suggerì Timmy, con l'espressione entusiasta dipinta in volto, tipica di chi pensa di aver avuto un'idea particolarmente brillante. «Ha già quindici anni e ha raggiunto la prima classe nei Boy Scouts!».
Charlie Marsh scosse la testa, piuttosto contrariato.
«No, non ci serve tuo cugino Abbott…»
«E allora chi?!»
«Lo sai. Billy…»
«Billy Morgan?!»
«È ovvio. Conosci altri "Billy", per caso?».
Thomas Merowitz balzò giù dalla sua poltroncina e si diresse ciondolando verso la finestra, piuttosto sconsolato. Non pareva molto contento di sentire quel nome.
«Ma Billy l'hanno spedito ad Abbey Manor, che ti salta in mente?» protestò, mentre seguiva con lo sguardo il signor Grant, che a bordo del suo tagliaerba stava sistemando il prato della residenza. Insomma, il piccolo rampollo di casa

Merowitz già pareva aver intuito che quella faccenda stava prendendo una piega ancor peggiore di quanto avesse temuto. «Quanto la fai lunga. Abbey Manor è una casa-famiglia, non è mica Alcatraz…» minimizzò Charlie Marsh, rinfilandosi in tasca il testamento della Davenport, come se considerasse chiusa la questione. «Dobbiamo tirarlo fuori, è l'unica soluzione».

«Io dico che ti ha dato di volta il cervello…» rimbrottò Timmy, subito dopo aver appallottolato un foglio di carta e aver tentato inutilmente di centrare il canestro attaccato dietro la porta. «Dovremmo andare senza di lui. Lo hai detto anche tu, no? Possiamo farcela… O già te lo rimangi?».

Charlie Marsh non poteva credere alle proprie orecchie; possibile che Timmy non riuscisse a capire? O era la sua codardia a renderlo insensibile a tal punto da fargli scordare il valore d'un atto di lealtà?

«Ora ascoltami bene: Billy è nostro amico, o te lo sei dimenticato?!» sbottò Charlie, fissando quel pusillanime dritto in volto, con uno sguardo colmo di rimprovero. «Lui non ci avrebbe mai lasciato indietro! Verrà con noi, e questo è quanto».

Thomas Merowitz finì per vergognarsi come un ladro. Certo, sapeva d'essere in difetto, era ben consapevole d'aver esagerato, ma che ci poteva fare se il più delle volte era la strizza a parlare per lui?

«Va bene, allora faremo a modo tuo, Charlie. Hai già qualche idea su come tirar fuori Billy? Perché io non saprei proprio da che parte cominciare…»

«Nemmeno io, Timmy. Ma sono sicuro di una cosa…» sentenziò Charlie Marsh, con aria solenne. «Lui saprà cosa fare».

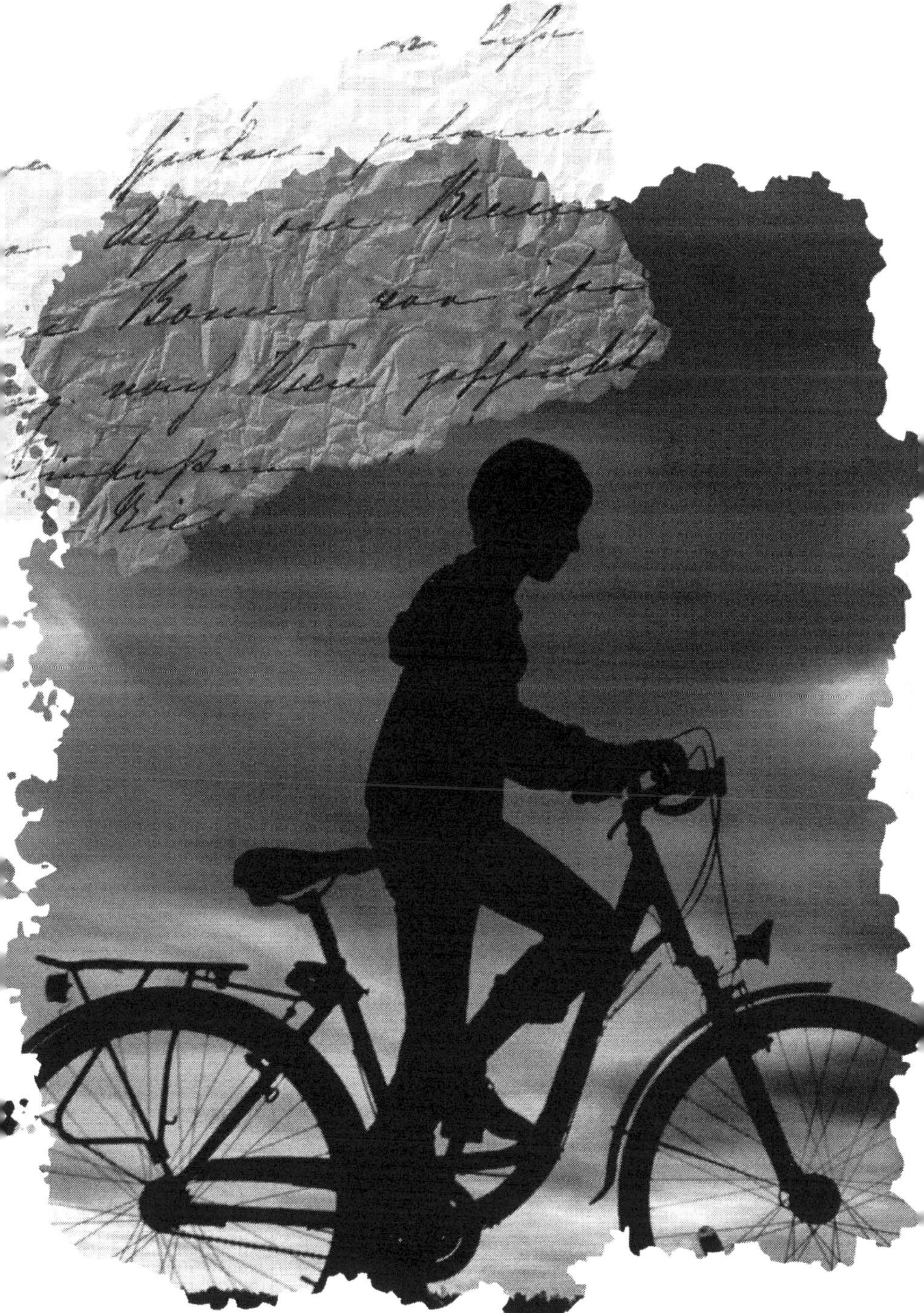

Capitolo III
In cerca di te

I giorni che seguirono scivolarono via fra facili entusiasmi e prevedibili ripensamenti. Timmy dormì poco, Charlie Marsh ancor meno di lui.

La buona notizia fu che Johnny Kowalski mantenne la parola e si presentò a casa Marsh di martedì mattina, verso le 9:30, stringendo in pugno la tabella oraria dei treni che Charlie gli aveva chiesto di procurare.

«Si può sapere a che ti serve?» domandò, fermandosi sull'uscio, con quella sua parlantina svelta, resa poco melodiosa da un sigmatismo piuttosto marcato.

«È per una ricerca...» bofonchiò Charlie Marsh, che non era mai stato bravo a raccontar frottole. «Vuoi entrare? Posso offrirti del tè freddo, se ti va...».

Johnny Kowalski era un ragazzino strambo, o almeno tale lo consideravano a scuola. Parlava poco ma sorrideva spesso, anche quando nessuno ne capiva il motivo, ed era talmente gonfio che i suoi occhi si erano ridotti a due piccole fessure; in tanti anni trascorsi alla Stanton, non c'era mai stato verso di vederlo indossare una giacca che non gli stesse stretta o dei pantaloni che non gli facessero difetto sul cavallo.

In classe era soprannominato "sugna", nomignolo indubitabilmente crudele ma decisamente calzante, purtroppo per lui. L'aspetto più curioso della questione era che la sua famiglia – padre, madre e ben tre fratelli maggiori – era composta interamente da individui magrissimi e alti come lampioni, cosicché tutti, a Cedarbrook, si erano domandati almeno una volta se Johnny non fosse stato adottato.

«Ho un problema alle ghiandole» si giustificava lui, durante quelle rare occasioni in cui avvertiva la necessità di aprir bocca, solo perché messo alle strette dagli sguardi importuni della gente.

Johnny Kowalski, piantato sul portico di casa Marsh, aveva i capelli color zenzero ormai impastati di sudore e il volto lucido e appiccicaticcio di un orsetto di gelatina.

«Cavoli, si muore dal caldo a casa tua!» osservò, allungando il collo e dando una sbirciata nell'atrio. «Non ce l'avete un condizionatore?».

Senza saperlo, Johnny aveva appena toccato un tasto dolente; non c'era mattina che, lì dentro, non ci si alzasse dal letto lasciando un'ombra umida sul lenzuolo, ma guai a parlare di acquistare un qualsiasi aggeggio elettrico che potesse alleviare quel supplizio, perché da quelle parti era mille volte meglio soffrire in silenzio piuttosto che aprire il portafogli.

«No, mia nonna dice che sono soldi buttati...» replicò Charlie, schiacciandosi una zanzara sul collo. «Sicuro che non ti va di entrare?»

«No, grazie. Ho appuntamento fra meno di mezz'ora con Steve MacIntyre. Sai, quello della sezione B... Andiamo a fare il bagno al Blue Pond!».

Charlie Marsh, cercando di scansare dalla mente l'immagine di uno tsunami generato dall'entrata in acqua di Kowalski, salutò il compagno in maniera piuttosto sbrigativa e si rifugiò nella sua camera, desideroso com'era di dedicarsi ai propri affari; altro che fare il bagno nel laghetto, lui aveva ben altre cose a cui pensare.

Dopo aver studiato minuziosamente la tabella dei treni, si accorse che erano ben tre i convogli in transito da Camden Station in un orario compatibile ai suoi progetti di fuga; il treno delle 20:41, in particolare, era previsto facesse tappa a Suttwin venti minuti dopo la mezzanotte e rappresentava senza dubbio l'opzione più allettante per evitare che si arrivasse a destinazione a notte fonda.

Quello delle 21:37, d'altra parte, aveva tutta la parvenza di un ottimo piano di riserva, mentre il treno della CSX Transportation in partenza alle 22:17 era la classica "ultima spiaggia", dal momento che nemmeno fermava a Suttwin ma a Greenville, giusto a qualche miglio di distanza.

Il giorno precedente la partenza, Charlie Marsh lo trascorse interamente rovistando nei cassetti e trafficando negli armadi, cercando di decidere cosa infilare nello zaino. Mica era una questione da poco, dopotutto, dato che il contenuto del suo bagaglio avrebbe potuto rivelarsi la discriminante fra una missione di successo e un fiasco colossale.

«Nastro adesivo… Un po' di corda… Scatola di fiammiferi… Mi pare ci sia tutto!».

Charlie considerò che, per una spedizione del genere, fosse importante ridurre l'ingombro, quindi selezionò quei pochi oggetti che riteneva davvero indispensabili; torcia, borraccia e binocolo andarono a completare l'equipaggiamento, mentre per quanto concerne i viveri era sicuro che ci avrebbe pensato Timmy. Conoscendolo, lui era uno che non andava mai da nessuna parte senza assicurarsi di avere a portata di mano qualcosa da mangiare.

L'ultima notte nel suo letto, Charlie la spese con gli occhi sbarrati, fissi verso il soffitto; non sarebbe riuscito a prendere sonno nemmeno se gli avessero sparato un dardo pieno di narcotico.

Fuori dalla finestra della sua stanza, vedeva i rami del vecchio albero tremulo ingobbirsi sotto la forza del vento, mentre il vecchio campanile di St. Matthew continuava incurante a scandire le ore. Il tempo stava cambiando, si avvertiva aria di tempesta.

«Forse avrei dovuto mettere nello zaino anche l'ombrello tascabile...» sussurrò a sé stesso, rigirandosi nel letto. Ma in un battito altre riflessioni presero il sopravvento.

Chissà come sarebbe stato contento Billy, nel rivederlo.

Charlie non stava nella pelle al pensiero di restituire speranza a quel suo amico disilluso e perso, che di sicuro si era fatto cogliere dal timore che presto tutti si sarebbero scordati di lui. E chissà se, alla fine di quel viaggio, sarebbero riusciti a trovare la tomba della vecchia Eve, e ad aprirla; la verità era che dentro al petto di Charlie Marsh pulsava un cuore gonfio di paure.

Era ben consapevole che anche il più piccolo impedimento, l'ostacolo più insignificante sul percorso, avrebbe potuto mandare a monte tutti i suoi buoni propositi.

Così, mentre le prime luci dell'alba si intrufolavano fra le persiane, ponendo fine a quella notte senza stelle, Charlie fu sorpreso dalla tentazione di tirarsi indietro. Nella penombra del mattino, estrasse dalla tasca dei pantaloni il testamento di Evelyn Davenport e prese a osservarlo intensamente, come se quel manoscritto, in fondo, custodisse tutte le risposte.

Lesse ancora ogni parola, sfiorando con le dita le righe appena accennate, e l'inchiostro sbiadito riaffiorato da una carta che

portava in dote gli odori d'un pomeriggio d'inverno e gli soffiava addosso il richiamo dell'ignoto.
Era forse una volgare follia quella che si era messo in testa di realizzare? Sì, senza dubbio. Era un progetto senza capo né coda, nato e cresciuto su un terreno disseminato di insidie? Certamente, e nessuno avrebbe potuto negarlo! Eppure. Eppure era proprio questo a dargli gusto. Niente, al mondo, regala più soddisfazione di arrivare al traguardo controvento, quando ogni cosa pare giocare a tuo sfavore.
A questo ripensava Charlie Marsh, nell'istante in cui i colori di un mattino insolitamente pallido cominciarono ad illuminargli il viso, e forse ancora nulla gli avrebbe fatto presagire che un venerdì come tanti stava per tramutarsi nel principio d'un viaggio che si sarebbe ricordato per sempre.
«Stai già andando via?» domandò Gladys Marsh, un po' delusa nell'accorgersi che il nipote era ormai prossimo a levare le tende. «Stavo per prepararti hamburger e patate, come piace a te. Non mi avevi detto che avresti pranzato da Thomas…».
Le 11:15 erano trascorse da qualche secondo appena, ma Charlie non riusciva più a gestire la tensione dell'attesa; ci avrebbe messo sì e no quindici minuti ad arrivare in Willington Street, ma preferiva di gran lunga anticiparsi piuttosto che struggersi ancora fra le quattro pareti di camera sua.
«Sì, nonna, sto andando…» rispose Charlie, caricandosi in spalla lo zaino. «Oggi Maria Dolores prepara l'arrosto, non voglio fare tardi. La signora Merowitz ci tiene che a mezzogiorno in punto si sia già tutti in tavola, mani lavate e tovagliolo sulle gambe!»
«Beh, in questo caso… Mi raccomando, Charlie, comportati bene. Fai tutto quello che ti dicono i signori Merowitz. Non dar loro fastidi e ricorda di lavare i denti dopo ogni pasto,

specialmente se dovessi consumare dolciumi... I dentisti stanno diventando sempre più cari...»
«Va bene, nonna» mormorò Charlie, distogliendo lo sguardo; non gli piaceva mentire, ma le circostanze non gli lasciavano scelta. Certo non avrebbe potuto dirle che andava a Suttwin per rovistare nella bara di una tizia morta sei anni prima; a occhio e croce, ne sarebbe rimasta molto delusa.
«E salutami tanto Claire, d'accordo? Dille che ci sentiamo martedì, dopo il notiziario!»
«Ok, nonna»
«Noi invece ci vediamo domenica, intesi?»
«A dire il vero potrei tornare anche lunedì, ma ancora non lo so. In caso ti telefono, non preoccuparti... È che Timmy ha un nuovo videogioco e, sai com'è, si tende a perdere la cognizione del tempo...» concluse, affacciandosi sul portico.
Ormai la decisione era presa, non si poteva più tornare indietro. Nel percorrere il vialetto pensò che laggiù, oltre lo steccato, lo stava attendendo la parte migliore di quell'estate.
«Ah, Charlie...»
«Sì, nonna?»
«Ti voglio bene».
Gladys Marsh non era mai sembrata così vecchia e stanca. Ma, più di ogni cosa, mai così sola. Charlie avvertiva la coscienza rimordergli. Se si fosse messo nei guai o se gli fosse accaduto qualcosa di brutto, Dio solo poteva sapere che dolore avrebbe causato a quella povera donna. E no, non se lo sarebbe mai perdonato.
Ma non è forse vero che chi rimpiange un errore sbaglia due volte? La vita non è fatta per prendere sempre la strada più comoda, quella che la ragione ci suggerirebbe come corretta. In fondo, siamo o non siamo il prodotto ultimo dei nostri

fallimenti, fondamentali tanto quanto quegli effimeri successi che sentiamo di aver raggiunto?
Charlie sfiorò il manubrio della sua Hopalong Cassidy. Diamine, se bruciava. Avrebbe potuto cuocerci sopra il bacon. Montando in sella, decise che non si sarebbe più voltato indietro. Non di nuovo. Non quella volta.
«Anche io te ne voglio, nonna…». E fuggì via, veloce, come se sul collo avvertisse lo sbuffo caldo d'una mandria di cavalli selvaggi.
Superando di slancio l'angolo di Albany Road, imboccò Freemont Street sfiorando coi pedali i cespugli di rose della signora Taylor; quindi svoltò in Division Drive, dove il vecchio Martin Watson, tutto impettito nella sua uniforme della U.S. Mail lavata e stirata di fresco, stava recapitando la corrispondenza e, fra una consegna e l'altra, lumava la signorina Brown, troppo impegnata a curare le aiuole davanti casa per accorgersi di lui.
Dopo essersi lasciato alle spalle la lavanderia del signor Wong, risalì Liberty Lane, arrestando la sua corsa proprio all'incrocio con Lincoln Avenue, giusto il tempo per riprendere fiato e bere un sorso d'acqua fresca alla fontana.
E poi giù, a rotta di collo, lungo la discesa di Almond Road, accarezzando con lo sguardo il chiosco di Henry Townsend – con il suo freezer pieno di ghiaccioli e la macchina per i popcorn – svoltando infine sulla Ridgewood, dove in lontananza l'insegna lampeggiante del Regent illuminava di verde fluo il fazzoletto di asfalto di fronte all'entrata.
Quando finalmente giunse in Willington Street, il sole stava già ricominciando a farsi strada fra la fitta coltre di nubi e i suoi raggi parevano voler baciare la fronte alta di Benjamin Franklin che, dal suo piedistallo in bronzo massiccio, dava

l'idea di scrutar l'orizzonte con espressione piuttosto corrucciata.

«Spero proprio che Timmy non se la prenda troppo comoda...» mormorò Charlie Marsh, tirando fuori dalla tasca dei pantaloni il Waltham del nonno, per poi infilarselo al polso.

La sagoma di Thomas Merowitz cominciò a delinearsi in lontananza giusto una decina di minuti dopo; spingeva fiaccamente sui pedali, sbuffando come un vaporetto e sopportando sulle spalle il peso di un Eastpak che sembrava più grande di lui.

«Che hai lì dentro?» chiese Charlie, non appena lo ebbe a tiro, senza nemmeno trovare il tempo di salutare.

«Guarda, non me ne parlare...» si schermì lui, col fiato corto e gli occhi quasi fuori dalle orbite. «Mi ci è voluto un secolo per decidere cosa mettere nello zaino!».

Così dicendo, scese dalla bicicletta e aprì la cerniera lampo del suo bagaglio, per mostrare a Charlie Marsh il prezioso contenuto.

«Prima di tutto ho portato i Twinkies, le M&M's e i marshmallow da cuocere sul fuoco!» esordì con malcelato entusiasmo, convinto che il suo amico avrebbe di certo approvato.

«Guarda che non andiamo in campeggio...»

«Dovremo pur mangiare, no?! Mia madre dice che i cali di zuccheri sono molto pericolosi...» protestò Thomas Merowitz, un poco risentito.

«Non credo sia un rischio che tu possa correre, Timmy. Cos'è quella scatoletta bianca?» incalzò Charlie, aggrottando la fronte.

«Oh, dici questo? È il mio inibitore intestinale»

«Aspetta, fammi capire bene... Ti sei portato le pillole per la diarrea?»

«E allora?!»
«Ma staremo via solo un paio di giorni, mica stiamo andando in crociera!»
«Senti, Charlie… A me ci vuole un minuto per farmela addosso, lo sai che ho il colon irritabile. E poi avere a disposizione dei farmaci non è mai una cattiva idea… Potrebbero servire anche a te!»
«Ne dubito…» mormorò Charlie Marsh, scuotendo la testa con decisione. «Comunque va bene, tieniti le tue pillole e chiudiamola qui. Quel gingillo che spunta dalla tasca laterale, invece, che sarebbe?»
«Pac-man! Ho pensato che un videogame avrebbe potuto aiutarci a riempire i momenti morti! Ho fatto bene?»
«Come no, ci sarà molto utile… Ok, ne ho abbastanza, meglio avviarsi. Passeremo per le campagne; non dovremmo metterci più di un'ora a raggiungere Billy, anche procedendo ad andatura moderata».
Forse quella previsione poteva ritenersi un pochino ottimistica, ma non staremo qui a cavillare; Charlie aiutò Timmy a caricarsi di nuovo in spalla lo zaino, poi entrambi montarono in sella e cominciarono a pedalare fianco a fianco, zigzagando per evitare le pozzanghere lasciate in dote dal violento temporale estivo della notte precedente.
Charlie Marsh pareva insolitamente pensieroso e non aveva molta voglia di far conversazione, mentre Timmy vedeva quel viaggio come un'ottima opportunità per dar libero sfogo alla sua irrefrenabile voglia di chiacchierare.
«Hai qualche spicciolo in tasca?» farfugliò dopo qualche minuto, mentre provava disperatamente a non restare indietro.
«Tre dollari e cinquantaquattro cents. Non è molto, ma ce li faremo bastare…»

«Beh, io ho venticinque dollari!» rimbeccò Thomas Merowitz, tutto tronfio.
«Sul serio? E dove hai preso tutti quei soldi?»
«Oh, non è stato difficile! Mi sono fatto anticipare la paghetta settimanale, tutto qua». .
Charlie schiacciò il freno e si voltò verso Timmy, con espressione incredula. L'aria era tiepida, e la brezza leggera si trascinava dietro un gradevole odore di carne alla brace.
«Mi stai dicendo che i tuoi ti danno venticinque dollari a settimana?!».
Lo stupore era più che legittimo, se pensate che Charlie Marsh a malapena riusciva a raggranellare un dollaro per falciare il prato e cinquanta cents per pulire i vetri delle finestre.
Fu quello il momento in cui decise che, di ritorno da Suttwin, avrebbe dovuto assolutamente rivedere il suo listino prezzi.
«Lo trovi strano?» bofonchiò Timmy, facendo spallucce.
«No, lascia stare» replicò Charlie, mentre riprendeva a pedalare, piuttosto avvilito. «Comunque è un'ottima notizia. Un po' di soldi potrebbero farci comodo, lungo il percorso…»
«Senti, senti… Allora anche Timmy sa fare qualcosa di buono, ogni tanto!».
Charlie Marsh e Thomas Merowitz si lasciarono alle spalle il Regent, per poi sfilare lungo il mercato di McConnell Road, con le sue bancarelle che profumavano di frutta di stagione e zucchero filato, strizzate in pochi metri di marciapiede.
Poco prima di imboccare lo sterrato che, tagliando in due i campi di granturco, li avrebbe presto condotti ad Abbey Manor, passarono davanti all'antica pasticceria Biddlecombe, dove dolci che parevano opere d'arte facevano bella mostra di sé in una vetrina colorata di rosa e celeste.
Il proprietario, Philip, se ne stava sulla porta fumando la pipa, e appena vide i ragazzi si illuminò in volto. Era proprio un

brav'uomo, il vecchio Philip Biddlecombe; ogni sera, all'ora di chiusura, si recava alla chiesa di St. Matthew, dove sapeva che ad attenderlo, seduto sui gradini, avrebbe trovato Garrett, il vagabondo. Il signor Biddlecombe puntualmente gli allungava un sacchetto pieno di brioches e, senza nemmeno attendere d'esser ringraziato, girava i tacchi e alzava la mano per salutare.

«Ci vediamo domani…» bofonchiava, convinto che quella buona azione quotidiana fosse molto più utile a lui che a quel disgraziato.

«Hey ragazzi, lo volete un donut? Offro io!» propose, sbracciandosi per attirar l'attenzione.

«No grazie, Philip! Sarà per un'altra volta!» rispose Charlie Marsh, rallentando appena, per poi puntar dritto verso Ponderosa Avenue.

«Va bene! Fate i bravi, eh!» si raccomandò Biddlecombe, nel veder le sagome dei due amici divenir tutt'uno con l'orizzonte. Nel frattempo, Thomas Merowitz sbuffava, arrancando sui pedali. «Io però lo avrei mangiato volentieri, un donut…»

«Sta' zitto e risparmia le energie, Timmy… Non abbiamo tempo da perdere» replicò Charlie, che proprio non si sentiva dell'umore adatto per ascoltare piagnistei.

«Mia madre dice sempre che nelle ore più calde non ci si dovrebbe esporre al sole; forse dovremmo fermarci a riposare sotto un albero!»

«No. Continua a pedalare»

«Sai cos'altro dice?» perseverò Thomas Merowitz, tanto sudato e ansimante che pareva Barry White dopo tre ore di concerto. «Che la perdita di sali minerali potrebbe provocare un collasso cardiocircolatorio in un soggetto affaticato!»

«Sai, invece, cosa dice sempre mia nonna?» domandò Charlie Marsh, sibillino.

«Cosa»
«*Parla soltanto quando sei sicuro che quello che dirai sarà più interessante del silenzio*»
«Non credo di aver afferrato, Charlie...»
«Timmy...»
«Sì, Charlie?»
«Sta' zitto e pedala!».
Thomas Merowitz resistette sì e no un paio di minuti, giusto il tempo di riordinare le idee e riprendere fiato; dopodiché tornò alla carica con ancor più vigore.
«È che io non ci so stare in silenzio. Mi mette tristezza... Tu non hai fame? Ci fermiamo a prendere un panino da qualche parte? Sento che potrei mangiare un quarto di bue! Ti ho mai detto che mio cugino Harold lavora per le macellerie Stottlemeyer? Dice sempre che nessuna verdura al mondo potrà mai sostituire una bella bistecca. Dal punto di vista nutrizionale, intendo. Insomma, i vegetariani si illudono, capisci dove voglio arrivare?».
Dove trovasse l'energia di continuare a ciarlare pur insistendo sui pedali, per Charlie rimase sempre un mistero.
Ad ogni modo, ben presto gli fu chiaro che sarebbe stato inutile provare a contrastare quel fiume in piena; l'opzione migliore era senza dubbio quella di rifugiarsi in un dignitoso silenzio, condito da qualche sparuto mugugno di approvazione, giusto per non sembrar maleducato.
E mentre osservava lo sterrato farsi strada fra le pannocchie, non riusciva a pensare ad altro che al suo amico Billy Morgan; la fatica di ogni miglio percorso era spazzata via alla sola idea di rivederlo, di sentire ancora la sua risata, di saperlo libero e non rinchiuso. Charlie Marsh, in cuor suo, era convinto che da lì a qualche anno avrebbe ripensato alla sera della loro partenza, agli amici più cari, alla brezza d'estate e al treno che

graffiava i binari sollevando la polvere. Allora avrebbe esclamato: "Che notte, quella notte!". E così fu veramente.

would upset
your nerves
strong. Glad
please you.
during the month.
a wooden Nutmeg in

Capitolo IV
Fuga da Abbey Manor!

Abbey Manor era un bell'edificio con mura bianche e tetto celeste, sistemato proprio a metà strada fra le cittadine di St. Clement e Pleasant Plains; da quelle parti non passava mai nessuno, era già tanto che il postino si degnasse di recapitare la corrispondenza.
Almeno in apparenza, non dava per nulla l'idea di un orfanotrofio, somigliava più a una grande villa a due piani incorniciata da un giardino recintato, oltre il quale prosperava una vegetazione piuttosto fitta. La signora Kinkaid, però, aveva preso le sue belle precauzioni; dal momento in cui – insieme al marito Eric – raccolse le redini della baracca, riuscì con innegabile abilità diplomatica a farsi assegnare fondi da ben quattro comuni limitrofi, usando poi parte delle risorse per assicurarsi che tutto filasse per il verso giusto ad Abbey Manor, provando a scoraggiare qualsiasi velleità di fuga, ché di piantagrane non ne sentiva proprio il bisogno.
Inferriate alle finestre, ragazzi guardati a vista da un paio di educatori dall'aria truce e una disciplina piuttosto rigida erano portate insostituibili sul menù della Kinkaid che, pur non

difettando d'empatia, cercava di non allentare mai troppo le briglie.

Charlie e Timmy giunsero in prossimità della loro destinazione verso metà pomeriggio e decisero di lasciare le biciclette a qualche decina di metri dalla residenza, ben nascoste nella boscaglia, per poi avvicinarsi a piedi mimetizzandosi fra la vegetazione.

«E ora, che si fa?» domandò Thomas Merowitz, con la maglietta bagnata al punto che la potevi strizzare.

Charlie Marsh si sedette a terra, senza staccare gli occhi dall'edificio. «Semplice. Aspettiamo e osserviamo».

L'attesa durò circa un'ora, durante la quale Timmy non fece altro che ingozzarsi di merendine, mentre Charlie se ne stava a poca distanza, con la schiena poggiata a un tronco e l'aria particolarmente assorta.

Poi, d'un tratto, quando il sonno stava quasi per cogliere entrambi alla sprovvista, la porta di Abbey Manor si spalancò.

«Avanti, ragazzi! Avete sessanta minuti. Siete liberi di fare quel che preferite, ma non uscite dai confini della proprietà, siamo intesi?» ammonì Betsy Kinkaid, gettando un paio di palloni sull'erba, mentre una manciata di ragazzini si riversava alla spicciolata su quel prato tagliato di fresco.

«C'è Billy? Lo vedi?»

«Sta' giù, non fare rumore!» sussurrò Charlie Marsh, allungando il collo. «No, ancora non lo vedo…».

Osservando quei ragazzi che avranno avuto più o meno la sua età, a Charlie prese l'angoscia, ché gli sembrava di assistere all'ora d'aria dei carcerati.

Per quel che riusciva a scorgere, fra loro c'erano almeno quattro maschi e un paio di signorine dai modi posati; i primi presero quasi subito ad ammucchiarsi su un pallone, fra spintoni e schiamazzi piuttosto sguaiati, mentre le fanciulle preferirono accomodarsi su una panchina all'ombra del portico, cominciando immediatamente un fitto chiacchiericcio, sotto l'occhio attento di un educatore seduto poco distante.

«Insomma, dov'è Billy? Va a finire che siam venuti fin qui per niente…» protestò Thomas Merowitz, mentre Charlie cominciava a sudar freddo, non vedendo sbucar fuori il suo amico.

«Eccolo, sta uscendo!».

Billy Morgan apparì un paio di minuti dopo gli altri. Fermandosi un momento sull'uscio, si passò la mano fra i capelli folti e sbuffò con espressione imbronciata.

«Perché non vai a giocare con gli altri, Billy?» lo incalzò la Kinkaid, con la vocina stridula e il sorriso tirato.

Billy Morgan la ricambiò con un'occhiataccia piena di commiserazione. «No, non ne ho voglia» biascicò, mentre si allontanava trascinando i piedi, con il suo quaderno degli appunti fra le mani, forse tutto ciò che gli rimaneva di quel che era stato. Charlie lo osservò percorrere il vialetto, e non poté fare a meno di pensare che Billy sembrava affranto; il passo lento, il capo chino e la smorfia svogliata di chi crede non ci sia più nulla per cui valga la pena alzarsi al mattino.

Arrivato fin sotto lo steccato, Billy Morgan si accovacciò sull'erba e aprì il quaderno su una pagina bianca, per poi cominciare a scrivere qualche parola che nessuno avrebbe letto mai.

«Muoviti, Timmy! È la nostra occasione!» bisbigliò Charlie Marsh, mentre cercava di farsi strada fra i cespugli senza farsi notare. Il povero Thomas Merowitz, da par suo, arrancava a pochi passi di distanza, provando con ammirevole pervicacia a non lasciarsi sfuggire il sacchetto di Doritos che stringeva fra le mani.

«Psst! Psst!».

Billy Morgan, aggrottando la fronte, prese a guardarsi intorno per capire da dove provenisse quello strano sibilo.
«Billy, sono dietro di te, fra i cespugli! Ma non ti voltare!» mormorò Charlie Marsh, terrorizzato che qualcuno potesse sorprenderli.
«Chi è?»
«Sono io, Charlie!»
«Charlie?! Che diavolo ci fai qui?»
«Poi te lo spiego!»
«Hey, Billy, ci sono anche io!» esclamò Thomas Merowitz, tutto emozionato.
«Senti, senti… C'è pure Pisellino!»
Timmy, che dopo le miglia macinate, tutto s'aspettava tranne che d'esser preso per i fondelli, divenne paonazzo di rabbia.
«Charlie, devi dirgli di non chiamarmi così, altrimenti me ne torno subito a casa! Te lo avevo detto che sarebbe stato meglio andar per conto nostro, Billy è solo un ritardato!»
«Che hai detto, cicciabomba?» ringhiò Billy Morgan, voltandosi di scatto.
«Volete darci un taglio, voi due?» si lamentò Charlie Marsh, in un moto di frustrazione.
Due minuti. Erano bastati solo due minuti e quei due avevano ripreso le loro schermaglie esattamente da dove le avevano interrotte, senza nemmeno concedersi il tempo di un saluto.
«Con chi stai parlando, Billy?» urlò la signora Kinkaid, dal portico, aguzzando la vista.
«Nessuno! Era solo uno scoiattolo!» replicò Billy Morgan che, buon per lui, aveva sempre la risposta pronta. Quindi riprese il suo quaderno, lo aprì su una pagina a caso e cominciò a far finta di scrivere, onde evitare che qualcuno, vedendolo agitarsi, potesse insospettirsi. «Insomma, si può sapere che intenzioni avete?» chiese, senza alzare la testa dal foglio.

«Siamo in partenza!» rispose Timmy, che già si era lasciato alle spalle il battibecco di poco prima.
«Sì, andiamo a Suttwin» soggiunse Charlie Marsh.
«E che ci andate a fare, fin laggiù?»
«Andiamo ad aprire una tomba!» confessò Thomas Merowitz, prima che Charlie avesse modo rispondere, magari provando ad edulcorare un po' i dettagli.
«Dì un po', Charlie… Vi siete fatti di qualcosa, per caso?» insinuò Billy Morgan, mentre il sole cominciava lentamente a ricongiungersi con le alture all'orizzonte, dietro le quali ben presto sarebbe andato a spegnersi.
«È una storia lunga…» precisò Charlie Marsh, dopo aver assestato una gomitata nel fegato al povero Timmy, augurandosi che potesse servire a fargli tener la bocca chiusa per qualche secondo. «Non c'è tempo per raccontarti tutto, ma siamo venuti a prenderti! Vogliamo che tu venga con noi! Te la senti?».
Billy Morgan si concesse una lunga boccata d'aria tiepida, prima di rispondere. Osservando le grandi grate alle finestre di Abbey Manor, rifletté su come tutto il suo mondo, durante le ultime settimane, fosse stato messo sottosopra, vilipeso e sbattuto come il fondoschiena d'un alunno ribelle in un collegio militare.
«Io dico che il caldo vi ha dato alla testa…» commentò, con il suo sorriso sardonico, che tanto sapeva di sfida.
«Significa che non verrai?».
Lasciare Abbey Manor. E per andare dove? Charlie e Timmy, terminato quel viaggio, avrebbero avuto una casa a cui fare ritorno, e qualcuno che li avrebbe attesi sulla soglia.
Billy, invece, quasi sicuramente avrebbe pagato a caro prezzo quella fuga. Anche se non lo avrebbe mai ammesso, la verità era che ad Abbey Manor non si stava poi tanto male; dopotutto era sempre meglio che vivere in una roulotte fetida e

lercia, in compagnia di un uomo perennemente ubriaco, che un giorno ti insulta e l'altro ti insegue con la cinta in mano. Insomma, quasi si sarebbe potuto affermare che quello, nonostante le circostanze non lo facessero minimamente supporre, stava diventando per Billy Morgan il primo periodo davvero sereno dopo anni in cui si era svegliato quasi tutte le notti, perseguitato dagli incubi più turpi.

Ciò nonostante, Billy non era certo tipo da tirarsi indietro, non sarebbe stato da lui agire in base a quanto avesse da perdere o guadagnare.

«Stai scherzando? Certo che vengo!» esclamò, come se considerasse un grave affronto il solo fatto che quei due ne avessero dubitato, anche solo per un istante. «Questo posto mi ha già rotto le palle. Dormo in camera con un tizio alto un metro e una lattina, il cui più grande vanto è saper dire l'alfabeto ruttando… Figurati che situazione».

Charlie e Timmy si scambiarono un cenno d'intesa; se non altro, non avevano fatto tutta quella strada per nulla.

«Hai già un'idea di come farai ad uscire da qui?».

Billy Morgan era un ottimo osservatore. Lo era sempre stato, ci nasci con certe doti. Si era accorto, per esempio, di come Betsy Kinkaid riponesse le chiavi della magione in un cassetto – il terzo dal basso di un bel mobile in noce – tutte le sere dopo aver serrato la porta d'ingresso.

Aveva anche notato che la residenza era dotata di un vecchio montavivande, ormai in disuso da un bel pezzo, che collegava la cucina al piano superiore.

Ora, così su due piedi, non era mica tanto sicuro di come quelle informazioni avrebbero potuto tornargli utili, e in quale ordine; detto questo, era convinto che qualcosa sarebbe riuscito a inventarsi. Sarebbe andato a braccio, ecco tutto, avrebbe semplicemente improvvisato.

«Non ti preoccupare, troverò il modo» mugugnò, a denti stretti. «Fatevi trovare qui fra tre ore esatte, ma se non doveste vedermi per le 21:30, allora andate senza di me. Vorrà dire che non ce l'ho fatta…»

«Ma Billy…» obiettò Charlie Marsh che, sentendolo parlare in quel modo, già si era fatto blandire dalla malinconia.

«Ora è meglio che vada. Auguratemi *buona fortuna*…».

Billy Morgan non attese un secondo di più. Si alzò con un movimento agile e, dopo essersi scrollato la polvere di dosso, si incamminò verso la residenza, senza più voltarsi indietro.

Charlie e Timmy rimasero lì impalati, a bocca aperta, finché non videro scomparire il loro amico nella penombra del grande atrio di Abbey Manor.

«Buona fortuna, Billy».

Quella sera, alle 20:00 precise, Bob Whitman fece il suo ingresso in sala da pranzo, con indosso una camicia da boscaiolo e una salopette macchiata di salsa tonnata. A ognuno degli astanti servì zuppa di asparagi, una coscia di pollo lessa dal colorito cadaverico e una pagnotta del giorno prima, che il cibo avanzato non si doveva sprecare.

Billy Morgan era seduto fra Mercy Brown e Jeremy Weber, talmente incastrato fra i due che per prendere le posate doveva coordinare i movimenti con gli altri.

Mercy era una lungagnona con i capelli fini come ragnatele e gli occhi sporgenti, che pareva fosse sempre spaventata per qualche motivo. Aveva trascorso sette dei suoi quindici anni ad Abbey Manor, e ormai faceva parte dell'arredamento.

Quanto a Jeremy, tutti lo avrebbero considerato un tipo a posto se solo non avesse avuto una vera e propria idiosincrasia per l'igiene personale, tanto che ti saresti accorto della sua presenza pure se si fosse nascosto dentro un armadio.

Billy Morgan se lo ritrovò come compagno di stanza, e la cosa non gli fece fare di certo i salti di gioia; nell'imbattersi in quel dodicenne dalla stempiatura precoce e l'alito ferroso, pensò che nulla – ma proprio nulla – sarebbe potuto andare peggio di così.

«Che hai, Billy? Non hai fame?» domandò Bob Whitman, con l'espressione accigliata, resa ancor più minacciosa da una folta barba bruna.

Billy non aveva toccato cibo. Continuava a sbirciare l'orologio appeso alla parete e, ogni tanto, gettava un'occhiata furtiva all'esterno. Lì fuori, nascosti in mezzo ai cespugli di mirto e lavanda, i suoi amici stavano contando i minuti, nella speranza di vederlo arrivare.

O meglio, era Charlie Marsh quello che stava contando, mentre Timmy si era addormentato accanto alle radici d'un tronco, con la testa poggiata sullo zaino e fra le mani una confezione di Giggles, che ben presto sarebbe stata presa d'assalto da una nutrita colonia di formiche dello zucchero.

Charlie, osservando le finestre di Abbey Manor, brillanti come fuochi fatui, pensò che il loro viaggio non era cominciato come avrebbe sperato: non sarebbero mai arrivati in tempo per prendere il treno delle 20:41, e nemmeno quello delle 21:37. Anzi, avrebbero dovuto considerarsi fortunati se fossero riusciti a ripiegare sul convoglio diretto a Greenville.

Ad ogni modo, se quello era il prezzo da pagare per avere Billy al loro fianco, Charlie Marsh era ben contento di saldare il conto.

«No, signor Whitman» mormorò Billy Morgan, a capo chino, avvertendo su di sé gli occhi d'ogni astante.

Bob Whitman, ad Abbey Manor, si occupava di un sacco di cose diverse: cucinava, curava il giardino e, all'occorrenza, correva a prendere per l'orecchio chi si faceva solleticare dalla

tentazione di trasgredire al decalogo appeso in ogni stanza da letto: *regole per una buona convivenza*, così le chiamava la Kinkaid. Fra queste, la numero 4 raccomandava di non lasciar mai nulla nel piatto.
«Quello che avanzi oggi, te lo ritroverai nel piatto domani. Lo sai questo, vero?» domandò Betsy Kinkaid, che s'era sistemata a capotavola. A Billy Morgan toccò mordersi la lingua. Si limitò ad annuire, pensando che l'indomani lui, a quel tavolo, non si sarebbe seduto e quella coscia di pollo rancida avrebbero potuto ficcarsela dove più preferivano.
Alle 21:00 esatte le luci della residenza, una dopo l'altra, cominciarono a spegnersi. Al secondo piano c'erano le stanze dei ragazzi e quella di Bob Whitman.
Tutte le sere Bob, dopo essersi assicurato che tutti si fossero lavati i denti, dava la buonanotte e spariva nella sua stanza, dove si sarebbe rimbambito davanti alla televisione fino a mezzanotte inoltrata, prima di cadere puntualmente in un sonno profondo, con ancora il telecomando fra le mani e il monoscopio sullo schermo.
Così andò anche quella volta. Billy Morgan attese pazientemente che Bob Whitman avesse completato il suo giro; poi, non appena udì i passi farsi lontani e l'ultima porta richiudersi, si rialzò e si vestì in tutta fretta, tirando fuori dallo zaino che teneva sotto al letto i primi stracci che gli capitarono fra le mani.
«Che intenzioni hai, Morgan?» domandò Jeremy Weber, rigirandosi sul materasso.
«Fatti gli affari tuoi, Weber…»
«Non crederai di tagliare la corda!»
«Tu pensa a tenere la bocca chiusa!» ammonì Billy, infilandosi lo zaino in spalla.

Jeremy Weber pareva perplesso. Si sedette sul letto e si stropicciò gli occhi, indeciso sul da farsi.
«Posso venire con te?»
«No»
«Potrei darti una mano!»
«Ho detto di no! Rimettiti a dormire».
Billy Morgan si avvicinò alla finestra e guardò fuori, lontano; infilando il braccio attraverso la grata, accarezzò la brezza leggera della sera e ne assaporò il gusto.
«Se Bob dovesse scoprirti, ti prenderà a cinghiate...» bofonchiò Jeremy, lasciandosi andare ad un ghigno sinistro.
«Non sarebbe la prima volta. Promettimi che terrai la bocca chiusa, Weber...»
«Mi hai preso per una spia?!» replicò il ragazzino, piuttosto risentito.
Billy Morgan non si fidava un granché di quello scaracchio, ma non aveva alternative. Così si fece coraggio e aprì la porta della sua stanza, giusto quel tanto che bastava per dare una sbirciatina all'esterno.
Dalla camera di Bob Whitman – quella più vicina alle scale – filtravano le voci confuse generate dai canali delle televendite, nonché un inconfondibile olezzo di sigarette Pall Mall.
Attraversare tutto il corridoio calpestando quelle assi di pavimento scricchiolanti sarebbe stato un azzardo troppo grande, persino per un animo avventato come Billy Morgan; quel bifolco di Whitman aveva l'orecchio fino, non conveniva sfidare la sorte. Ad ogni modo, anche fosse riuscito a superare indenne il corridoio e a prendere le scale fino al pianterreno, si sarebbe immantinente trovato a pochi passi dalla camera da letto di Betsy Kinkaid, e non c'era verso di arrivare alla porta d'ingresso senza passarci proprio davanti.

Fu allora che Billy optò per quella che gli pareva la soluzione più semplice e funzionale: si sarebbe calato nel montavivande in disuso, sgusciando fra le pareti come un topo.

Gli servivano solo pochi secondi, sarebbe stata una discesa rapida e indolore: zero probabilità di essere visto, nessun rischio di imbattersi in qualcuno. Una volta sbucato nelle cucine, non sarebbe rimasto che da recuperare le chiavi della residenza dalla cassettiera, per poi filarsela dalla porta d'ingresso. Insomma, semplice come quella volta in cui convinse Timmy a mettersi in bocca delle feci di lepre, dopo avergli assicurato fossero bonbon al cioccolato.

E così fece. La fune del montavivande si rivelò robusta e, in men che non si dica, Billy si ritrovò al piano inferiore. Aprendo lo sportello, nel buio pesto che lo accolse, notò però qualcosa che scombinò in pochi istanti quel piano che gli era parso perfetto: due occhi vitrei lo stavano fissando a qualche metro di distanza, proprio mentre nell'aria andava diffondendosi un gorgoglio roco e minaccioso.

«Hey, Rolf... È vero che sei bravo, Rolf? È vero che sei proprio un bel cane?» sussurrò Billy Morgan, cominciando a sudar freddo.

A Betsy Kinkaid non erano bastate le inferriate e gli educatori che si alternavano di guardia; nella sua febbrile mania di controllo, da qualche anno aveva deciso di aprire le porte di Abbey Manor a Rolf, un meticcio di quarantacinque chili, simile a un Rottweiler particolarmente tarchiato.

Quella sera, Billy Morgan scoprì due cose sul conto di Rolf: la prima era che non aveva un carattere affabile. La seconda, che gli piaceva dormire spalmato davanti all'ingresso, per godersi gli spifferi che filtravano da sotto la porta.

Che non fosse consigliabile mercanteggiare con Rolf, Billy lo comprese quasi subito. Tutto voleva tranne che quel bestione cominciasse ad abbaiare come un indemoniato, mettendo in allarme ogni ospite della residenza.

Così, di malavoglia, si riacquattò nel montavivande e faticosamente cominciò la risalita.

«Già di ritorno?» provocò Jeremy, nel vederlo rientrare nella stanza tutto trafelato.

«Non fare lo stronzo, Weber...» rispose Billy, con un filo di voce. «Maledizione, c'ero quasi! Tutta colpa di quel cane...».

Billy Morgan era deluso, persino affranto. L'orologio segnava le 21:17, non gli restava molto tempo.

«Ascolta, Weber... Tu sei qui da parecchio... Dammi una mano, vuoi? Devo uscire, a tutti i costi!» prese a supplicare, sedendosi sulla sponda del letto con la testa fra le mani.

«Che vuoi che ti dica? Mica ho la bacchetta magica...» rintuzzò il ragazzino, scrollando le spalle.

«Ma non lo so, qualsiasi cosa! Ci sarà pure un modo per farli fessi!».

Jeremy Weber si fece pensieroso, e prese a strofinarsi il mento come se da un momento all'altro dovesse partorire qualche inconfutabile assioma; non si capiva se la sua fosse autentica concentrazione o se facesse tutto parte di un teatrino volto a tenere Billy Morgan un po' sulle spine.

«In effetti, forse un modo ci sarebbe... Sì, credo che potresti farcela, dopotutto!» disse, balzando improvvisamente giù dal letto e cominciando a zampettare per tutta la stanza, gonfiando l'aria con il suo inconfondibile odore di ascella sudata. Dal canto suo, Billy – che ormai controllava il suo orologio sì e no ogni quindici secondi – pareva piuttosto indispettito.

«Allora che aspetti, che si faccia mattino?»

«Che avrei da guadagnarci?» domandò Jeremy con piglio impertinente, incrociando le braccia.

Billy Morgan, in quel momento, lo avrebbe strozzato se avesse potuto.

«Weber, ti hanno mai detto che sei un figlio di...»

«Così non migliori le cose, Morgan... Vuoi andartene da qui, giusto? Dammi solo un un piccolo incentivo, non chiedo altro...».

Billy si sedette a terra sconsolato e prese a rovistare nel suo zaino. Era arrivato ad Abbey Manor con qualche cambio biancheria e pochi effetti personali; che pretendeva quella sanguisuga?

«Qui ho una barretta Rocky Road, se ti va...» mormorò, lanciando il dolcetto tutto ammaccato sul letto.

Jeremy Weber, a dire il vero, non parve molto allettato dalla proposta e azzardò una smorfia vagamente disgustata. «Non mi piacciono i dolci, preferisco il salato»

«Ti pareva... Ho qualche musicassetta, che ne dici? Roba forte. Kiss, Van Halen, Kansas... Posso dartele tutte, se vuoi!»

«Non saprei... È che sono più tipo da Wham! Roba di classe, non so se mi spiego...» precisò, mangiucchiandosi le unghie.

Billy Morgan avrebbe preferito ingoiare una cucchiaiata di letame piuttosto che stringere la mano a un fan degli Wham; che diavolo aveva di sbagliato, quel ragazzino?

«Stai scherzando...»

«Per niente! Perché?»

«Senti Weber, qui siamo in un vicolo cieco. Mica ho il negozio degli articoli da regalo nello zaino!».

Billy cominciava sul serio a spazientirsi; se quella mezza tacca pensava davvero di tirare la corda ancora per molto, avrebbe presto rimpianto di essere arrivato al punto di rottura.

«Beh, ti conviene farti venire qualche idea. In alternativa, potresti sempre tornare a dormire... Domani serviranno

frittelle, per colazione!» mugugnò Jeremy, rimettendosi a letto. Fu a quel punto, suppongo, che Billy Morgan valutò di dar libero sfogo al suo lato oscuro.
«E se invece ti dessi tante sberle da cambiarti i connotati?» ringhiò, rendendo palese che il tempo dell'indulgenza fosse finito.
«E se mi mettessi a urlare tanto forte da svegliare tutta la casa? Bob Whitman non la prenderebbe bene…».
A occhio e croce, non sembrava esserci molto margine di trattativa.
«Va bene, Jeremy… Hai vinto. Non avrei voluto arrivare a tanto, ma non mi lasci altra scelta. Tieni, non ho di meglio da offrirti…».
Così dicendo, Billy Morgan tirò fuori dallo zaino un bellissimo Dollond a tre tubi, che doveva avere non meno di cent'anni. Jeremy Weber quasi non poteva credere ai propri occhi.
«Dove lo hai preso…» ebbe la forza di dire, illuminandosi in volto.
«So solo che era di mio nonno. Ti avevo detto, no, che discendo da una famiglia di pirati ed esploratori…»
«Sarà…» bofonchiò lui, facendo finta di bersi quelle storielle.
«Allora, affare fatto?».
A Billy Morgan costò molto separarsi dal suo cannocchiale ma, allo stesso tempo, non poté che aprirsi in un sorriso nell'osservare l'emozione dipinta sul viso di quel ragazzino. Conosceva bene quegli occhi, erano proprio come i suoi. Quello era lo sguardo di qualcuno che non ricordava più cosa si provasse nel ricevere un regalo. Jeremy era un invisibile, un emarginato, uno sconfitto. Ed era anche un gran rompipalle, perché negarlo. Ma, in fondo, Billy era contento di vederlo felice.

«Prendi le scale che portano al sottotetto» mormorò Jeremy Weber, senza smettere di lustrare il suo Dollond con l'angolo del lenzuolo.
«E poi, che dovrei fare? La porta è chiusa a chiave…»
«Le chiavi sono nascoste nella coppa della lampada a muro. Ho visto Bob che ce le metteva. Lì sopra non hanno montato inferriate, puoi uscire dall'abbaino e calarti giù»
«Calarmi giù?!» gli fece eco Billy Morgan, leggerissimamente alterato. «Sai che rischio di spezzarmi l'osso del collo? E pensare che ti ho regalato il mio cannocchiale per ascoltare questa cazzata…»
«Non farla tanto lunga, sono solo due piani, sono sicuro che troverai il modo… E comunque non c'è altra soluzione. Se preferisci restare qua, liberissimo».
No, non si poteva rinunciare. Billy aveva già l'adrenalina in circolo e nulla gli avrebbe impedito di raggiungere i suoi amici, anche a costo di levarsi le mutande e gettarsi di sotto usandole come paracadute.
«Abbi cura del mio cannocchiale, stronzetto» disse, avviandosi verso la porta.
«Hey, Billy… Tornerai?» chiese Jeremy Weber, adagiando la testa sul cuscino.
«Chi lo sa. Forse». Billy Morgan richiuse l'uscio e se ne andò. Davvero non sapeva dove lo avrebbe condotto quella fuga, sotto quale cielo si sarebbe trovato l'indomani. Semplicemente non gli importava. Tantomeno gli interessava pensare a un suo ritorno, che già solo l'idea aveva il potere d'angosciarlo.
Tutto ciò che voleva era che la notte lo tenesse per mano, che il vento gli indicasse la via. Altro non gli serviva.
Imboccò il corridoio, e furono sufficienti pochi passi per ritrovarsi sulle scale che conducevano di sopra. Quindi si

allungò sulle punte dei piedi più che poteva, ché alla coppa della lampada ci arrivava a malapena.

Spinse che era teso come la corda di un arco, fino a che riuscì a infilare le dita e a sentire le chiavi tintinnare sul vetro.

Un ultimo sforzo per afferrarle e poi via, dentro la soffitta, illuminata solo dal bagliore di qualche stella sparuta che, come capocchia di spillo su un mantello nero, sfidava il buio di un cielo mai così scuro.

L'orologio segnava ormai le 21:27. Non c'era più tempo.

Percorse dieci o dodici metri, non di più, facendosi strada attraverso valigie di ospiti che non erano mai ripartiti e scatoloni ricolmi di vecchie stoviglie. Nell'aprire la finestrella che dava sull'esterno, Billy Morgan fu investito da uno sbuffo di vento e dal canto sincrono delle cicale, che parevano chiamarlo verso l'ignoto.

Per un istante fece l'errore di guardare di sotto, e gli ci volle qualche secondo per scansare dalla mente l'immagine della sua faccia spappolata sull'erba. Poi, d'un tratto, l'illuminazione.

Sfilò per un paio di metri lungo il cornicione, lentamente, prendendo respiri profondi. Quindi gli bastò aggrapparsi braccia e gambe al tubo pluviale che, dalla grondaia, si distendeva fino a terra e, poco alla volta, scendere giù. In pochi secondi, era tutto finito.

«Beh, non è stato troppo difficile, in fondo» rimuginò, congratulandosi con sé stesso per il brillante epilogo di quell'evasione.

Nell'allontanarsi a lunghe falcate verso l'oscurità, ebbe il tempo per voltarsi un'ultima volta verso l'unica stanza ancora illuminata. Laggiù, oltre il vetro di una finestra a piano terra, era ben visibile la sagoma della signora Kinkaid; come ogni sera, stava facendo le ore piccole battendo a macchina, mentre

il marito Eric, poco distante, se la dormiva da un pezzo, con indosso un pigiama a righe che lo faceva apparire ancor più bolso e sgraziato di quanto già non fosse.
Ingobbita sullo scrittoio, con solo una lampada accesa, la donna sfidava il sonno riversando su carta romanzi rosa che nessuno avrebbe mai pubblicato. Con i capelli scuri violati da ciocche d'argento raccolti sulla spalla sinistra, recava sul volto l'espressione di chi in quelle righe scaricava la frustrazione di tutto ciò che avrebbe potuto essere e non era stato.
«Ci vediamo, Betsy» sospirò Billy, senza covare rancore. E, in un attimo, sparì fra i cespugli.

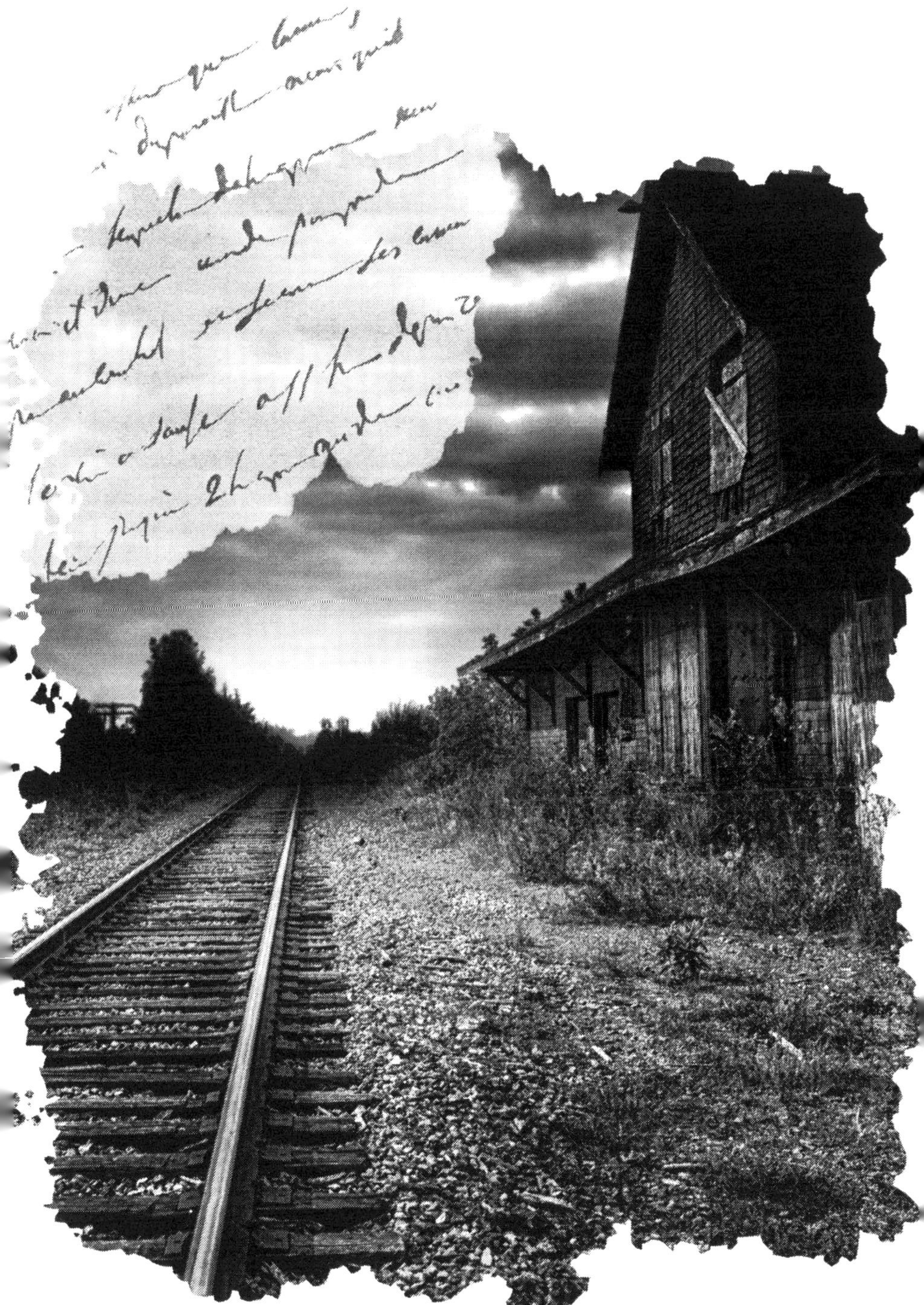

Capitolo V
Lungo i binari

«Finalmente! Eravamo in pensiero!»
«Sì, lo vedo…» borbottò Billy Morgan, indicando Timmy, che proprio in quell'istante si stava riavendo dal suo sonno profondo.
«No! Maledizione, i miei Giggles…» piagnucolò lui, nell'osservare la fila di formiche che dalla confezione risaliva ordinatamente lungo il suo braccio. «Forse, se ci soffio sopra, riesco a recuperarne qualcuno…»
«Dai qua, ci penso io». Così dicendo, Billy gli strappò di mano il pacchetto di biscotti, per poi farlo planare da qualche parte, in mezzo ai cespugli. «Ecco fatto»
«Sei uno stronzo, Billy!»
«Quand'è che la smetterai di frignare? Dai, andiamo. Abbiamo qualche ora di vantaggio prima che la Kinkaid si accorga che ho tagliato la corda».
Fu quello il momento in cui Charlie comprese che avrebbe faticato non poco nel tenere a bada le intemperanze dei suoi amici; andò ancora peggio poco dopo, non appena Billy Morgan realizzò che loro erano in tre, ma le biciclette solo due.

«Mi spieghi perché non possiamo condividerla?» protestò Timmy, appena si accorse che avrebbe dovuto cedere a Billy la sua, accontentandosi di viaggiare come passeggero su quella di Charlie.

«Perché puzzi di burro di noccioline e se mi aliti in faccia rischio uno shock anafilattico, ecco perché».

Insomma, detto fra noi, Billy Morgan era buono e caro ma non era il caso di contraddirlo troppo spesso, perché s'accendeva con poco.

La stazione di Camden distava circa quattro miglia. Con la sua architettura rustica e le finiture in legno, pareva una di quei crocevia dove i vecchi cercatori d'oro si attardavano, un centinaio di anni prima, lungo la strada verso lo Yukon.

C'era stato un tempo in cui quella stazione aveva visto frotte di persone andare e venire, un'epoca in cui Cedarbrook sembrava destinata ad un futuro radioso; al mattino, in particolare, i pendolari si muovevano febbrili, come mosche intrappolate sotto un bicchiere, e l'odore di caffè si mescolava a quello della pioggia, durante i rigidi inverni del Midwest.

Quei giorni, ora, parevano molto lontani.

«Quindi parlavate sul serio. Volete davvero aprire la tomba della Davenport...» borbottò Billy Morgan, che nel frattempo aveva legato una torcia al manubrio con del nastro adesivo, di modo che il fascio di luce potesse aprire un varco nella notte.

«So che sembra stupido...» si schermì Charlie Marsh, che aveva approfittato di quella lunga pedalata per aggiornare l'amico in merito alle ultime novità.

Billy scrollò le spalle, piuttosto divertito. «Non più di tante altre cose, in fondo... Chissà, potrebbe persino girarci bene. Se trovassimo qualcosa di valore, potrei fuggire in Messico, sposarmi una chica e aprire un negozio di souvenirs a Cabo

San Lucas… Almeno non sarei costretto a dormire ancora con Jeremy Weber. Quel tappo rutta pure mentre dorme».
La verità era che Billy Morgan non era uno che andava troppo per il sottile; quella spedizione gli sembrava poco meno di una gran cavolata, ma avrebbe seguito i suoi amici pure se gli avessero proposto di andare a svuotare il lago Michigan usando un cucchiaio da minestra. Vedete, magari oggigiorno per alcuni non sarà semplice da capire, ma quelli erano tempi in cui non era tanto importante cosa stavi facendo, ma con chi.
«Cos'è una *chica*?» domandò Timmy, alquanto perplesso. Charlie e Billy se la risero, ma nessuno rispose.
Si erano fatte circa le 22:00 quando i contorni della stazione ferroviaria di Camden cominciarono ad emergere dall'ombra; Charlie Marsh propose di abbandonare le biciclette fra la boscaglia – sicuro che avrebbero potuto recuperarle al ritorno – e nessuno ebbe da obiettare.
Billy Morgan prese a camminare spedito, mettendosi subito alla testa del gruppo. «A che ora passa il prossimo treno?»
«22:17. Treno merci diretto a Buffalo, otto carrozze, tre fermate intermedie. Dovremmo essere a Greenville in circa tre ore, forse qualcosa in più. Una volta lì, decideremo come percorrere l'ultimo tratto fino a Suttwin» replicò Charlie Marsh, snocciolando quelle informazioni con la sicumera di chi ci teneva a mostrarsi preparato.
Nel varcare la soglia della stazione di Camden, Thomas Merowitz venne scosso da un brivido caldo, da far drizzare i peli sulle braccia, se solo li avesse avuti.
«Cavoli, che allegria…» commentò, nel rendersi conto che l'edificio era del tutto deserto, e il fitto vociare dei viaggiatori diurni era stato sostituito dallo sbatter d'ali di qualche pipistrello e dallo squittio di una civetta piuttosto loquace.

L'unica lucina accesa era quella dello sportello informazioni, ma non c'era nessuno dietro al bancone.

Un libro aperto su una pagina piena di sottolineature e una giacca blu sistemata con cura sulla spalliera d'una sedia, suggerivano che, da qualche parte, fra i corridoi spogli di quella struttura, un impiegato stesse provando a combattere solitudine e noia del suo turno di notte.

«Meglio per noi, che non ci sia nessuno» lo incalzò Billy, a mo' di rimprovero. «Tre ragazzini in viaggio da soli, a quest'ora tarda, desterebbero qualche sospetto, non ti pare?»

«Ecco, a questo proposito…» si inserì Charlie Marsh, aumentando l'andatura per affiancarsi a Billy Morgan «Credo sarebbe opportuno non attendere sulla banchina. Suggerisco di attraversare i binari e nasconderci fra la vegetazione… Così sarà più semplice infilarsi in un vagone senza esser notati, una volta che il treno si sarà fermato in stazione!».

A Billy quasi scappò da ridere. Non lo fece per cattiveria, semplicemente rimase un po' sorpreso nel sentire Charlie Marsh esprimersi con quel piglio. «Lo hai sentito, Timmy? Lui *suggerisce*! Manco per due settimane e il piccolo Charlie si trasforma nel generale Grant…»

«Ma no…» farfugliò Charlie Marsh, tutto rosso in viso per l'imbarazzo «Se hai un'idea migliore faremo come dici tu, Billy… È ovvio!»

«No. La tua idea è buona, Charlie. Faremo a modo tuo».

Così dicendo, Billy Morgan si aprì in un sorriso e tirò a sé l'amico, cingendogli un braccio intorno al collo. Charlie Marsh non s'era mai sentito tanto orgoglioso.

Quei minuti d'attesa, accartocciati fra i cespugli, risultarono utili per metter qualcosa nello stomaco e pianificare le prossime mosse, pur considerando che le punture d'insetto si rivelarono una vera e propria iattura.

Nel frattempo, ad appena qualche miglio di distanza, il treno 2117 della CSX Transportation fendeva le ombre, annunciando con un fischio assordante il suo imminente arrivo in stazione.

«Sono praticamente certo che da Greenville partano dei pullman diretti a Suttwin» biascicò Charlie Marsh, spiluccando noccioline. «Sì, dev'essere così per forza. Dubito avremo problemi a raggiungere la nostra destinazione»

«Non credo che riuscirò ad aspettare fino a domani per fare un pasto normale… Mi brontola lo stomaco» disse Timmy, come non lo avesse nemmeno sentito.

Billy, da par suo, osservava il cielo con una certa preoccupazione. «Li avete visti anche voi, quei fulmini?» mormorò, annusando l'aria, che si stava facendo elettrica. «Questo cielo non mi piace, diventa sempre più scuro».

Al che Charlie Marsh prese a scrutare a sua volta l'orizzonte, ma non parve troppo turbato. «In ogni caso sui treni non piove, staremo all'asciutto. Hey, che stai facendo?».

Billy Morgan, come niente fosse, tirò fuori dallo zaino un coltellino svizzero, ne estrasse la lama e, senza batter ciglio, si praticò un taglio sul palmo della mano destra.

«Ora dammi la tua, Charlie» disse, tendendo la propria.

«Che vuoi fare?»

«Un patto di sangue. Nei film lo fanno sempre, quindi dobbiamo farlo anche noi. Così diventeremo fratelli».

«V-v-ve lo dico subito, io la mano non me la taglio, intesi?» balbettò Timmy, che già si stava facendo prendere dal panico.

«Fai come vuoi, femminuccia. Io e Charlie lo facciamo. Vero, Charlie?».

Inutile negarlo, Charlie Marsh non smaniava certo dalla voglia di farsi incidere la mano con quella lama sudicia, ma non poteva mica deludere Billy. Perlomeno, non quella sera. Senza emettere un fiato, tese il braccio e chiuse gli occhi, facendo del suo meglio per soffocare in gola la paura.

«Voi siete pazzi…» commentò Thomas Merowitz, nel vederli infine unire le mani sanguinanti in una stretta, sugellando un legame divenuto di colpo indissolubile.

Billy lo guardò di sbieco. «Allora, sei dei nostri o no?».

Fu dei loro. In fondo, un taglietto valeva bene il rispetto dei suoi unici amici, che trovarne altri mica sarebbe stato tanto semplice.

Il treno 2117 della CSX Transportation arrivò alla stazione di Camden in perfetto orario, una volta tanto. Non appena arrestò la sua corsa, cigolando sui binari, Charlie e Billy emersero da una nube di polvere e gli si accostarono con discrezione; poi, cercando di non fare rumore, presero ad esaminare le varie carrozze.

«Andiamo, da quella parte!» suggerì Billy, cominciando a camminare a passo svelto in direzione della locomotiva.

«Non vedo nessuna porta, forse sono dall'altro lato!» sussurrò Charlie Marsh, in lotta perenne con l'ansia.

Thomas Merowitz, nel frattempo, arrancava all'ultimo posto della fila, preoccupato solo dalla prospettiva che il taglio sulla mano potesse infettarsi. «Qualcuno ha dell'acqua ossigenata, per caso? Mia madre dice sempre che le ferite aperte possono provocare la setticemia!»

«Guarda, Charlie!» esclamò Billy Morgan, d'improvviso, indicando un vagone color ruggine qualche decina di metri più avanti. «Laggiù, quel carro a due assi! Ha il portone di scarico aperto!».

Charlie Marsh non se lo fece ripetere due volte. Lui e Billy sgattaiolarono a bordo senza difficoltà, quindi si diedero man forte per tirar su di peso Thomas Merowitz che, tanto per cambiare, sbuffava e grugniva come se stesse scalando il Nanga Parbat.

Alle 22:24 esatte il treno merci numero di serie 2117 abbandonò lentamente la stazione di Camden, con tre passeggeri in più. Si inerpicò sull'altura di St. Clement e superò agilmente il viale di sempreverdi a ridosso di Tremont, per poi puntare dritto a est, verso l'alba che sarebbe venuta.

Charlie Marsh scelse di sedersi proprio in prossimità del portello di scarico, così che potesse osservare il mondo scorrere davanti ai suoi occhi. Mai la notte gli era parsa così bella e accogliente, e il vento così caldo.

Dieci minuti più tardi, Timmy si era già appisolato accanto a una cassa di legno piena di carbone, lo zaino come cuscino; Billy Morgan, poco distante, pareva assorto e guardava in lontananza le nubi sfumate di grigio e viola, come se vi avesse perso dentro qualcosa. Charlie si alzò, lo raggiunse e gli si sedette accanto.

«Posso chiederti una cosa?»

«Spara» rispose Billy, senza voltarsi.

«Non ti preoccupa cambiare scuola?»

«Che vuoi dire?»

«Beh, mi riferisco alla Stanton, è ovvio. A settembre cominceremo le superiori… Un'altra classe, nuovi compagni, nuovi professori… Non ti spaventa nemmeno un po'?»

«Non mi spaventa più niente, ormai».

Lo affermò con un'espressione così triste e un tono di voce tanto cupo, che a Charlie Marsh si accapponò la pelle.

«Potrebbe diventare difficile continuare a vedersi… Non ci hai pensato? Neanche questo ti preoccupa?».

Billy Morgan inspirò profondamente, sorrise e guardò Charlie dritto in volto, senza dir nulla. Nei suoi occhi si agitava il tumulto di chi ha un cuore indomabile.

«Se la nostra è vera amicizia» disse poi, tornando a scrutare i nembi in lontananza «allora un modo lo troveremo».

«Hey Charlie, non ti preoccupare...» farfugliò Thomas Merowitz, che nel dormiveglia era riuscito ad ascoltare tutta la conversazione. «Mia madre conosce un sacco di gente. Vedrai che farà in modo di farci mettere nella stessa sezione...» assicurò, stropicciandosi gli occhi.

«Visto, Charlie? Dormi tranquillo. Timmy penserà a tutto». Billy Morgan si lasciò sfuggire un ghigno sarcastico, a malapena smorzato da un velo di malinconia. D'un tratto, però, il suo volto si fece serio. «Silenzio, sento dei passi!».

Bartholomew Richards aveva trascorso buona parte dei suoi quarantasette anni sui treni, viaggiando da una costa all'altra del paese.

Suo padre Blake era stato capostazione a Burlington, nell'Iowa, ed era crepato di cirrosi epatica che non aveva ancora compiuto mezzo secolo. Da lui Bartholomew ereditò sia la passione per i treni che quella per l'alcol, tanto che nemmeno usciva di casa senza aver riempito di rum la sua fiaschetta d'argento.

Quel venerdì notte, entrando nella carrozza numero 3, la sua presenza venne annunciata dallo sfregare sul pavimento di una vecchia protesi in legno e da un alito particolarmente infelice.

«Zitti, non dite una parola!» intimò Billy Morgan, mentre tutti provavano a nascondersi fra le casse di carbone.

Thomas Merowitz, nell'osservare l'ombra scura di quell'uomo nerboruto agitarsi e sbuffare nel buio, rimase particolarmente turbato.

«Ho paura, Billy...» mugugnò, non riuscendo proprio a trattenersi.

«Sta' zitto, scemo! Vuoi che ci senta?»

«Chi è là?!» ringhiò Bartholomew Richards, nell'udire quel vociare.
«Ecco, hai visto che hai fatto?»
«Ho detto, chi è là?» ripeté l'uomo, con ancor più vigore, condendo il suo intercalare con un rigurgito. Quindi fece un passo in avanti, e un altro ancora, che ne avesse mossi un altro paio, sarebbe riuscito a scorgere la testa di Charlie Marsh sbucare da dietro alcuni sacchi di juta.
Fu in quel momento che Timmy scoprì di possedere una dote nascosta, un qualcosa che nessuno mai avrebbe creduto potesse appartenergli: il coraggio.
«Sono solo io, signore» bofonchiò, uscendo dall'ombra e cogliendo tutti alla sprovvista.
«E tu da dove sbuchi?» sibilò l'uomo, aguzzando la vista.
«Questo è un treno merci, non sono ammessi passeggeri…»
«Infatti mi sembrava strano non ci fossero sedili… Devo essermi sbagliato!»
«Ah sì? O magari lo hai fatto apposta…» insinuò Bartholomew Richards, subito dopo aver tracannato un sorso dalla fiaschetta. «Volevi viaggiare a sbafo, è così?»
«No, signore, lo giuro».
Quel patetico grassone se la godeva a prendersela con chi non poteva difendersi; più Timmy pareva terrorizzato e più Bartholomew provava un sadico divertimento nel rincarare la dose. «Dove sei salito?» domandò, massaggiandosi le natiche con la sua mano sozza e callosa.
«A Camden. Sono diretto a Greenville»
«Ma non mi dire… E viaggi da solo?»
«Sì, ci sono solo io qui…».
Charlie e Billy si scambiarono un'occhiata che raccontava molto più di qualsiasi parola. Thomas Merowitz non sapeva raccontar frottole, ma stava facendo del suo meglio per tenere

i suoi amici fuori da quel gigantesco casino. Dove avesse trovato, tutto a un tratto, la forza di affrontare la prima linea, nessuno seppe mai spiegarselo.

«Senta, signore. Posso pagare per il viaggio...» mormorò, frugandosi nei pantaloni. Billy Morgan pensò che quella fosse una pessima mossa: mai parlare di soldi con zotici del genere.

«E quanto vorresti pagarmi, sentiamo...» biascicò Bartholomew Richards, facendo un passo avanti.

«Ecco, si dà il caso che in tasca abbia giusto dieci dollari» disse Timmy, allungando una banconota stropicciata. Fu allora che le cose cominciarono davvero a mettersi male.

«Dieci dollari... No, non bastan, ragazzo. Vediamo se puoi offrire di più!».

Così dicendo, il bifolco afferrò Thomas Merowitz per le bretelle, strattonandolo e scuotendolo, che pareva diventato una di quelle marionette danzanti animate dagli artisti di strada. Bartholomew gli vuotò le tasche, gli assestò un paio di buffetti sulla nuca e, già che c'era, gli spettinò pure i capelli, giusto per divertirsi un po'. Quindi, non appena si sentì soddisfatto, prese a tirar fuori il contenuto dello zaino, gettando ogni cosa alla rinfusa sul pavimento.

«Charlie, dobbiamo saltare!» sussurrò Billy Morgan.

«Stai scherzando? Ci spaccheremo le ossa!»

«Charlie, guarda che qui finisce male! Ti dico che dobbiamo saltare... Tieniti pronto!».

Bartholomew Richards pareva non averne ancora abbastanza di torturare il povero Timmy, che continuava a contorcersi come un verme infilzato sull'amo. Billy Morgan non poteva tollerarlo; non lui che, in quanto a soprusi subiti, avrebbe potuto redigere un'enciclopedia illustrata.

Quando, nel guardarsi intorno, trovò un leverino sul coperchio di una cassa di legno, capì che non gli sarebbe servito null'altro per cavarsi d'impaccio.

Senza pensarci un secondo, afferrò l'attrezzo e uscì dal suo nascondiglio, rapido come una saetta, che Bartholomew Richards nemmeno ebbe il tempo di accorgersene. Non appena lo raggiunse, lo colpì fra le scapole con tutta la forza di cui disponeva.

L'uomo lanciò un grido roco e sguaiato, accasciandosi al suolo in preda al dolore più atroce. A Thomas Merowitz quasi non parve vero d'esser di nuovo libero; la prima cosa a cui pensò fu di inginocchiarsi a terra, non tanto per ringraziare il cielo, quanto piuttosto per cercare di recuperare dal pavimento merendine e stuzzichini.

«Ma sei deficiente?!» gli urlò addosso Billy Morgan, subito dopo aver sferrato un calcio a una confezione di Twinkies. «Vai, Charlie! Ora! Saltate!».

Charlie Marsh, fermo sul bordo del portello, osservava con terrore il buio inghiottir le rotaie, e si convinse che non avrebbe mai avuto il fegato di fare quel salto. Insomma, a tutto c'è un limite. Come poteva, Billy, pretendere che arrivasse a tanto? D'accordo, l'idea di quel viaggio era stata sua – mica avrebbe potuto negarlo – ma lui si era immaginato qualcosa di simile a una tranquilla scampagnata, di certo nulla che prevedesse zuffe con ubriaconi e balzi acrobatici da treni in corsa.

«Dai, Charlie! Puoi farcela!» insistette Billy Morgan, scuotendo in aria il leverino. «So che puoi…».

Nel frattempo, Bartholomew Richards stava provando faticosamente a rialzarsi, ansimando e grugnendo come una bestia ferita.

Charlie Marsh era a tanto così dal farsi venire una crisi di pianto. Sarebbe stato meglio morire spiaccicati sulla ghiaia o seviziati da quel grosso cinghiale? Dopo averci rimuginato un po' su, concluse che, con un po' di fortuna, lanciarsi nel vuoto avrebbe potuto rivelarsi una fine più rapida e indolore. Di sicuro, anche meno ingloriosa.
Quindi trattenne il respiro e, senza attendere oltre, saltò.
Thomas Merowitz rimase orripilato nel vedere l'amico risucchiato dall'oscurità.
«È morto! C-C-Charlie si è ucciso, lo hai visto anche tu?»
«Non dire scemenze!» lo redarguì Billy Morgan. «Vai, Timmy! È il tuo turno, devi saltare!»
«Te lo sogni! Se pensi davvero che io mi butti da questo treno, sei più stupido di quel che credevo, Billy!»
«Ma porca miseria, ti decidi a saltare o vuoi crepare qui?».
Che Billy non avesse tutti i torti, Thomas Merowitz l'avrebbe compreso di lì a poco. Giusto il tempo di scorgere la sagoma di Bartholomew Richards, nera come la mezzanotte, allungarsi di nuovo sopra le loro teste. «Bastardi… Questa ve la faccio pagare!» rantolò, sbavando come un mastino.
Non c'era più tempo per chiacchiere inutili. Billy Morgan afferrò Timmy per la collottola e, con una pedata ben assestata, lo spinse fuori dal portello di scarico.
In altre circostanze, si sarebbe fatto due risate nel sentire l'urlo grottesco di Thomas Merowitz rimbombare nel buio, ma non quella volta.
«Adesso ti ammazzo…».
Potete credermi sulla parola quando vi dico che se Billy avesse avuto un cent – uno soltanto – per ogni volta che si era sentito urlare dietro quelle parole da suo padre, avrebbe potuto comprarsi già da un pezzo una bella villa in riva al mare, con tanto di maggiordomo e auto di lusso.

Quella sera, a Billy Morgan, sarebbe bastato un balzo per scomparire nel nulla, ma non era questo ciò che aveva in mente; quel che voleva davvero era che quel tizio si ricordasse di lui. Così, appena lo ebbe a tiro, gli sferrò un colpo proprio all'altezza del ginocchio – quello buono – per poi finire il lavoro assestandogliene un altro dritto sulla nuca.

Osservando quel tale rovinare al suolo, Billy si sentì meglio. Non bene. Solo meglio di come si era sempre sentito nel dover incassare senza poter controbattere.

«Hasta la vista, baby!» disse, poco prima di saltare. Se avesse saputo che quella battuta, qualche anno più tardi, sarebbe divenuta così popolare, di certo ne sarebbe stato molto orgoglioso.

Billy Morgan rotolò nella ghiaia per qualche metro, riuscendo poi a fermarsi su un piccolo tappeto d'erba al limitar di un bosco. Rimase lì a boccheggiare per qualche istante, scrutando le fronde degli alberi piegate dal vento. Poi, non appena ebbe l'impressione d'aver ripreso fiato a sufficienza, si tirò su, scrollandosi la polvere di dosso.

«Mi pare che sia tutto in ordine… Niente di rotto!» borbottò, tastandosi per bene. Certo, era un tantino ammaccato e piuttosto dolorante, ma almeno era vivo e le gambe gli funzionavano ancora. «Va bene, Billy. Andiamo a recuperare quei due».

Gli ci vollero dieci minuti buoni prima di riuscire a intravedere due piccole sagome procedere nella sua direzione, camminando accanto alle rotaie.

Charlie e Timmy erano riusciti a cavarsela. Stavano bene, tutto sommato, o almeno meglio di come sarebbero stati se fossero rimasti a bordo di quel treno.

Timmy, dei due, pareva quello messo peggio. Appena gli fu vicino abbastanza, Billy Morgan si rese conto che trascinava

la gamba sinistra, nemmeno avesse avuto del piombo legato alla caviglia.
«Che hai combinato? Sei ferito?».
Thomas Merowitz era tutto sporco di terra, con il volto rigato di lacrime e un bel sasso conficcato nel ginocchio.
«Non dovevi spingermi giù, Billy!» si lamentò, fra un singhiozzo e l'altro. Nel vedere Timmy così affranto, persino Billy Morgan – che si era imposto di non esser facile ai sentimentalismi – si sentì mosso a compassione.
«Avresti preferito restare con quel tizio? Dai, fammi dare un'occhiata…».
Charlie Marsh rimase in silenzio, mentre osservava rapito Billy Morgan adoperarsi per ripulire la ferita; tolse il sasso con delicatezza, irrorò il taglio con dell'acqua e ci soffiò persino sopra, facendo del suo meglio per alleviare il dolore. Quindi recuperò la bandana che gli penzolava dalla tasca posteriore dei jeans e la legò ben stretta intorno al ginocchio di Timmy.
«Meglio?» gli chiese infine, provando a consolarlo con un sorriso.
Charlie Marsh era convinto d'essere stato il primo – e forse l'unico – a capire Billy per ciò ch'era veramente, non per cosa desiderava che gli altri vedessero: recava nell'animo le cicatrici di chi nella vita aveva collezionato sconfitte, ma negli occhi la consapevolezza di come dal fondo si potesse solo risalire.
Charlie sapeva bene che Billy Morgan attendeva solamente una possibilità di riscatto; presto o tardi avrebbe dimostrato a tutti che non era solo il ragazzino dai vestiti logori, ma qualcuno in grado di trovare il proprio posto nel mondo.
«Ok, Charlie. Ora che si fa?»
«Non saprei… Forse la cosa migliore sarebbe proseguire a piedi lungo i binari, la prossima stazione potrebbe non essere lontana…»

«Per me va bene» rispose Billy Morgan, rimettendosi lo zaino in spalla. «Timmy, ce la fai a camminare?»
«Penso di sì…»
«E allora in marcia. Ci aspetta una lunga notte».
E nessuno avrebbe mai potuto immaginare quanto lunga sarebbe stata.

the weather we had
eating. We had
wers during our
sought shelter
inda's shed
at with Sand
years toke a
who owns 10 ac
he compl

Capitolo VI
La strada più breve

«Charlie, io non ce la faccio più… Camminiamo da quaranta minuti, sono stanco!» si lamentò Thomas Merowitz, trascinandosi per la fatica.
«Che vuoi che ti dica? Sono piuttosto sicuro che non manchi molto»
«Lo hai detto anche dieci minuti fa. Ho sonno, le gambe non mi reggono e ho il sedere in fiamme… E ho fame! Chi ci porterà la cena?»
«*Chi ci porterà la cena?*» gli fece il verso Billy Morgan, con una smorfia di scherno. «Gesù, Timmy… Perché non provi a comportarti da adulto, per una volta?»
«Perché ho tredici anni, genio!».
Anche se i suoi amici avrebbero preferito farsi sparare su un piede piuttosto che dargli ragione, forse Thomas Merowitz non aveva tutti i torti. Di punto in bianco, si erano trovati da qualche parte in mezzo al nulla, minacciati da una notte senza luna e da tuoni veementi come colpi di cannone, che annunciavano tempesta.

Non appena le prime gocce di pioggia gli inumidirono i capelli, anche la sicumera di Charlie e Billy iniziò, di pari passo, a mostrare qualche vago segno di cedimento.

«Sta iniziando a piovere, ve ne siete accorti?» protestò Timmy, tutto intirizzito. «Tira una brutta aria, Charlie. Forse dovremmo tornarcene a casa...».

Charlie Marsh non proferì parola, anche perché non era certo di quale fosse la cosa giusta da dire. Il dubbio di aver pianificato una spedizione senza capo né coda gli stava rosicchiando il cervello, come acqua che, goccia dopo goccia, finisce per erodere la pietra. Billy Morgan se ne accorse, e decise che non gli avrebbe permesso di rinunciare.

«A casa?! Quale casa? Io non ce l'ho mai avuta, una casa...» sbottò, sfidando la pioggia battente. «Vuoi andartene, Timmy? E allora vai, accomodati pure! Corri da mammina... Ma io non mi fermerò proprio ora. Siete venuti voi a chiamarmi, volevate che vi seguissi e vi ho seguito... E adesso, alla prima difficoltà, mi chiedete di tornare ad Abbey Manor? No, gente, vi do una notizia: io vado ad aprire quella tomba, fosse l'ultima cosa che faccio! Con voi o senza di voi».

Ormai, per Billy, era diventata una questione di principio, al di là di cosa fosse giusto o sbagliato, ragionevole o avventato.

«Sentite, forse dovremmo rivedere il nostro approccio...» suggerì Charlie Marsh, facendosi meditabondo. «Chi ci dice che, oltre questa vegetazione, non ci sia qualche centro abitato? Io dico che ci sarà di sicuro! Riflettendoci bene, credo che dovremmo tagliare per il bosco, al posto di seguire i binari. Probabilmente sarebbe più facile imbattersi in qualche casa, e da lì provare a riorganizzarci. Senza contare che sta cominciando a piovere di brutto, e non mi va proprio di starmene qui a far da bersaglio per i fulmini!»

«Sì, sarebbe meglio cercare un riparo…» concordò Billy Morgan, asciugandosi il naso. «Allora, siamo tutti d'accordo?».
Charlie Marsh annuì, poi rivolse lo sguardo verso Timmy.
«E va bene, andiamo…» mugugnò lui, scuotendo la testa sconsolato, ché non gli pareva di avere poi molta scelta.
La mezzanotte era passata da un pezzo ormai, e la pioggia sferzava gli arbusti con quella violenza cieca e irragionevole che solo un temporale estivo sa riversare.
Camminarono, addentrandosi nella vegetazione, per altri venti minuti buoni ma, ben presto, avvertirono le forze venir meno.
«Penso che dovremmo trascorrere la notte qui» disse Billy Morgan, indicando una sorta di cantuccio ricavato dentro al tronco di una grande quercia.
«Qui?!» gli fece eco Thomas Merowitz «Ma sei matto? Ho letto su Nature che dormire all'addiaccio aumenta esponenzialmente le possibilità di morire di freddo… E se non ci svegliassimo più?»
«Sai, Timmy… Io dico che la metà delle cose che millanti di sapere, in realtà non le sai. Anzi, per me non sai proprio un cazzo. Siamo ad agosto, pensi sia possibile morire di freddo per due gocce di pioggia?»
«Due gocce? Ma se ormai sta diluviando! Charlie, dì qualcosa!»
«È che non mi pare ci sia alternativa, Timmy…» farfugliò Charlie Marsh, che già stava pensando a come ottimizzare lo spazio. «Siamo esausti, dobbiamo pur fermarci. Ci stringeremo un po', questo pezzo di terreno mi sembra abbastanza asciutto. Credo che staremo bene, in fondo. Appena comincerà a spiovere ci rimetteremo in cammino».
Billy Morgan, che di notti all'aperto ne aveva passate tante, sapeva il fatto suo in merito a come preparare al meglio un piccolo giaciglio. Sistemò velocemente zolle d'erba e foglie

secche per rendere più comoda la seduta, quindi accatastò rami e pietre tutto intorno, nella speranza di mitigare un poco le folate di vento.

Così, appallottolati nell'insenatura di quel vecchio tronco, spalla contro spalla, ognuno fece del proprio meglio per non cedere allo scoramento.

«Ho un'idea! Credo che dovremmo accendere un fuoco...» disse Thomas Merowitz, dopo qualche minuto.

Billy azzardò un sorriso amaro, o forse stava solo digrignando i denti per il freddo. «Ma bravo, questa sì che è una bella pensata!» ironizzò «Ora non resta che trovare un po' di legna secca sotto il temporale... Non dovrebbe essere troppo complicato. Vai, Timmy. E facci sapere, mi raccomando».

Nel mentre, Charlie Marsh cominciava ad accusare i morsi della fame. «Se almeno avessimo qualcosa da mangiare...»

«Quel verme ha rubato tutte le mie provviste! Ma forse qualcosa è rimasto, da qualche parte. Fatemi dare un'occhiata...».

Nemmeno il tempo di finir la frase, che subito Timmy prese a frugare nello zaino come un ossesso, mentre Charlie teneva in alto la torcia per fargli luce.

«Allora, vediamo. Qui ho un rotolo di carta igienica... Dei fazzoletti per il naso... Ho anche della crema per le scottature, se dovesse servire a qualcuno!»

«Non capisco mai se fa sul serio o se ci prende per il culo...» biascicò Billy, cercando una posizione comoda per riposare.

«Ecco, trovato!». Thomas Merowitz estrasse dallo zaino una scatoletta di metallo, e subito prese ad agitarla sotto il naso di Billy Morgan. «Una bella lattina di carne in scatola! Adesso che hai da dire?».

SPAM: in offerta a soli $1,99 da Walmart, pura carne di porco. Così c'era scritto. Billy Morgan prese a rigirarsela fra le mani con aria piuttosto dubbiosa, per poi lasciarsi andare a una smorfia di disgusto.

«Che sei un imbecille, ecco che ho da dire. Questa carne è scaduta nel 1981! Vuoi farci cagare tutti addosso?» ringhiò, lanciando la latta dritta fra i cespugli. «Sono stanco, me ne vado a dormire… Dovreste fare lo stesso anche voi, domani sarà una lunga giornata».

Appena pochi istanti dopo, Billy Morgan si girò su un fianco e si fece piccolo piccolo, sperando in cuor suo di riuscire ad assopirsi almeno per un paio d'ore.

«Non importa, Timmy. Ci hai provato…» lo consolò Charlie Marsh, nel coricarsi a sua volta.

Thomas Merowitz, prima di chiudere gli occhi, pensò che, se fosse rimasto a casa, quella sera si sarebbe ingozzato di challah davanti alla televisione, invece di congelarsi il sedere sotto una vecchia quercia. E proprio non riusciva a capire come avesse fatto, Charlie Marsh, a convincerlo a fare una cosa così stupida.

La mattina seguente, Billy Morgan venne svegliato dai raggi di sole che filtravano attraverso le foglie. Non sapeva per quale ragione, ma aveva sempre adorato il profumo dell'aria dopo un temporale.

«Hey Charlie… Svegliati».

Charlie Marsh, ricoperto di rametti e terriccio, pareva esser riuscito a dormire meglio di quanto avrebbe creduto. «Che ore sono?» biascicò, provando a darsi una pulita.

«Le 7:15. Capitan America lo svegliamo o lo molliamo qui? Sentilo come russa, quel tricheco…»

«Hey Timmy… Alzati, dai. Dobbiamo andare»

«Che c'è, Charlie… Siamo arrivati?» mugugnò lui, ancora in dormiveglia.

«E tirati su, forza!» lo incalzò Billy, assestandogli qualche calcetto nei reni.

Nel frattempo, a qualche miglio di distanza, l'agente Adam Rose – della stazione di polizia di Pleasant Plains – stava raccogliendo la testimonianza di Betsy Kinkaid.

«Non si preoccupi, signora. Sono cose che capitano di continuo quando ci sono di mezzo dei ragazzini…» disse, fingendo di prendere appunti sul suo taccuino. «Si starà facendo un giro qui intorno, dove vuole che vada… Lo ritroveremo a dormire sotto un albero, o che si fa il bagno nello stagno. È proprio sicura di non aver notato nulla di strano? Chessò, rumori o serrature forzate…».

La Kinkaid non pareva molto persuasa da quelle rassicurazioni; anzi, per dirla tutta, era parecchio seccata dal fatto che quel poliziotto sembrasse molto più interessato a specchiarsi nel vetro della finestra, piuttosto che agli accadimenti della notte precedente.

Sapeva che Billy Morgan le avrebbe procurato dei guai, glielo aveva letto in viso il primo minuto in cui aveva messo piede ad Abbey Manor. E quando Betsy Kinkaid aveva una brutta sensazione su qualcuno, non sbagliava mai, poco ma sicuro. O almeno, questo è quanto andava ripetendo a tutti, vantandosi di avere un sesto senso infallibile.

«Agente, le assicuro di non essermi accorta di nulla. E tu, Jeremy? Pensaci bene. Sai che, sotto questo tetto, non è tollerata la menzogna…».

Jeremy Weber, quella mattina, si era svegliato di buonumore, già pregustando il trambusto che si sarebbe creato alla residenza, una volta che si fossero accorti che Billy Morgan era riuscito ad abbindolarli tutti quanti. Jeremy ci sguazzava in quel genere di situazioni, e avrebbe preferito infilare le dita in una presa elettrica piuttosto che raccontare quel poco che sapeva.

Dal suo punto di vista, spifferare tutto avrebbe solo abbreviato il divertimento. Volete mettere la goduria di osservare la Kinkaid girovagare per casa starnazzando come un'oca selvatica, continuando a borbottare «*Mio Dio, come faremo! Come faremo!*», più preoccupata dalle beghe burocratiche in cui sarebbe stata inevitabilmente coinvolta, piuttosto che dalla scomparsa stessa di Billy Morgan, che di certo, in quel momento, si immaginava stesse ridendo alle sue spalle, in un punto imprecisato della contea.

«Io dormivo, signora Kinkaid. Ho il sonno pesante…» rispose Jeremy Weber, scaccolandosi il naso.

«Va bene, signora, per ora direi che abbiamo finito» borbottò l'agente Rose, masticando svogliatamente la sua gomma Bazooka Joe. «Non stia in pena, la terremo aggiornata».

Nell'osservare l'agente Adam Rose rientrare nella sua auto, Betsy Kinkaid pensò che forse avrebbe dovuto farsi suora, come voleva sua madre; di sicuro si sarebbe risparmiata tanti grattacapi.

«Guarda, Charlie… Ho l'impressione che in questo punto cominci un sentiero!» esclamò Billy Morgan, indicando una zona dove le sterpaglie parevano voler far posto a una stradina sterrata, visibile solo a metterci un certo impegno.

Charlie Marsh prese a percorrere quel viottolo a passo svelto, speranzoso che potesse condurlo in men che non si dica da qualche parte; d'altro canto, qualunque posto sarebbe andato bene, piuttosto che rimanere intrappolati ancora per molto in quel gomitolo di alberi e erbacce.

S'arrestò dopo venti o trenta metri al massimo, proprio in un'area in cui la strada sembrava biforcarsi come la lingua d'un serpente. «Laggiù c'è una specie di crocicchio, non pare anche a voi?»

«Ora, però, dobbiamo decidere: destra o sinistra?» domandò Billy Morgan, con l'atteggiamento spavaldo di chi sapeva fin troppo bene che l'ultima parola sarebbe stata la sua.

Thomas Merowitz – che era uno dal risveglio difficile – si sedette in terra, cogliendo l'occasione per tamponarsi la fronte sudata con un fazzoletto che aveva tutta l'aria d'essere già stato usato per altri scopi.

«Sentite, ragazzi…» biascicò, fra un sospiro e l'altro «Fate quel che vi pare, ma cercate di scegliere bene. Non rimane molta acqua nelle borracce e non mangiamo nulla di solido da non so più quante ore…»

«Billy, decidi tu». Charlie Marsh preferiva sempre delegarle ad altri, certe responsabilità. «In fondo, se c'è un sentiero, credo che ogni direzione conduca da qualche parte… È logico, no?».

Billy Morgan si guardò intorno e ci rifletté un po' su, facendo finta di analizzare bene le opzioni.

«Io dico di andare a destra!» sentenziò, dopo qualche secondo.

Timmy parve da subito piuttosto scettico. «Per quale ragione, si può sapere?» chiese, inarcando le sopracciglia.

«Perché la sinistra porta male, lo sanno tutti!».

Quella mattina, solo quindici minuti più tardi, Grayson Cove avrebbe raggiunto l'interstatale 70 per aprire le porte della sua stazione di servizio.

Compiva i medesimi gesti dalla bellezza di quarantacinque anni, e non c'era giorno in cui non si alzasse dal letto chiedendosi per quale diavolo di motivo non si fosse ancora deciso ad andare in pensione.

Ormai gli restava poco da vivere, e tutto desiderava tranne che trascorrere i suoi ultimi istanti in quel negozietto sudicio dove, nelle giornate migliori, entravano viaggiatori dai modi spicci e ragazzini desiderosi di rubare la loro prima lattina di birra.

Grayson Cove avrebbe potuto compiere uno dei suoi ultimi atti di generosità, se solo Billy Morgan avesse scelto di andare a sinistra invece che a destra. Così facendo, i ragazzi avrebbero raggiunto la stazione di servizio in circa venti minuti.

Si sarebbero potuti lavare il viso e sedersi per qualche istante sulla panchina davanti alla vetrina; poi il signor Cove gli avrebbe indicato la fermata dell'autobus e, chissà, magari si sarebbe persino spinto ad allungargli qualche penny, per assicurarsi che non arrivassero a Suttwin troppo affamati.

Invece Grayson Cove non incontrò mai né Charlie, né Billy, né Timmy. Sarebbe morto quattro mesi dopo, senza aver deciso a chi lasciare in eredità quel negozietto sporco. Ma, in fondo, a chi importava. A lui no di sicuro, aveva sempre odiato il suo lavoro. Come ripeteva di continuo, qualsiasi deficiente saprebbe far funzionare una pompa di benzina.

Dopo circa un'ora di cammino, a Thomas Merowitz cominciarono a sorgere i primi dubbi: forse svoltare a destra non era stata una gran bella pensata.

«Non vi sembra che la vegetazione si stia facendo più fitta, mano a mano che proseguiamo?» domandò con una certa apprensione, ché ormai aveva paura d'aprir bocca, visto che tutti gli davano sempre addosso.

«No, Timmy. A me non sembra…» rispose Billy Morgan, continuando a camminare spedito. «È che sei il solito disfattista, vedi sempre tutto nero. Sono pronto a scommettere che fra un paio d'ore saremo seduti in un fast food, e allora mi ringrazierai…»

«Che strano…» intervenne Charlie Marsh, fermandosi ad annusare l'aria come un cane da tartufo. «Voi non la sentite, questa puzza?»
«Sì, forte e chiara. Svanirebbe, se Timmy la piantasse di dire stronzate…»
«No, sul serio…»
«Ero serissimo!»
«La vuoi smettere di rompermi le palle?» sbottò Thomas Merowitz, gonfio di rabbia, che pareva John Candy dopo il cenone di capodanno.
Charlie Marsh proseguì, preferendo ignorare quelle scaramucce. «Sapete una cosa? Ho come la sensazione che qualcuno si stia muovendo fra gli alberi…»
«Dai retta a me, stai diventando paranoico» ribatté Billy Morgan, alzando gli occhi al cielo. «Siamo soli, non c'è nessuno qui!»
«Eppure ti dico che qualcosa non torna…»
«Ok, allora senti che faremo…» disse Billy, fermandosi vicino alle radici d'un tasso. «Vado a dare un'occhiata in giro, va bene? Voi non muovetevi. Ci rivediamo fra una decina di minuti. Restate in zona, sono stato chiaro?»
«Non credo che separarsi sia una grande idea…». C'era da capirlo. Nessuno sarebbe poco allettato dalla prospettiva di restarsene solo con Timmy in mezzo a quella selva. «E se dovessi perderti? Se non riuscissi più a ritrovarci?»
«Gesù, Charlie… Non vado mica in Alaska, do solo un'occhiata nei paraggi. Non preoccuparti, so quello che faccio!».
Diceva sempre così, per poi cacciarsi puntualmente in casini grossi come il Wrigley Field.
In un attimo, Billy Morgan sparì fra la vegetazione, lasciando Charlie e Timmy a fissarsi l'un l'altro come due disgraziati. Trascorsero dieci minuti, che ben presto divennero quindici.

Quando l'assenza di Billy arrivò a prolungarsi ben oltre i venti minuti, Charlie cominciò a visualizzare nella sua mente ogni possibile modo in cui il suo amico avrebbe potuto incontrare la morte, dal più probabile al più fantasioso.

Fu allora che Billy Morgan decise di riapparire, sbucando a tradimento da dietro un cespuglio di ginestra; la sua espressione era tutta un programma, il volto bianco come lo yogurt naturale.

«Ok, ragazzi. Prima di tutto, niente panico. Siamo intesi?» disse, osservando le facce inebetite dei suoi compagni d'avventura.

«Scusa, perché dici così? Uno che dice "*niente panico*" sottintende che ci sia un motivo per cui uno il panico dovrebbe avercelo… O no?» borbottò Thomas Merowitz, che era sul punto di tornare a parlare in versione macchina da scrivere inceppata.

Billy nemmeno lo sentì. «Volete prima la brutta notizia o quella buona?».

Charlie Marsh prese un lungo sospiro e raccolse le forze, già rassegnato agli scenari più sinistri.

«Di solito si parte da quella brutta. Almeno credo…» farfugliò, non troppo sicuro della bontà della sua scelta. Ma lui non era mai troppo sicuro di niente, dopotutto.

«Ho trovato delle tracce qui intorno, e sono piuttosto certo di aver visto qualcosa di peloso muoversi fra la vegetazione»

«Frena un secondo, Billy…» lo interruppe Timmy, mostrandosi piuttosto perplesso. «Definisci *peloso*. Una marmotta è pelosa. Anche un coniglio è peloso. Persino mia zia Thelma è pelosa, ma mia madre la fa entrare in casa lo stesso. Insomma, messa giù in questi termini, non mi pare un motivo valido per avere quell'aria da funerale…»

«Allora vedrò di essere più chiaro, visto che sei duro di comprendonio. C'è un grosso cane che gironzola nei paraggi... Non ne ho la certezza, ma credo potrebbe trattarsi di un lupo»
«Stai dicendo solo fesserie! In questa zona l'ultimo avvistamento risale al '64! Non ascoltarlo, Charlie... È solo uno dei suoi soliti scherzi!»
«Sta' zitto, Timmy! Ti sembra che abbia la faccia di uno che scherza?».
Charlie Marsh s'era fatto pallido come una luna piena, e pareva che a stento riuscisse a prender fiato. Così Billy Morgan, nel vederlo quasi annaspare, ritenne opportuno fare del proprio meglio per tirargli su il morale.
Anche se – è bene precisarlo – non che fosse molto bravo in questo genere di cose, dato che raramente otteneva l'effetto sperato; a titolo esemplificativo, vale la pena citare quella volta in cui, per far ridere Charlie dopo un 4 in geometria, non trovò di meglio che sostituire il consueto latte pomeridiano di Timmy con un bicchiere di vernice bianca. La destrezza fu ammirevole ma la signora Merowitz, chissà perché, non considerò lo scherzo particolarmente divertente e vietò al figlio di frequentare Billy per i successivi due mesi. Per fortuna, poi le passò. Pare che portare rancore fosse in antitesi con i principi del Talmud.
«Ad ogni modo, non credo ci sia da preoccuparsi» precisò Billy Morgan, ostentando una sicurezza che non possedeva affatto. «Avrà fiutato il nostro odore e ci starà seguendo, sperando di raccattare qualche avanzo. Se avesse voluto attaccarci, lo avrebbe già fatto. Per la mia esperienza, ha più paura lui di noi che noi di lui»
«Ne dubito...» mormorò Thomas Merowitz, guardandosi intorno come un topo in trappola. «La buona notizia quale sarebbe?»

«Era questa. Che ha più paura lui di noi»
«Era questa?!» sbraitò Timmy, incavolato nero. «Sai cosa penso, Billy? Che alla tua morte dovresti donare il cervello alla scienza! Solo così potremmo riuscire a capire il mistero nascosto dietro tutte le scemenze che dici… Magari sei affetto da qualche patologia neurologica di cui ancora non sappiamo niente!».
Billy Morgan si fece sotto, puntandogli il dito contro. «Adesso mi hai proprio rotto!»
«Basta, fatela finita!» intervenne Charlie Marsh, riavutosi dal suo torpore. «Avanti, rimettiamoci in marcia, non si può fare altrimenti. Se saremo fortunati, potremmo riuscire a far perdere le nostre tracce; o magari si stancherà lui di starci appresso».
Macinarono parecchia strada, senza che nessuno avesse il fegato di spiccicar parola. Sobbalzavano a ogni ramo spezzato, e rabbrividivano ad ogni foglia pungolata dal vento. Ma tanto passò che, alla fine, persino Charlie riuscì a mettere da parte la sua celeberrima ansia, finendo per persuadersi che il pericolo fosse scampato.
David Bellamy, il famoso naturalista, era solito sostenere che l'idea peggiore che puoi avere quando un animale selvatico ti sta alle calcagna, sia dargli le spalle. La seconda idea peggiore è metterti a correre. È in questo modo che si risveglia l'istinto predatorio dei grandi carnivori.
Non c'è da stupirsi, quindi, di come le cose siano precipitate in fretta, non appena Thomas Merowitz – qualche istante dopo aver scorto un ciuffo di peluria grigia fra i cespugli – si mise a correre come un Pamplonese durante la festa di San Firmino.
Vedendoselo sfrecciare di fianco, Charlie Marsh comprese subito che stavano per sprofondare in un mare di guai.

«Timmy, dove diavolo vai?!» gli urlò dietro Billy Morgan, stupefatto da come quel botolo riuscisse a correre tanto veloce.
Lui e Charlie pensarono che l'unica cosa da fare fosse provare a stargli dietro, per quanto stupida potesse sembrar loro l'idea.
«Timmy, ti vuoi fermare?!» gridò Charlie Marsh, tentando inutilmente di schivare i rami che gli frustavano il viso.
«È dietro di noi, Charlie! Correte!» lo si udì biascicare, mentre sbuffava come un pachiderma imbizzarrito.
Charlie di una cosa era sicuro: per quanta paura potesse avere, Timmy non sarebbe durato a lungo. Era scientificamente impossibile che fosse in grado di correre per più di trenta, quaranta secondi al massimo. Insomma, era piuttosto chiaro che le leggi del cosmo e della fisica operassero a suo sfavore.
Comunque sia, non passò molto tempo prima che Billy Morgan cominciasse a intravedere una sagoma muoversi fra la vegetazione: pareva farsi sempre più vicina, tanto che ormai si percepiva il sibilo della sua falcata.
Quando Thomas Merowitz iniziò a rallentare, Billy comprese che avevano solo due alternative: attendere la morte lì dove si trovavano o sfruttare l'unico dettaglio in grado di metterli in posizione di vantaggio rispetto alla bestia che li inseguiva.
Al che afferrò Charlie Marsh per un braccio e arrestò la sua corsa, poco prima che lo facesse anche Timmy, giusto qualche metro più in là.
«Charlie, seguimi!». Così dicendo, si arrampicò fra i rami d'un acero, tanto velocemente che pareva un gatto randagio.
Charlie Marsh s'aggrappò al tronco e spinse sulle gambe, con quella forza che scoprì di avere solo nei momenti di disperazione più nera. Non appena riuscì a sistemarsi a cavalcioni su un ramo, si voltò verso Timmy che, esausto, si era accasciato al suolo, con la schiena spalmata su un tronco.

«Sali, Timmy!» gli urlò, terrorizzato all'idea che quel cane – o qualunque cosa fosse – potesse sbucare dai cespugli da un momento all'altro.

«Charlie…» rispose lui, con quel poco di voce che riuscì a racimolare. «Faccio fatica a montare sul truck di mio zio Paulie… Non ce la farò mai ad arrampicarmi lassù». Poi la sua espressione si fece malinconica, e il tono inconfondibilmente amaro. «Te l'avevo detto che sarebbe finita male… Non voglio morire qui, Charlie…».

Nemmeno il tempo di finir la frase, che un canide dal folto pelo grigio s'affacciò a breve distanza.

«Timmy, resta immobile! Rimani fermo dove sei, mi hai sentito?» si raccomandò Billy Morgan, osservando l'animale avanzare lentamente, per poi fermarsi a pochi piedi di distanza. «Se gli dai l'impressione di essere impaurito, peggiori la situazione!»

«Ma io *sono* impaurito, razza di deficiente!»

Quella povera bestia, in realtà, pareva più incuriosita che minacciosa; allungava il collo annusando tutto intorno e scrutava Timmy come non avesse idea di quale razza di creatura fosse esattamente.

«Charlie, non so come dirtelo, ma le cose non si mettono bene…» sussurrò Billy, a capo chino. Quindi si rivolse di nuovo a Thomas Merowitz: «Hey, Timmy! Sai una cosa? Ora che lo guardo meglio, non credo sia un lupo! Somiglia più a un coyote!»

«Non me ne frega niente di che cos'è!» ribatté lui, agitando i pugni in aria. «Io, qui, sto per pisciarmi nei pantaloni!». E, potete crederci, non era mica un modo di dire.

Nel frattempo l'animale, buon per loro, sembrava piuttosto incerto sul da farsi. Osservava circospetto quei due buffi tizi in cima all'albero, provando nel contempo a non perder

d'occhio il paffuto individuo ch'aveva avuto l'ardire di pararglisi dinanzi. A tratti, dava l'impressione di volersi avvicinare: s'acquattava, strisciava un po' sul terreno, ma subito dopo cambiava idea, tornando repentinamente sui propri passi e finendo per girare su sé stesso.
«Signore ti prego, giuro che mi metterò a dieta! Non prenderò più le paste di nascosto dal frigorifero e non nasconderò le patatine nel doppio fondo dell'armadio! Promesso, farò tutto quello che vuoi...» supplicò Thomas Merowitz, col volto rigato di lacrime.
Billy Morgan era ben conscio che non potessero semplicemente starsene appollaiati lì sopra, in attesa che quella creatura trovasse il coraggio di compiere la prima mossa; dovevano giocare d'anticipo e correre il rischio di fare la cosa sbagliata. «Vieni Charlie» bisbigliò, dopo aver recuperato un ramo dalle fronde. «Prendi un ramo anche tu e dammi una mano!»
«Che intenzioni hai?»
«Non voglio fargli del male, solo provare a spaventarlo...».
I due scesero, scivolando lungo il tronco.
Appena toccarono terra, Charlie si spostò lentamente alla sua sinistra, Billy alla propria destra, facendo vorticare in aria i bastoni che si erano appena procurati.
Charlie Marsh nemmeno si rendeva conto di cosa stesse facendo. Sentiva solo le ginocchia tremare, e davanti agli occhi gli scorrevano le immagini di un'esistenza breve e tutt'altro che memorabile, interamente trascorsa fra una stanza di quindici metri quadri a casa di sua nonna e un'aula della Stanton.
Di tante cose a cui avrebbe potuto pensare, si ricordò del giorno in cui Brandon McLaughlin trascorse l'ora di religione frantumando un gessetto, solo per aver la soddisfazione di gettarlo in faccia a Johnny Kowalski durante la successiva

ricreazione. Nel rammentare il volto di Johnny – contratto e disorientato nel ritrovarsi perso in quella nube di polvere bianca finissima – ebbe l'impressione che nulla, in vita sua, fosse mai stato più divertente. E se ne rattristò.
Ad ogni modo, il piano di Billy – improvvisato e nemmeno troppo ortodosso – parve funzionare. Il quadrupede cominciò a indietreggiare, digrignando i denti e rizzando il pelo sul dorso.
«Timmy, lanciami il tuo zaino!» ordinò Billy Morgan.
«Che vuoi farci?»
«Dammelo e basta!».
Thomas Merowitz eseguì, un po' riluttante. Alla Stanton, gli avevano rubato lo zaino già quattro volte, e non aveva nessuna intenzione di ripresentarsi a casa senza il suo Eastpak, ché ormai aveva finito le scuse da rifilare a sua madre.
Billy Morgan raccolse da terra il sacco e cominciò a farlo dondolare davanti al muso dell'animale.
«Adesso ti faccio un bel regalo. Perché siamo amici, noi due… Vero, bello?» incalzò, con tono da imbonitore consumato. «Io ti allungo questo zaino pieno di cose buone e tu te ne vai per la tua strada… Affare fatto?»
«Ma Billy… Lì dentro non c'è più niente» mormorò Charlie Marsh, confabulando come se il coyote potesse comprendere le sue parole.
«Io lo so, Charlie… Ma lui no. Questo zaino odora di cibo come la gastronomia in Jefferson Street. Quando realizzerà di essere stato fregato, noi saremo già lontani. Almeno è quello che spero…».
Così dicendo, lanciò lo zaino a pochi passi da quella creatura. L'animale prese subito ad annusarne la stoffa, sembrando piuttosto interessato. Poi, nel volgere di pochi istanti, strinse

la sacca fra le fauci e trotterellò via, infilandosi nello stesso pertugio dal quale era sbucato.

«Sapete una cosa?» disse Billy, poco dopo aver ripreso fiato. «Ripensandoci, sarebbe stato meglio se fossi rimasto ad Abbey Manor».

...it should have been answered before; but travelling in strange lands with a wife and wee kinder consumes one's time, particularly if he endeavors at the same time to see everything in & out on in the guide books. We have left dear

Capitolo VII
Ore d'orrore

«Charlie… Charlie, ma sei ancora lì?».
La testolina bionda di Madison sbucò a sorpresa dalla botola che dava in soffitta; erano già trascorse diverse ore da quando Charlie Marsh si era avventurato in quel garbuglio di polvere e scatoloni, quindi pensò fosse meglio assicurarsi che quello scansafatiche stesse davvero lavorando e non semplicemente perdendo tempo, come suo solito.
«Sono qui, Madison».
Charlie Marsh s'era arroccato in un angolino talmente angusto, che se avesse provato ad alzarsi avrebbe sbattuto la nuca; era seduto a gambe incrociate, accanto al vecchio baule del nonno, e la luce d'una torcia scarica pareva a malapena sufficiente ad illuminargli il viso.
«Ti senti bene?» domandò lei, piuttosto accigliata.
«Sì, certo. Dai, vieni a sederti accanto a me»
«Charlie, guarda che non ho tempo di giocare. Devo tenere d'occhio la cottura dell'arrosto, e la signora Rattler passerà a minuti per discutere l'ordine del giorno, in vista della prossima riunione di quartiere. Anzi, sarebbe carino che ci onorassi della tua presenza, una volta tanto…»

«Ah già. La riunione di quartiere...» mugugnò Charlie Marsh, avvilito. «Senti, Madison... Ti ho mai parlato di Billy?»
«Di chi?»
«Billy Morgan. Rammenti se, per caso, te l'ho mai nominato?»
«No, non mi pare. Chi è, un tuo amico?»
«Vieni, ti faccio vedere...».
Charlie Marsh raccolse dal pavimento il ritaglio del Chronicle e attese che sua moglie gli si accoccolasse accanto, curiosa di capire perché il marito paresse tanto strano.
«Aspetta, ma questo sei tu!» esclamò la donna, indicando il ragazzino al centro della fotografia. «Che espressione seria...»
«È stata scattata alla fine di un lungo viaggio... Vedi, questo alla mia sinistra è Timmy, mentre quest'altro qui è Billy Morgan. Avevamo tutti tredici anni...»
«È un bellissimo ricordo, Charlie. Potremmo farla incorniciare...».
Charlie Marsh rimase in silenzio, incapace di staccare gli occhi da quell'immagine. Solo dopo qualche istante mise a fuoco quello che Madison aveva appena detto. «No, credo che la lascerò dove l'ho trovata. I ricordi sono carezze che non consolano...»
«Qui scrivono che siete scappati da casa...» mormorò lei, come non lo avesse sentito, mentre aguzzava la vista per leggere uno stralcio dell'articolo. «Che avevate combinato?».
«Volevamo andare a Suttwin per profanare una tomba» replicò Charlie Marsh, senza girarci troppo intorno.
«Come, scusa?»
«Sì, ma mica abbiamo fatto solo quello. Pensa, prima siamo saltati da un treno in corsa, dopodiché un coyote ci ha attaccati!».
Madison rimase a fissare il pavimento per qualche istante, piuttosto stranita. Fu in quel momento – credo – che si rese

conto di come Charlie avesse bisogno di essere ascoltato, prima ancora che compreso; forse l'arrosto avrebbe potuto attendere ancora un po'. «Sai, non capisco perché tu non mi abbia mai parlato di queste cose...».
Nemmeno Charlie lo capiva. Forse credeva che quelle storie non sarebbero interessate a nessuno, o magari pensava che tenendosele dentro, solo per sé, sarebbe stato più difficile esser tentati dal lasciarle andare.
Ad ogni buon conto, accadde allora che Charlie Marsh cominciò a raccontare; e nulla gli parve più bello di tornare a quei giorni.

«Allora, avete finito?».
Thomas Merowitz, mesi addietro, aveva letto un interessante articolo su Science Digest in merito alle tecniche di sopravvivenza; in particolare si sosteneva che, lasciando qua e là piccole tracce di urina, l'avventuriero di turno sarebbe riuscito a coprire il proprio odore, confondendo gli eventuali predatori.
In merito all'affidabilità del metodo, Timmy non ci avrebbe messo la mano sul fuoco ma, in ogni caso, valeva la pena tentare.
Così, prima di rimettersi in marcia, convinse Charlie Marsh ad espletare i propri bisogni fisiologici sgambettando da un albero all'altro, provando a non bagnarsi le scarpe nel frattempo.
Billy Morgan, manco a dirlo, declinò cordialmente l'invito a partecipare; appoggiato al tronco secco d'un faggio, si limitava a lanciare occhiatacce colme di commiserazione e grugniti di rimprovero.
«Ci sono cose che un uomo dovrebbe fare da solo» concluse, mentre i suoi amici si dedicavano con un certo gusto ad innaffiare la vegetazione circostante.

In quel mentre, a circa un miglio di distanza, Ray Whittaker stava giocando la sua personalissima partita a scacchi con una lepre dalla coda nera; armato di una fionda piuttosto rudimentale, si era appostato fra i cespugli, in attesa che quel povero animale offrisse la visuale migliore per il colpo.

Nel corso degli anni, Ray aveva imparato a cacciare, ad andar per funghi e a riconoscere le erbe officinali; insomma, quel genere di cose che tornano utili quando non hai di che sopravvivere.

Nella cittadina di Clarence – qualche miglio più a sud – lo conoscevano tutti, ma lui si faceva vedere poco da quelle parti; la gente, nel migliore dei casi, lo considerava un disadattato e un demente. Ma non era sempre stato così.

Fino ai nove anni, Ray Whittaker era stato un bambino normale, almeno secondo i canoni comuni. Forse non particolarmente brillante, ma nulla lasciava presagire il crollo che avrebbe avuto di lì a breve. D'altra parte, sono inconvenienti che possono accadere quando ti tocca assistere all'omicidio dei tuoi genitori.

A Clarence non esisteva anima viva che non ricordasse il massacro di Everly House, e chi era troppo giovane per sapere veniva a conoscenza di quella brutta faccenda per vie traverse; con il trascorrere del tempo, la storia aveva assunto i connotati di favola nera, che quasi non si capiva più dove finisse la realtà e cominciasse la leggenda.

Si racconta che le cose andarono più o meno così: una mattina di maggio il conte Malcolm Everly, colto da un raptus di follia, imbracciò la carabina Winchester che teneva appesa sopra il camino, in sala da pranzo, e cominciò a fare fuoco all'impazzata, uccidendo sul colpo la moglie Kimberly, i due figli Jake e Jayden e la coppia di giovani domestici che lavoravano alle sue dipendenze, Daisy ed Andrew Whittaker, con il quale Malcolm sospettava che Kimberly avesse una tresca.

Il piccolo Ray, uditi gli spari, ebbe la prontezza di nascondersi sotto al letto padronale, giusto in tempo per veder stramazzare al suolo il cadavere del conte Everly che, sopraffatto da vergogna e rimorso, concluse la sua macabra battuta di caccia sparandosi un colpo sotto al mento.

Dopo quell'episodio, Ray Whittaker si chiuse in un ostinato mutismo per due anni, durante i quali cominciò un lungo ed estenuante percorso costellato di sedute dallo psicologo, assistenti sociali e melanconici soggiorni presso comunità terapeutiche che avrebbero condotto alla follia anche l'individuo più sano di mente sul pianeta.

Alla maggiore età, non sapendo dove altro andare, prese a vagabondare per Clarence, vivendo di accattonaggio e dormendo sulle panchine del parco Chapman & Hall, fino al giorno in cui il vecchio Orlando Burton, titolare della rinomata macelleria, non venne mosso a compassione, finendo per offrirgli un posto da garzone nel suo negozio.

L'idillio non durò molto, purtroppo. O meglio, durò fino a quando Ray non pensò bene di allungare le mani su Rosaline, la figlia diciassettenne di Orlando, il quale non esitò un secondo a spedire quell'ingrato in mezzo a una strada, con tanto di vigorosa pedata nelle terga.

Fu allora che Ray Whittaker decise di cominciare la sua esperienza da eremita, lontano da quella civiltà dalla quale si era sempre sentito rifiutato. Per farlo, scelse come rifugio l'unica dimora che ricordasse di avere mai avuto: Everly House.

Ben inteso, ora era parecchio diversa da come lui la rammentava.

Abbandonata alle intemperie, i muri scrostati, gli infissi divelti: quasi nulla era rimasto di quella magione dall'aspetto

orgoglioso e austero, in cui aveva trascorso buona parte della sua infanzia felice.
Ad ogni modo, nonostante gli anni di incuria, il tetto ancora reggeva, e tanto bastava. Laggiù, nessuno avrebbe mai avuto l'ardire di cercarlo, dal momento che la villa si era fatta una nomea sinistra a sufficienza per tenere alla larga superstiziosi e curiosi.
«Sapete una cosa? Mancano 106 giorni al Ringraziamento, 140 giorni a Natale e 154 giorni al compleanno di Charlie!» annunciò Thomas Merowitz, aggiustandosi gli occhiali sul naso con un ghigno piuttosto soddisfatto.
«Si può sapere da dove ti viene questa fissazione di contare i giorni?» domandò Billy Morgan. «È una cosa che non capisco, mi dà sui nervi...»
«Lo faccio perché le feste piacciono a tutti. Sono democratiche, no?»
«*Democratiche*. Per me non sai nemmeno cosa voglia dire, quella parola...»
«Hey, ragazzi...» li interruppe Charlie Marsh, indicando una radura fra gli alberi. «Forse ci siamo».
Le forme armoniose di Everly House emersero dalle fronde, e l'ombra delle sue mura diroccate s'allungava sul prato infestato di rovi ed erbacce.
Charlie rimase attonito e ammirato nel seguire il percorso dei rami d'edera che dal terreno si inseguivano lungo le pareti della struttura fino al tetto, e si emozionò nell'immaginare quanto meravigliosa dovesse esser quella casa, quando tende color pastello s'agitavano al vento laddove ora sbucavano vetri rotti imbrattati di guano, e le luci delle lanterne illuminavano lo stesso portico che ora s'offriva lugubre e fatiscente.
«Finalmente! Una casa! Non ne potevo più di questo bosco!» esclamò Thomas Merowitz, che già pregustava di poter

tornare presto alle sue vecchie abitudini: pasti caldi, letto morbido e un bagno personale dove leggere Daredevil seduto sulla tazza del water.

«Che villa meravigliosa!» mormorò Charlie Marsh, bocca aperta e naso all'insù.

«Ma se questo posto è un cesso» commentò Billy Morgan, con una smorfia di sdegno ch'era tutto un programma. «Non vedete che è abbandonato? Diavolo, cade a pezzi… Qui non ci troveremo nessuno»

«E invece ti sbagli, Billy. Guarda laggiù…».

La figura ingobbita e dinoccolata di Ray Whittaker s'affacciava fra i rami d'un salice piangente; era di spalle e pareva stesse armeggiando con degli attrezzi, con il capo chino su un vecchio tavolo da lavoro.

Nell'avvicinarsi, Charlie Marsh pensò che quell'incontro fortuito avrebbe potuto cambiare le sorti di un viaggio cominciato all'insegna di foschi presagi. Di sicuro quell'uomo conosceva la zona e avrebbe potuto indicargli il centro abitato più vicino; presto avrebbero potuto rifocillarsi e riposare, per poi ripartire a spron battuto verso Suttwin. Sì, ne era certo: la fortuna stava girando.

«Sono tre i componenti della famiglia celeste, otto gli arcangeli davanti al cancello, tre i colpi del diavolo quando s'annuncia! La gente non vuole capire… Non ne vuole sapere!».

Nel sentir quell'individuo blaterare frasi sconnesse, tutti presero a guardarsi l'un l'altro piuttosto sconcertati.

«Di quale cancello parla?» sussurrò Charlie, rivolgendosi a Billy.

«Ah, non chiederlo a me!» rimbeccò lui, scrollando le spalle.

Fu Charlie, per una volta, a prendere l'iniziativa. «Mi scusi, signore».

Ray Whittaker non si voltò. Interruppe di colpo quel che stava facendo e rimase lì, provando a tenere a bada l'impulso violento di afferrare la mannaia e avventarsi sugli intrusi.

«Io e i miei amici ci siamo persi. Ci domandavamo se potesse indicarci la via più breve per arrivare in città. Una qualsiasi andrebbe bene…».

Non ebbe risposta. Avvertì solo un sibilo roco e l'odore pungente di chi non aveva l'igiene personale fra le sue priorità.

«Non vogliamo disturbarla…» continuò Charlie, un tantino a disagio. «Siamo diretti a Suttwin. Ecco, basterebbe che ci indicasse in quale direzione procedere, così potremmo levarci dai piedi…».

«Charlie, andiamo via…» sussurrò Thomas Merowitz, frugandosi le tasche in cerca del suo inalatore.

«La città più vicina è Clarence. Tre miglia a ovest» rispose Ray, di punto in bianco. Quindi si voltò, e ci mancò poco che a Timmy non venisse un infarto.

Aveva lunghi capelli radi e luridi, che incorniciavano guance scavate come fosse d'un cimitero. Le mani erano livide e macchiate di sangue, e i suoi vestiti lerci, con scarpe tenute insieme dal nastro adesivo. Sul tavolo giaceva il corpo ancora caldo d'una lepre, a cui era stata mozzata la testa da poco.

«Ma vi avverto: se partite ora, non riuscirete ad arrivare prima che faccia buio».

Charlie e Timmy fissavano l'uomo inebetiti, incapaci di proferir parola. Billy, al contrario, non pareva molto impressionato; forse – anzi, di sicuro – aveva semplicemente l'occhio più assuefatto all'orrido.

«Avete fame?» chiese Ray Whittaker, osservando i ragazzi con occhi privi d'ogni scintilla.

«Io tanta» rispose Thomas Merowitz che, sentendo parlar di cibo, avvertì un inatteso rigurgito di coraggio.

«Cucinerò la lepre per cena. È fresca, cacciata oggi»
«Si vede. Credo si stia ancora muovendo...» commentò Billy Morgan, con un sorriso sprezzante.
«Grazie signore, ma non credo sia il caso di approfittare della sua ospitalità» si schermì Charlie Marsh, che iniziava a comprendere come potesse sentirsi un claustrofobico bloccato in ascensore. «Ci serve solo la direzione, sono certo che sapremo cavarcela...».
Ray Whittaker s'asciugò le labbra umide con la manica della camicia e infilò le mani in un secchio d'acqua nera, per ripulirle dal sangue rappreso.
«In questi boschi è facile perdere l'orientamento» disse poi, con un filo di voce. «Rischiereste solo di girare in tondo. Fermatevi per la notte, domani mattina vi farò da guida io stesso. Saremo in città in meno di un'ora».
«Quella è casa sua?» domandò Timmy, voltandosi verso la villa.
«Vi trovate nella proprietà Everly. Io qui sono il custode»
«Il custode di cosa, esattamente?» chiese Billy sghignazzando, mentre Charlie Marsh lo fulminava con lo sguardo. «Che vuoi? Che ho detto di male?»
«Venite. Al secondo piano ci sono delle stanze in cui potrete sistemarvi. Vicino all'entrata c'è un pozzo, se avete sete».
Considerando chiusa la questione, Ray Whittaker si incamminò, senza nemmeno controllare se i suoi ospiti gli stessero venendo dietro.
«Hey, Charlie! Non vorrai sul serio trascorrere la notte con quello psicopatico, vero?»
«Ascoltami bene, Timmy. La cosa non piace neanche a me, ma quell'uomo ci ha offerto un tetto, e del cibo. Onestamente mica me la sento di trascorrere un'altra notte all'aperto... Per caso vorresti ripetere l'esperienza di stamattina?»

«Ma è uno straccione!» protestò Thomas Merowitz.
«Non tutti possono permettersi di farsi confezionare gli abiti in sartoria, Timmy…» lo redarguì Billy Morgan, che in qualche modo si sentiva chiamato in causa. «Ti sembrerà strano, ma si può essere brave persone anche senza indossare vestiti da mille dollari»
«Tu che ne pensi, Billy? Dici che possiamo fidarci?» domandò Charlie Marsh, osservando Ray Whittaker che entrava in casa, scomparendo nell'ombra.
«Per me è solo un po' svitato. Ma chi non lo è, dopotutto…»
«Voi state dando i numeri!» sbottò Thomas Merowitz, col volto tumido e rosso come una melagrana. «Questa ci costerà cara, vedrete…».
Passando accanto al vecchio pozzo, Billy Morgan s'affacciò, intravedendo sul fondo una macchia d'acqua stagnante che odorava di zolfo.
«Io questa non la bevo, poco ma sicuro. Chissà quanti uccelli ci avranno cagato dentro…» mormorò, poco prima di rincorrere Charlie e Timmy, che già si stavano avventurando all'interno.
Ora alcuni di voi, forse, ricorderanno i tunnel dell'orrore che tanto andavano di moda nei luna parks, parecchi anni fa, quando per divertirsi o spaventarsi – a volte le due cose si confondono – bastava qualche maschera di cartapesta e un lungo corridoio buio, addobbato di ragnatele artificiali.
Everly House era proprio così, dava i brividi allo stesso modo. Solo che le ragnatele erano vere, i muri ricoperti di muffa e i rampicanti s'erano fatti strada in ogni anfratto, tanto che spesso toccava camminarvici sopra.
Tanto perché si sappia, al secondo piano la situazione non pareva migliore. Per arrivare lassù ci si doveva inerpicare lungo una scalinata di legno marcescente, dove ogni gradino

gemeva di dolore nel sopportare il peso dei visitatori, e foglie ingiallite s'accalcavano su ogni centimetro di pavimento.
«È incredibile. Questo posto fa più schifo dentro che fuori. Non pensavo sarebbe stato possibile!» sentenziò Billy Morgan, entrando nel primo locale che gli capitò a tiro. «Per fortuna le camere hanno ancora le porte. Chi lo avrebbe detto, c'è persino la chiave; se non altro stanotte potremo chiuderci dentro»
«Il letto non sembra male» disse Timmy, dopo aver dato un paio di colpetti al materasso. «Chissà, potrei anche essermi sbagliato su quel tizio! Mio nonno diceva sempre che si impara più dai pazzi che dai saggi»
«Fosse vero, stasera potrebbe essere l'occasione buona per laurearci con qualche anno di anticipo» replicò Billy Morgan, mentre tracciava le sue iniziali su una cassettiera impolverata.
Nel frattempo, Charlie Marsh stava curiosando nel locale adiacente.
«Ragazzi…» chiamò a gran voce, poco dopo «Credo sia meglio che veniate a vedere!».
Billy accorse per primo, diede una rapida occhiata in giro e raccolse da terra una vecchia rivista stropicciata. Dopo aver sfogliato qualche pagina, si avvicinò sornione a Charlie Marsh e, appena lo ebbe a tiro, gli lanciò il giornale dritto in volto.
«Era questo che volevi farci vedere, Charlie? Grazie, ma l'ho già letto! Mi ricordo bene quel numero… Settembre 1980: Lisa Welch era la coniglietta del mese. Quando hai finito, passalo a Timmy, così finalmente vedrà com'è fatta una vagina!».
«Non era questo che volevo mostrarvi… Date un'occhiata al letto».
L'enorme struttura in ferro battuto ospitava un materasso lercio, sul quale era ben visibile una grande chiazza scura.
«A me sembra sangue… A voi no?» balbettò, sgomento.

«In questa stanza sono morte due persone» grugnì Ray Whittaker, nel fare capolino sulla soglia di quella camera che sapeva d'umido e feci d'animale. «Non dovreste stare qui. Fuori! Verrò a chiamarvi per la cena».

Quella sera stessa, il salone di Everly House tornò a pulsare di vita per qualche ora. Ovviamente non aveva più nulla d'accogliente o di sfarzoso; men che meno poteva suggerire l'idea di un luogo in cui qualcuno avrebbe voluto trattenersi per più di una manciata di minuti, e forse nemmeno quelli.

Del mobilio raffinato che una volta adornava i locali, era rimasto lo spettro. Del profumo delle essenze pregiate che riempiva gli ambienti, vi era solo il ricordo.

Eppure la sola presenza di ospiti inattesi sembrò regalare a quel rudere dimenticato l'illusione di un'ultima danza.

Al centro della sala ardeva una fiamma; di quando in quando, Ray Whittaker la ravvivava buttandoci foglie, rami secchi e pagine accartocciate di quotidiani mai letti, tanto che i muri già odoravano d'autunno.

«Non sarà pericoloso accendere un fuoco qui dentro?» si domandò Charlie Marsh, nell'osservare preoccupato la colonnina di fumo che ciondolava verso il soffitto.

«Non c'è molta roba che possa bruciare» rintuzzò Billy Morgan, facendo spallucce.

Charlie pensò che, in fondo, le cose non stavano andando poi così male. Certo, il materasso imbrattato di sangue non era stato un inizio promettente, ma la serata stava cominciando con ben altre prospettive, tanto che quasi poteva affermare di sentirsi a proprio agio.

Dopotutto chi lo avrebbe mai detto, solo poche ore prima, che avrebbe avuto un posto dove passare la notte e qualcosa da mettere sotto i denti!

In un angolino, accanto a un appendiabiti sghembo, c'era persino una radiolina a batterie che trasmetteva un vecchio successo di Dolly Parton; insomma, con un po' di fantasia, avrebbero potuto far finta d'essere in campeggio.

«Vado a prendere la lepre, la arrostiremo sul fuoco» disse Ray Whittaker, mentre tutti si accovacciavano intorno a quel falò improvvisato. «Ho anche delle patate. Le coltivo io, nell'orto dietro la villa» concluse, sfuggendo agli sguardi, prima di sparire dietro una porta.

«Addirittura le patate… Che lusso!» commentò Billy Morgan, che non si lasciava mai sfuggire l'occasione d'essere acidulo.

«Perché devi sempre fare lo stronzo?» lo incalzò Timmy.

«E tu perché non ti fai gli affari tuoi, quattrocchi?»

"Questa era "Jolene", della divina Dolly Parton! State ascoltando 1080 Network, la radio a onde medie di chi ama la buona musica americana, e io sono sempre il vostro Pete Crippol. Devo interrompere la programmazione perché ho appena ricevuto un messaggio, dalla regia mi chiedono di fare un annuncio. Pare che tre ragazzini siano scomparsi dalla cittadina di Cedarbrook. Hanno tutti tredici anni e rispondono ai nomi di… Vediamo un po', ecco qui: Charlie Marsh, Thomas Merowitz e Billy Morgan. Se aveste notizie, o informazioni utili al ritrovamento, siete pregati di rivolgervi alla più vicina stazione di polizia! E ora torniamo al caro, vecchio country, gente! La prossima canzone ce la richiede la nostra affezionata ascoltatrice Julie Lynn: si intitola "Looking for love" e la vuole dedicare al suo…"

Billy Morgan gattonò sul pavimento e si avventò sulla radio, spegnendola con un paio di colpi ben assestati.

«Merda. Merda, merda, merda, merda!» si disperò Thomas Merowitz, in un crescendo teatrale. «Questa volta mio padre mi ammazza. Non lo dico per dire, mi ammazza davvero, ne

sono certo… Posso dire addio alla mia vacanza al lago Winnipesaukee!»
«Come avranno fatto a scoprirci così in fretta?» si chiese Charlie, rimuginando a voce alta.
«Suppongo sia colpa mia…» mormorò Billy Morgan, dopo averci riflettuto un po'.
«Che vuoi dire?»
«È semplice, se ci pensi. Una volta scoperta la mia fuga, la polizia avrà cominciato a fare domande. Saranno passati da Cedarbrook, e di sicuro avranno bussato alla porta di casa vostra. A quel punto, accorgersi che nemmeno voi c'eravate sarà stata una questione di minuti…»
«Stavolta è davvero finita, Charlie…» disse Timmy, con il groppo in gola e lo sguardo perso nella fiamma che profumava d'inchiostro. «Dobbiamo tornare a casa, non abbiamo altra scelta».
A Billy si strinse lo stomaco al solo pensiero che il loro viaggio, appena cominciato, fosse già finito; nel risedersi accanto al fuoco, tornò con la mente ai giorni trascorsi nella roulotte Winnebago, e alle notti passate a sognare che, prima o poi, qualcosa di bello sarebbe potuto accadere persino a uno come lui.
E, invece, eccoci qui. Pareva incredibile che, per una volta tanto che stava facendo qualcosa a cui teneva davvero, il destino si fosse messo ancora di traverso.
«Non è grave, in fondo. Io dico che dovremmo continuare…»
«Ma Charlie!» protestò Thomas Merowitz, strabuzzando gli occhi.
«Che abbiamo da perdere, ormai? Siamo stati scoperti, in punizione ti ci metteranno comunque. Che fretta c'è di tornare?»
«A mia madre verrà un infarto. E pure a tua nonna. A questo non pensi?»

«Ci faremo venire in mente qualcosa, ok? Ora fate finta di niente, sta arrivando quel tizio!».

Ray Whittaker rientrò nel salone tenendo in mano un grande vassoio d'argento, sul quale aveva sistemato alla bell'e meglio quattro spiedini con i bocconcini di lepre e una padella piena di patate tagliate a tocchetti.

«Non ci hai ancora detto come ti chiami…» disse Charlie Marsh, provando a rompere il ghiaccio.

«Ray»

«Piacere, Ray. Io sono Charlie. Lui è Timmy, mentre questo qui è Billy».

Ray Whittaker spostò lo sguardo su ognuno di loro, restando muto come un pesce. Poi, dopo averli fatti rosolare sulla fiamma, porse a ciascuno il proprio spiedino.

«Se avessi saputo che venivate, ne avrei ammazzata un'altra, di lepre…» farfugliò, parlando a bocca piena. Al che, a Billy Morgan, venne da chiedersi come facesse quel tizio a masticare con i soli tre denti che gli erano rimasti.

«Oh, andrà bene! Apprezziamo che tu abbia condiviso la tua cena con noi».

Fu in quel momento che Charlie Marsh ebbe l'impressione di aver già finito gli argomenti di conversazione.

Di che si parla con un tipo come questo? – si domandò, spremendosi le meningi. Forse avrebbe potuto chiedergli da quanto tempo non si faceva un bagno, o il motivo per cui il suo alito avesse una forte sfumatura d'ammoniaca, ma non gli sembravano cose molto carine da dire, così scartò subito entrambe le opzioni.

Ad ogni modo, dopo qualche minuto, fu Ray Whittaker a divenire inaspettatamente loquace.

«Così tu sei Billy…» biascicò, cogliendo tutti di sorpresa.

«Già…»

«Sai, Billy… È buffo. Sì, è proprio buffo» continuò, trattenendo a stento una risata volgare e sputacchiando pezzi di cibo in ogni direzione. «C'è un tale dietro di te. Sembra stia mangiando un chewing gum ma non ha nulla in bocca».

Billy Morgan, senza volerlo, sobbalzò per lo spavento e si voltò di scatto, aguzzando la vista per provare a capire se davvero vi fosse qualcuno nascosto nell'ombra.

«Di che parli? Non vedo nessuno…»
«Ma sì, è proprio lì. Guardalo. Lui ti vede, ti sta fissando»
«Non c'è nessuno laggiù!» ribadì Billy, sempre più turbato.
«Osserva meglio. Ha il tuo sorriso, e i capelli del tuo stesso colore. Ti assomiglia, ma non sei tu»
«Charlie…» bisbigliò Thomas Merowitz, accortosi che la situazione stava prendendo una pessima piega.
«Sta' calmo, Timmy. Non ora…»
«Volete fare un gioco?» chiese Ray Whittaker, balzando in piedi con insospettabile destrezza. A Charlie Marsh quelle parole suonarono piuttosto ambigue. Diamine, pareva proprio il tipo di domanda che farebbe un serial killer, poco prima di ficcarti qualcosa di affilato nel petto.

Senza attendere risposta, Ray si diresse ad ampie falcate in una stanza attigua, per poi tornare in un baleno tenendo un mazzo di carte fra le mani.

Thomas Merowitz parve ritrovar subito entusiasmo. «Forte! Mi piacciono le carte… So giocare a Dubito e a Slapjack! Mi ha insegnato mio zio Abel!»

«Queste non sono carte da gioco. Sono tarocchi» precisò Ray Whittaker, cominciando a mischiarle. «Servono a conoscere le persone. E se credi nel loro potere, ti diranno qualcosa del tuo futuro…»

«Sul serio?» mormorò Timmy, colmo di meraviglia «Allora io voglio provare per primo!»

«No!» tuonò l'uomo, scurendosi in volto. «Cominceremo da lui» disse, indicando Billy con un cenno del capo. «Quelli che vedi davanti a te sono i 21 arcani maggiori. Puoi sceglierne tre. Avanti, che non mordono».

Billy Morgan vinse la sua riluttanza e indicò con il dito la prima carta. Ray Whittaker la fece scivolare fuori dal mazzo e la girò, mostrandola a tutti.

«La Torre» annunciò, carezzandone i bordi.

«Beh? Che significa?» domandò Billy, solleticato nella curiosità.

«Questa carta racconta il tuo passato… Indica che hai molto sofferto. Ma fa' attenzione a quel che ti dico: il rancore e la rabbia che provi ora, rischiano di condurti alla rovina! Pescane un'altra, coraggio».

A Billy Morgan quel gioco non piaceva mica tanto, e non poteva fare a meno di chiedersi per quale misteriosa ragione quel balordo paresse così interessato a farsi gli affari altrui. Ad ogni buon conto, ritenne fosse meglio non contrariarlo, perché aveva la netta sensazione che altrimenti quella serata avrebbe potuto vivere un epilogo amaro.

«Scelgo questa…» bofonchiò, desideroso di farla finita il prima possibile.

Ray Whittaker voltò la carta e la mostrò a tutti.

«Il Matto» sibilò, scuotendo la testa.

«Che c'è, non va bene?»

«Vedo che stai vivendo grandi cambiamenti. Questo ti confonde, perché non sai quale direzione prendere! Così ti rifiuti di affrontare i problemi e nascondi agli altri le tue paure… È arrivato il momento di crescere, Billy. Non si può fuggire per sempre. Lo sai, vero? Sì, che lo sai…»

«Ma di che parla, questo tizio?» si lamentò Billy Morgan, rivolgendosi a Charlie, che a sua volta lo fissava attonito. «Io non ho paura di niente, e non fuggo mai...»
«Sshh, fa' silenzio, Billy. Tu lo sai benissimo di cosa sto parlando. Forza, pesca l'ultima carta...»
«Basta, non voglio più giocare»
«Pesca una carta!» ordinò Ray Whittaker, sbattendo il pugno sul pavimento. Lui e Billy rimasero a osservarsi l'un l'altro per qualche istante, senza dir nulla, finché l'ultima carta non venne scelta.
«L'Appeso...» bisbigliò Ray, mostrandosi amareggiato. Quindi si alzò in piedi e cominciò a trotterellare per la stanza, picchiettandosi i pugni in testa e rimbalzando sulle pareti come la pallina di un flipper. «Non doveva succedere, no... Questo non va bene, non doveva succedere!»
«È una cosa brutta?» chiese Charlie Marsh, provando a ignorare il fatto che quel tale pareva aver definitivamente sbroccato. Ray nemmeno lo sentì, o se lo sentì fu molto bravo a fingere di non averlo fatto.
«Ora ascoltami bene...» disse infine, accovacciandosi vicino a Billy e arrivandogli a un palmo dal naso. «Una grande prova ti attende. E dovrai affrontarla da solo, nessuno potrà aiutarti! Ci siamo capiti? Sarà... Sarà doloroso, sì. Molto doloroso! Ma, imboccata quella strada, finalmente saprai chi sei... Guarda la carta! L'Appeso è consapevole che solo invertendo la prospettiva si può comprendere l'essenza di ogni cosa... Capisci, adesso?».
No, Billy Morgan non aveva la minima idea di cosa stesse parlando quel tizio. Sudava freddo, gli tremavano le mani e non sapeva proprio come cavarsi d'impaccio.

Accadde in quell'istante che, dal piano di sopra, si udì un rumore improvviso squarciare il silenzio, brutale come una fucilata nel buio.
«Che è stato?» chiese Thomas Merowitz, tutto allarmato.
«È solo il vento, Timmy…» lo tranquillizzò Charlie Marsh.
Ray Whittaker, però, pareva avere tutt'altra teoria.
«Il tuo amico si sbaglia…» ammonì, alitandogli in volto. «Non è il vento. Questo è il linguaggio dei defunti. Loro soffiano finché le porte non sbattono! Così ci mostrano la loro presenza!»
Billy scosse la testa, facendosi beffe dell'uomo. «Io non credo a queste cazzate…»
«E fai male» replicò lui, con una smorfia d'odio.
Di tutte le cose imparate durante gli anni trascorsi fra i corridoi della Stanton, ce n'era una in particolare a cui Charlie Marsh attribuiva maggiore importanza, l'insegnamento che in futuro – ne era certo – si sarebbe rivelato il più prezioso: l'abilità di comprendere quando arriva il momento di girare i tacchi e sparire.
Così, nel sentire Ray Whittaker cominciare a parlar di morti e spiriti inquieti, gli venne da pensare che sarebbe stato meglio alzare bandiera bianca e congedarsi educatamente, prima che a quel tale venisse in mente di mostrar loro il lato peggiore di sé.
«È stata proprio una bella serata! Grazie per la cena, Ray!» disse, alzandosi in piedi, mentre provava a trascinarsi dietro Billy e Timmy, sollevandoli per il bavero della camicia. «Si è fatto tardi e siamo davvero stanchi, penso che andremo a riposare un po'. A domattina, allora. Saremo pronti di buonora, puoi stare tranquillo! E grazie ancora per l'ospitalità, e per esserti offerto di accompagnarci a Clarence…».

Charlie Marsh fece in modo di sgattaiolare di sopra senza colpo ferire, abbandonando Ray Whittaker alle sue visioni e alle proprie miserie.
La notte, per buona parte, trascorse tranquilla.
Charlie – dopo essersi assicurato per ben tre volte che la porta fosse chiusa a chiave – riuscì a prendere sonno e a dormire profondamente per qualche ora.
Si svegliò di soprassalto ch'erano più o meno le 3:15, trovandosi il faccione di Billy Morgan a poco più di una spanna, mentre lo fissava con espressione piuttosto allarmata.
«Che c'è, Billy… Sei pazzo? Torna a dormire, è ancora presto» protestò, rigirandosi nel letto.
«Charlie, alzati. Dai un'occhiata alla porta…».
Che stesse accadendo qualcosa di indubitabilmente grave, Charlie Marsh lo capì dal tono con cui Billy Morgan pronunciò quelle poche parole.
Bastò qualche secondo – giusto il tempo necessario per stropicciarsi gli occhi e tornare dal mondo dei sogni – per accorgersi che la pesante maniglia in ottone stava facendo su e giù come la proboscide d'un elefante. Dapprima con movimenti lenti, poi sempre più frenetici, tanto che chiunque vi fosse dall'altro lato della porta pareva caparbio nel suo intento di varcare quella soglia. Poi, d'un tratto, il movimento cessò e tornò la quiete.
«Cos'è questo casino?» domandò Thomas Merowitz, sedendosi sul letto.
«Qualcuno stava provando a entrare, poco fa» sussurrò Charlie Marsh, senza riuscire a dissimulare l'angoscia. «Sarà stato quel pazzo di Ray…»
«Non credo proprio fosse lui, Charlie…» suggerì Billy Morgan, sbirciando fuori dalla finestra. «Venite a vedere».

Illuminato dal chiarore fiacco d'una vecchia lanterna a olio, Ray Whittaker, armato di pala, stava scavando una buca in giardino. Charlie Marsh – malfidente per natura – trovò subito piuttosto bizzarro che la fossa avesse proprio le dimensioni adatte per seppellirvici qualcuno, e ancor più strano gli sembrò che quello sbandato avesse scelto di mettersi a trafficare con gli attrezzi a quell'ora di notte.

«Se non avete nulla in contrario, direi che è arrivato il momento di tagliare la corda!» esclamò Billy, senza che nessuno avanzasse obiezioni.

E così andò. Zaini in spalla, discesero le scale provando a non fare il minimo rumore, avvertendo un tuffo al cuore a ogni scricchiolio del pavimento.

Nel ripercorrere in senso inverso il viale che li aveva condotti a Everly House, s'atterrirono appena riconobbero la voce di Ray Whittaker, che ancora blaterava le stesse parole pronunciate poche ore prima.

«Tre i componenti della famiglia celeste, otto gli arcangeli davanti al cancello, tre i colpi del diavolo quando s'annuncia!» andava ripetendo, mentre muoveva la pala sempre più velocemente.

Si fermò solo un istante, nello scorgere delle sagome che s'abbandonavano all'oscurità, rapide come lo schiocco di una frusta.

«A presto, ragazzi» mormorò, asciugandosi il sudore.

Poi, nel silenzio, riprese a scavare.

Stations of the ...
by Chas Asko...
series of marble...
wayen figure pieces
placed ... the ...
perhaps this better
and notice the
with it ...
on the grave
thence

Capitolo VIII
Il vecchio Mulligan

«Io ve l'avevo detto che sarebbe finita male. Queste cose succedono perché non mi date mai retta. Per voi sono solo un rompipalle!»
«Non solo per noi, Timmy» precisò Billy Morgan, sciacquandosi il viso.
«Intanto ho sempre ragione!»
«Mica c'è da vantarsene. Significa solo che sei menagramo, oltre che rompipalle...».
Alle prime luci dell'alba, dopo aver camminato a sufficienza per mettere un po' di distanza fra loro e Ray Whittaker, i tre s'imbatterono in un corso d'acqua, largo e profondo abbastanza che avrebbero potuto farcisi il bagno senza difficoltà.
«Credo di sapere dove ci troviamo» sentenziò Billy, passandosi le mani umide fra i capelli. «Questo è un affluente del Richland Creek. Se ho ragione, basterà seguire il letto del fiume e saremo a Clarence in meno di mezz'ora».
«Ma falla finita!» lo schernì Thomas Merowitz, gettando un sassolino nel fiume. «Secondo te dovremmo fidarci di uno che ha sempre avuto 4 in geografia?»

«Staremo a vedere, Timmy. Comunque io ho fame. A chi va del pesce alla brace?».

Così dicendo, Billy Morgan tolse pantaloni, scarpe e camicia e si tuffò in acqua; era limpida, e s'offriva fresca coma una mattina di marzo.

«Che hai in mente?» domandò Charlie Marsh, piuttosto divertito.

«Davvero non l'hai capito? Voglio pescare!»

«Senza canna, né esche?»

«Dimenticatene, quella è roba per vecchietti… Fatemi solo dare un'occhiata qui sotto, torno subito!».

Nemmeno finì la frase che Charlie lo vide immergersi, scomparendo fra bollicine e flutti di schiuma. Per istinto, trattenne il fiato anche lui, finché lo vide riaffiorare in superficie sfoggiando un sorriso radioso.

«Ci servirà della legna secca, così potremo accendere un fuoco!».

Al che Thomas Merowitz, diffidente e incuriosito, si sporse dalla riva quel tanto che bastava per provare a indovinare a cosa diavolo stesse dando la caccia Billy Morgan; arrivò a bagnarsi le suole delle scarpe ma, non vedendo nulla, prese a fissarlo con una certa supponenza.

«Stai solo facendo lo sbruffone, come tuo solito!» lo provocò, con aria di sfida. Billy non parve prendersela a male, per una volta.

«Tuffati, Timmy. Ti insegnerò come si pesca il pesce gatto a mani nude!»

«Davvero lo faresti?!» domandò lui, incredulo, con le lenti degli occhiali che, d'un tratto, s'erano tutte appannate per l'emozione.

«Certo, perché no. Vieni anche tu, Charlie!».

Charlie Marsh li osservava compiaciuto; non aveva mai conosciuto due individui che fossero pronti a scannarsi un minuto prima, per diventare amici per la pelle quello dopo. E poi da capo.
«No, io passo. Penso che andrò a fare un giro qui intorno. Allontanandomi un po' dal letto del fiume, non dovrebbe essere difficile raccattare della legna da ardere».
L'ultima cosa che udì, nel dileguarsi fra le conifere, furono le voci di Billy e Timmy che già avevano ripreso a litigare.
«Merda, ho perso il mio inalatore!»
«Che te ne importa… Secondo me nemmeno ti serve, quell'affare!»
«Certo, vallo a dire al mio pneumologo!»
«Lo dico a te. Sei pieno di fissazioni e di complessi…»
«Sempre meglio che avere la testa vuota come la tua»
«Senti chi parla. Sei solo un secchione buono a ricordarsi qualche formula ma, uscito dalla classe, non capisci un cavolo!».
Quando le voci si affievolirono fino a divenire un vago brusio, per poi svanire, Charlie Marsh tornò con la mente ad un martedì di qualche anno prima, un 26 luglio arso da un sole inclemente.
Quel giorno cadeva l'anniversario della morte di sua madre e Harold Marsh era tornato apposta dal Maine, dove aveva chiuso un contratto per qualche migliaio di dollari e trascorso due notti al Motel 6 di Lewiston in compagnia di Debbie Sawyer, una sorta di collega di lavoro con benefits.
Nel varcare la soglia di casa, Harold pensò che sarebbe stato bello trascorrere un po' di tempo con suo figlio; avrebbero potuto guardare qualche vecchia fotografia, mangiare cibo spazzatura dallo stesso piatto e magari buttarsi sul divano per veder giocare i Cubs, nella speranza che finalmente potesse esser quello l'anno buono per arrivare alle World Series.

Poi, giunta sera, appena prima di spegnere le luci, si sarebbe avventurato nel compito più difficile che un padre possa avere: raccontare a un bambino che non aveva mai conosciuto sua madre qualcosa che potesse aiutarlo a costruire dei ricordi, facendo affidamento su una manciata di parole improvvisate e una buona dose d'immaginazione.

«Perché non ho la mamma? Gli altri bambini ce l'hanno. Non è giusto…» si lamentò Charlie Marsh, rigirandosi fra le lenzuola.

L'uomo s'accostò al letto del figlio, gli carezzò la fronte e si lasciò andare a una risposta che suonò più acre di quel che avrebbe voluto.

«Nessuno ha mai detto che la vita debba essere giusta, Charlie. Quando sarai più grande, ti renderai conto che le cose quasi mai vanno come vorremmo, e brevi e sfuggevoli sono i momenti di felicità. Accettarlo significa diventare uomini».

All'epoca Charlie Marsh non capì fino in fondo il significato di quel discorso ma, con il trascorrere del tempo, riuscì a renderlo suo.

Ora, nel trovarsi in quel bosco a raccoglier legna, ebbe la sensazione che uno di quei 'brevi e sfuggevoli momenti di felicità' fosse finalmente arrivato. Così chiuse gli occhi, strinse i pugni e ripeté a sé stesso che avrebbe offerto in pegno tutto ciò che possedeva per trattenere quell'istante, per far sì che l'alba del giorno dopo non sorgesse mai.

Fu quello l'ultimo suo pensiero, prima che divenisse tutto nero, e ogni rumore cedesse il passo al silenzio.

Nel frattempo, un centinaio di metri più a nord, Billy stava spiegando a Timmy le basi del noodling.

«Fidati, è più semplice di quel sembra! Devi sapere che i pesci gatto scavano dei cunicoli lungo le sponde dei fiumi, per usarli come tana. Tutto quel devi fare è infilare il braccio nel buco,

agitare un po' le dita ed aspettare che ti morda. A quel punto lo tiri su!»
«Che hai detto?! E io dovrei farmi mordere? Scordatelo, Billy…»
«Vieni qui, dove stai andando…» disse Billy Morgan, afferrando l'amico per un braccio, poco prima che s'incamminasse deciso verso la riva. «Guarda che non hai motivo di fartela addosso. I pesci gatto hanno denti minuscoli, e non li usano per masticare. Resterò qui accanto a te, d'accordo? Non può succederti niente! Appena capirò che ce l'hai, t'aiuterò a tirarlo fuori!»
«Giura! Non è che mi farai affogare?»
«No, Timmy… Ti prometto che non affogherai in un metro d'acqua. Ora butta giù quella testa di legno, infila la mano nel primo cunicolo che trovi e aspetta qualche istante».
Che il buon Thomas Merowitz non fosse certo un animo impavido, ormai l'avranno intuito anche i meno perspicaci fra voi. Nel ritrovarsi in una situazione tanto scomoda, maledì sé stesso per essere stato così ingenuo da farsi coinvolgere in un simile teatrino; pescare a mani nude, che stupidaggine! Spacconate del genere si addicevano a Billy Morgan, poco ma sicuro, ma lui non era tagliato per certe cose.
A casa sua, quando voleva qualcosa da mangiare, era sufficiente che chiamasse Maria Dolores con l'interfono e, tempo quindici minuti, riceveva quanto richiesto servito su un bel vassoio a fiori, con tanto di bevande assortite e tovaglioli ricamati per pulirsi la bocca, una volta finito. Sul motivo per il quale non esistesse una "Maria Dolores" in ogni abitazione, non era mai riuscito a darsi una spiegazione convincente.
«Allora, ti decidi?» lo incalzò Billy, nel sorprenderlo dubbioso.

«So già che me ne pentirò… Anzi, credo di essermi già pentito!» borbottò Timmy, prima di inspirare profondamente e immergersi quel tanto che bastava per raggiungere il cunicolo.
Quando riemerse, giusto pochi secondi dopo, sbuffava come avesse appena terminato una gara di triathlon.
«Ci ho provato, Billy… Ho infilato il braccio, ma non è successo niente»
«Prova ancora».
Lui, però, pareva averne avuto abbastanza. «Ho i brividi, forse dovrei uscire dall'acqua…»
«Stammi a sentire, Timmy. Ogni volta che hai paura, che ti tiri indietro alla prima difficoltà, dai ragione a tutti quegli stronzi che alla Stanton ti chiamano mezzasega. Io so che tu sei meglio di così».
Thomas Merowitz si fece pensieroso. Mai si sarebbe atteso che Billy Morgan potesse offrirgli una parola di conforto o d'incoraggiamento; di solito, quel tipo di ruffianeria preludeva a qualche scherzo scemo degno del suo peggior repertorio.
«Lo pensi davvero?» domandò, con l'espressione stupefatta di un bambino che vede nevicare per la prima volta.
«Certo. Ma che rimanga tra noi, siamo intesi?».
Sfigato. Ciccione. Verme. Idiota. Thomas Merowitz aveva perso il conto degli insulti che aveva dovuto ingoiare, di ogni umiliazione che gli era toccato subire.
Dove sta scritto che tutti debbano nascere belli e coraggiosi? Qual era la sua colpa, in fondo? Preferire l'entomologia al football, o le riviste d'elettronica a Penthouse?
I suoi compagni non gli avevano mai fatto sconti, nonostante avesse sempre provato ad essere gentile con tutti. E quelle poche volte che s'era azzardato a ribatter colpo su colpo, era finita male, che quelli puntualmente tornavano più agguerriti di prima. Dopo aver preso schiaffi a sufficienza, finì col

ritenere che non valesse la pena farsi ficcare la testa nel water per difendere l'orgoglio, ché lui manco era sicuro di avercelo, dopotutto.

D'altra parte quelli come lui – lo aveva capito già da un pezzo – sopravvivono solo imparando a tapparsi le orecchie quando serve, e ad accettare che nella sconfitta esiste un'unica rivalsa: non permettere a nessuno di spezzarti.

Thomas Merowitz cercò negli occhi di Billy Morgan la forza che non aveva mai avuto, e la trovò. Fu in quell'istante che comprese quanto fosse importante, di tanto in tanto, affrontare le proprie paure facendo un passo avanti invece che uno indietro.

Senza dir nulla, Timmy prese fiato e si immerse nuovamente.

Rimase lì, quasi a pelo d'acqua, per trenta secondi buoni, che pareva una bambola gonfiabile in procinto di esplodere.

Poi, tutto a un tratto, prese ad agitarsi e ad annaspare, e Billy capì ch'era giunto il momento di far la sua parte.

Afferrò Thomas Merowitz per la vita e tirò con quanta forza aveva in corpo, finché ai suoi occhi non si presentò una scena tanto singolare quanto memorabile: Timmy riaffiorò dal fondale boccheggiando, col braccio ficcato fin quasi alla spalla nelle fauci d'un pesce gatto insolitamente combattivo.

La bestia si dimenava e sbatteva la coda sull'acqua, mentre Billy faceva del suo meglio per raggiungere la riva, tirandosi appresso pesce e pescatore, che ormai parevano diventati un unico esemplare.

Quando infine si ritrovarono entrambi ad ansimare, sdraiati sull'erba, a Timmy servì qualche secondo per realizzare quanto fosse grande – perlomeno ai suoi occhi – l'impresa che aveva appena compiuto.

«Billy, ce l'ho fatta… Io… Ce l'ho fatta davvero, non posso crederci!» farfugliò, a stento trattenendo il pianto. «Guarda questo pesce… Peserà almeno 30 libbre, non credi?»
«Forse anche 40!» stabilì Billy Morgan, tirandosi su. «Hai fatto un bel lavoro, Timmy. Visto che non era così difficile?».
Thomas Merowitz, senza aggiungere altro, si gettò al collo dell'amico e lo cinse in un abbraccio. «Grazie, Billy…»
«È tutto ok… Adesso staccati, però!»
«Si può sapere chi ti ha insegnato a pescare in questo modo?» chiese Timmy, ignorando le sue rimostranze. «Credo sia una delle cose più fantastiche che abbia mai visto in vita mia! Forse non fantastica come il modellino del Millennium Falcon che ha costruito mio cugino Elijah, però è senza dubbio sul podio!»
«Me l'ha insegnato mio padre…» replicò Billy, nel raccogliere i suoi vestiti da terra.
«Sul serio? Non mi avevi detto che tuo padre sapesse pescare…»
«Credimi… Saresti rimasto sorpreso di quante cose sapesse fare da sobrio».
Thomas Merowitz chinò il capo e non disse più nulla per un po'. Conosceva quell'ombra nello sguardo di Billy Morgan, ché tante volte l'aveva già vista prima.
«Chissà perché Charlie non torna…» si chiese, non appena riuscì a superare l'imbarazzo.
«Sono sicuro che sarà qui a minuti. Dai, vieni… Aiutami a raccogliere qualche pietra da mettere intorno al fuoco, servirà a contenere la brace».
A poca distanza, fra le mura umide e posticce d'una vecchia capanna, Charlie Marsh stava disperatamente provando a riaprire gli occhi, facendo del suo meglio per ignorare il terribile cerchio alla testa da cui era stato preso alla sprovvista.

«Non hai le scarpe adatte per camminare su questo tipo di terreno. Ma ti è andata bene. A quanto pare hai la capoccia dura».

Charlie si stranì, finendo per domandarsi a chi mai potesse appartenere quella voce. Con una certa fatica, si appollaiò sul letto sfatto e strabuzzò gli occhi, sforzandosi di mettere a fuoco la sagoma ingobbita che gli si stava accostando.

Non appena l'individuo fu vicino a sufficienza, Charlie Marsh fu scosso da un sussulto e si ritrasse con lo stesso sgomento di chi si ritrova nel piatto un'insalata dopo aver ordinato costolette d'agnello.

«Sono brutto ma inoffensivo» puntualizzò quel tale, porgendogli una tazza. «Bevi questo infuso, ti farà bene. Mi chiamo Mulligan, tu chi sei?».

Charlie non rispose. Il volto di quel pover'uomo pareva uno sbaglio, la pennellata d'un surrealista in preda ai fumi dell'alcol. Aveva ustioni profonde, come tracce di pneumatici nel fango, e l'andatura sciancata di chi ha appena ricevuto un poderoso calcio negli stinchi.

«Allora lo metto qui, va bene?» mormorò avvilito, nell'appoggiare la tazza su un tavolino a tre gambe. Quindi si allontanò di qualche passo, sistemandosi i capelli radi per come poteva. Erano trascorsi già otto anni dalla notte di marzo in cui Colton Mulligan fu svegliato in piena notte – non più tardi delle 3:00 – avvolto dalle fiamme. Dissero fu a causa di una stufa difettosa, ma vai a sapere quale sia la verità. Del suo volto rimase poco, della sua casa nulla, di sua moglie giusto un mucchio d'ossa.

Da allora, Colton Mulligan perse il conto di quante volte accarezzò l'idea di lasciarsi andare, di spegnere la luce per non riaccenderla più. Si svegliava ogni giorno avendo nelle orecchie il trillo di un telefono staccato da un pezzo, e la gola arida di chi non parla mai con nessuno. Per quel poco che ancora rammentava di sé, di una cosa era davvero sicuro: non avrebbe più amato. Perché l'uomo che era stato sapeva che niente vale come la fedeltà, foss'anche solo a un ricordo o a un ideale.

«Dove mi trovo? Perché sono qui?» farfugliò Charlie Marsh.

«Sei a casa mia. Ti ho ripescato nel bosco, eri svenuto. Hai un bel bernoccolo in testa, ma non preoccuparti... Non è nulla di grave».

Charlie si sentiva parecchio confuso, ma quel tizio sembrava sincero. La sua casa di legno si gratificava all'ombra di innumerevoli libri che, accatastati alla rinfusa sugli scaffali, parevano foglie sulla chioma d'un leccio, e nell'aria si respirava profumo d'erba bagnata.

«Sembri affamato» disse l'uomo, cominciando ad armeggiare dentro una vecchia credenza. «Qui non siamo al ristorante, ma posso offrirti pane e formaggio, se ti va. Allora, che ne dici?».

Charlie Marsh annuì, senza dir nulla, appena prima di rendersi conto che, ai piedi del letto, ronfava un gatto mingherlino e spelacchiato, che pareva malmesso almeno tanto quanto il proprietario.

«Lui è Lotus» borbottò Mulligan. «Ci teniamo compagnia».

Charlie s'allungò per dedicargli una carezza, ma il micio nemmeno se ne accorse.

«Ecco, tieni. Non è molto, ma dovrebbe rimetterti in forze».

Nel raccogliere il piatto dalle mani di quel disgraziato, Charlie distolse lo sguardo, ché altrimenti non avrebbe potuto fare a meno di soffermarsi sui tratti d'un volto grottesco, con la bocca che pendeva da un lato e le orecchie ridotte a fessure.

«Ti piace?» domandò il vecchio, non appena Charlie Marsh s'azzardò a dare il primo morso. Ci fosse stato Billy Morgan,

di sicuro avrebbe detto che quel panino aveva lo stesso sapore d'un paio di calze sudate, ma Charlie se lo fece andar bene.
«Sì, è buono» mormorò, trangugiando a forza il boccone.
«Allora, mi vuoi dire come ti chiami e cosa ci facevi nel bosco, tutto solo?»
«Mi chiamo Charlie Marsh. E non sono solo, sto viaggiando con i miei amici». Mulligan afferrò una seggiola, la avvicinò un poco al letto e si accomodò, lasciando che Charlie continuasse il suo racconto. «Siamo diretti a Clarence, ma non eravamo sicuri della direzione, così abbiamo deciso di fare una sosta. Quando mi hai trovato, stavo cercando della legna per accendere un fuoco. O almeno, questo è quel che ricordo…».
L'uomo s'accarezzò la nuca, rimuginando un poco. Si accorse che Charlie pareva ancora diffidente e lo scrutava di sottecchi con malcelato timore.
«Non devi aver paura di me, Charlie Marsh. Mica ci sono nato, con questa faccia…»
«Che ti è successo?» domandò il nostro, facendosi un po' più intraprendente.
«Versione breve o lunga?»
«Breve, direi»
«La mia casa è andata a fuoco e io non sono stato abbastanza veloce. Roba di tanto tempo fa, non è un argomento interessante. Piuttosto, raccontami del tuo viaggio. Che ci vai a fare, a Clarence?»
«A Clarence, nulla. Ma conto di trovare un passaggio per Suttwin».
Mulligan s'ammutolì per qualche istante, limitandosi ad osservare il suo ospite con curiosità.
«È una storia lunga…» precisò Charlie Marsh, masticando a bocca aperta. Non aggiunse altro, ché non era proprio dell'umore per approfondire la questione.

«Va bene, ho capito. Non voglio farmi gli affari tuoi, sta' tranquillo».

Così dicendo, il vecchio s'alzò dalla seggiola, raccolse da terra una scodella mezza insudiciata e la riempì fino all'orlo di una sbobba gelatinosa che odorava di frattaglie.

«Vieni Lotus, è ora di mangiare...» annunciò poi, facendo tintinnare un cucchiaino sul vetro d'un bicchiere.

Charlie osservava in silenzio quel relitto, e non sapeva bene che opinione farsi di qualcuno che pareva essere su questa terra per un errore burocratico, prodotto d'un vigliacco scherzo del destino.

«Ci vivi da solo, qui?» domandò, guardandosi intorno.

«Sì, da solo. Non ho più nessuno. A parte Lotus, si intende!»

«Sul serio?! Nemmeno un amico che venga a farti visita, una volta ogni tanto?»

«Quelli come me stanno meglio per conto proprio» rintuzzò l'uomo, provando a tagliar corto. «Vedi, Charlie Marsh... Le persone sanno essere molto crudeli. Ho lasciato Clarence perché ero stanco dei mormorii, degli sguardi di sbieco, dei ragazzini che tiravano uova sulle mie finestre. Da quando vivo qui, va molto meglio. Non pago bollette, nessuno mi dà noia, e la mattina mi sveglio quando il sole filtra da quella finestra che vedi laggiù. Entra, si riflette sul vetro della credenza e illumina il mio letto quanto basta per farmi capire che è ora di darsi una mossa. Riesci a pensare a qualcosa di più bello di questo?».

Charlie scrollò le spalle, non sapendo proprio che dire. Alzandosi, finì per raggiungere una fila di volumi che s'allungava fra un barometro di Fitzroy e un pendolo che segnava un quarto alle undici.

«Come mai hai tutti questi libri?» chiese, sfiorando le coste impolverate.

«Loro sono il mio grande amore!» replicò Mulligan, illuminandosi in viso. «O almeno, l'unico che mi è rimasto. Immagino di dovere a mio padre questa passione. Lavorava presso la divisione tessile delle industrie Milliken, ne hai mai sentito parlare?». Charlie Marsh scosse la testa, cadendo dalle nuvole.
«Sembra trascorso un secolo, da allora. Vedi, mio padre era un operaio, ma so per certo che il suo sogno sarebbe stato quello di diventare scrittore. Il problema era che, quando tornava a casa la sera, si sentiva sempre troppo stanco per scrivere… A malapena riusciva a sollevare un cucchiaio di minestra e a infilarselo in bocca. Così, ogni volta che poteva, si sedeva sulla sua poltrona preferita e leggeva fino ad addormentarsi. Non dimenticherò mai quanto paresse felice con un libro fra le mani…»
«Peccato non sia riuscito a realizzare il suo sogno, però…» commentò Charlie Marsh, mentre osservava Lotus che si rotolava sul pavimento, inseguendo un riflesso.
«Oh, non preoccuparti. Non credo che a lui dispiacesse»
«Perché dici così?»
«Ecco, Charlie… Mio padre diceva sempre che i sogni più belli sono quelli che non si realizzano».
Charlie Marsh, nell'udir quelle parole, si lasciò sfuggire un'espressione piuttosto perplessa. «Non penso di aver mai sentito nessuno affermare nulla di simile…»
«Vedi, lui sosteneva che solo quando i sogni non si realizzano possiamo continuare a idealizzarli, a pensare quanto meravigliosa sarebbe stata la nostra vita se fossimo riusciti ad acciuffarli, senza farci angustiare dai lati oscuri di quei desideri, da tutto quello che ci saremmo persi se davvero avessimo preso quella strada e non la nostra».
Che tipo strano – pensò Charlie Marsh che, per quanto ci provasse, aveva l'impressione di non riuscire ad afferrare

l'essenza di quei discorsi, che gli parevano intensi e bizzarri insieme, lasciandogli addosso la sensazione di smarrimento che si prova quando non riesci a ricordare qualcosa di importante. Incerto su quale fosse la cosa giusta da dire, raccolse dallo scaffale un libro e prese a sfogliarlo freneticamente.

«Questo ce l'ho anch'io, è bellissimo!» esclamò, aprendosi in un sorriso. «Fa' un po' vedere… Ah, Carl Sagan! Ti interessi di astronomia?»

«Io *adoro* l'astronomia!»

«Ma non mi dire… È questo che vorresti fare da grande?».

Da grande. E chi ci aveva mai pensato. Charlie sapeva solo che era stato abituato, fin da piccolo, a restare con i piedi ben piantati al suolo, altro che costellazioni e galassie. Obiettivi semplici e realistici – questo gli avevano raccomandato – che i voli pindarici rischiano di farti precipitare in fretta.

«Non credo che ne sarei in grado. Mia nonna dice che non si dovrebbe perdere tempo a fantasticare, e che nella vita è molto meglio essere concreti. Dice anche che chi ha il vizio di stare con la testa fra le nuvole rischia di sprecare la propria vita… Quindi è importante fare le scelte giuste»

«Sprecare la propria vita…» gli fece eco Mulligan, scuotendo la testa. «Ora ti dirò una cosa, Charlie… Cento anni fa, in questa zona, non c'era nulla. Sono pronto a scommettere che ne passeranno giusto altri cento, e non resterà quasi niente di quel che c'è ora. Il mondo andrà avanti comunque, qualsiasi cosa decideremo di fare. Non esistono scelte sbagliate, solo quelle in grado di renderci infelici».

A Charlie, quello, parve un discorso sensato, benché non fosse sicuro che sua nonna lo avrebbe approvato. Eppure non poté fare a meno di pensare a quanto triste dovesse essere l'esistenza di coloro che sacrificano le proprie ambizioni sull'altare del quieto vivere. Non era forse, quello spegnersi lentamente, una condanna peggiore d'una vita consumatasi in fretta ma vissuta alimentando la fiamma d'una passione?

Charlie, d'un tratto, pensò a suo padre e gonfiò il cuore di quei buoni propositi che solitamente nascono la sera, prima di dormire, e che al mattino già non ricordi più. Decise che non avrebbe commesso i suoi stessi errori, che non si sarebbe ridotto a girare il paese su un'auto scassata, per pochi spiccioli, e nemmeno si sarebbe alzato e coricato sempre alla solita ora, per rivivere all'infinito lo stesso giorno. No, a lui non sarebbe accaduto nulla di tutto questo, non lo avrebbe permesso.

«Tu ci hai mai provato? A scrivere, intendo. Come avrebbe voluto tuo padre…» chiese, nel rimettere a posto il volume.

«Io? No, figurati…» si schermì il vecchio, distogliendo subito lo sguardo. «Il fatto è che ormai tutti sono convinti di aver qualcosa di importante da dire o da raccontare. Te ne sei accorto? Chiunque crede fermamente di essere speciale per qualche motivo, e nessuno più accetta di essere normale. Beh, ecco, io penso di essere normale e mi va bene così. Ho i miei libri, il mio gatto, la mia casa… Non vado cercando altro».

Charlie Marsh si risedette sul letto, massaggiandosi la testa. Cominciava a sentirsi meglio e, per quanto gli sembrasse avvilente l'idea di lasciar solo quel negletto, sapeva che presto sarebbe dovuto tornare dai suoi amici, per riprendere il cammino.

«Cos'è quello?» domandò, non appena la sua attenzione venne rapita da un macchinario accanto alla porta d'ingresso, con tanti tubi di latta disposti in serie, uno accanto all'altro.

«Intendi quello lì?» chiese conferma Mulligan, arrancando verso lo strano aggeggio. «Si tratta di uno stampo per candele. È così che mi guadagno da vivere. Alla gente piace quel che faccio, ne vendo parecchie ogni settimana. Il più grande vantaggio di lavorare a casa propria è che non si è costretti a vedere nessuno. Ogni lunedì lascio gli ordini sulla soglia, e il garzone dell'emporio Dankworth passa a ritirarli, lasciandomi i soldi nella cassetta della posta»

«Sembra piuttosto pratico» commentò Charlie Marsh.

«Vero? Lo penso anch'io. Sai cos'altro c'è di buono? Che io adoro le candele, mi ricordano tanto mia madre. Lei ne era ossessionata. Ero piccolo quando morì, avevo circa sette anni. Febbre gialla».

Fu così che, in una stanza senza specchi, Charlie Marsh trovò il modo di vedersi riflesso negli occhi di quell'uomo che, dopotutto, non pareva tanto diverso da lui. Fra le pieghe di quel volto sfatto riconobbe l'eco delle sue paure: il crescere e ritrovarsi soli, vittime incolpevoli d'un destino spezzato.

Il vero orrore non era un lembo di pelle ustionata, ma l'incertezza del domani.

«Scusa ma ora devo proprio andare. I miei amici si staranno chiedendo che fine ho fatto» mugugnò, avviandosi a capo chino.

«Sì, lo capisco. Ricorda: per arrivare a Clarence seguite il corso del fiume. A un certo punto, vi troverete davanti a un ponte. Attraversatelo e non perdete d'occhio i cartelli. Da lì saranno venti minuti di cammino».

Charlie Marsh, arrestandosi sull'uscio, gettò un'ultima occhiata ai libri dalle pagine fragili, al pavimento di legno e al gatto che seguiva con lo sguardo figure invisibili; gli venne da pensare che, a dispetto di tutto, non servono tante cose per essere felici.

«Non è che potresti accompagnarmi?» chiese, allungando lo sguardo fra la vegetazione, colto dal timore di perdersi fra quel groviglio.

«Perdonami, Charlie. È che non mi sento a mio agio con le persone, lo sai…» balbettò il vecchio, quasi colto da una crisi di panico «E ancor meno coi ragazzini…»

«Non devi preoccuparti, sono certo che loro sarebbero felici di conoscerti! Timmy parla tanto che a volte ti vien voglia di strozzarlo, ma è un buon amico. Billy, invece, è un personaggio! La gente pensa che abbia un carattere difficile, ma è solo perché nessuno lo conosce come lo conosco io. Allora, che ne dici? Vieni con me?».

Si incamminarono, ché l'uomo non avrebbe avuto cuore di vederlo andar via solo.

Charlie zampettava qualche metro avanti, zigzagando fra i tronchi d'acero e le rocce che spuntavano dal terreno a tradimento, mentre Mulligan provava a tenere il passo, ansimando come un mulo da soma.

Giunto in prossimità del fiume, tanto da riuscire a udire l'acqua scivolar sulla ghiaia, Charlie Marsh s'accorse d'un vociare famigliare, e più si avvicinava più si convinceva d'aver ritrovato la strada perduta.

«Sai una cosa, Billy? Nel giardino di casa mia viene sempre una gatta…» confidò Thomas Merowitz, accatastando della legna. «Mia madre dice che potremo adottarla, se alla fine del prossimo anno scolastico non avrò nemmeno un'insufficienza. Ho deciso che la chiamerò Dakota!»

«Sembra il nome di una battona…» decretò Billy Morgan, ben lungi dal farsi intenerire.

«Sono loro, li abbiamo trovati!». Così dicendo, Charlie Marsh subito prese a correre, bruciando quegli ultimi metri quasi scivolando sull'erba.

Quando finalmente sbucò dalla boscaglia, Billy lo accolse con una smorfia contrariata. «Ce ne hai messo, di tempo… E

nemmeno hai raccolto la legna! Per fortuna ci abbiamo pensato noi, eravamo stanchi di aspettare…»
«Scusate ragazzi, è che…» provò a giustificarsi, nel frattempo che riprendeva fiato. «Insomma, il fatto è che ho incontrato…».
E, nel voltarsi, non trovò nessuno. Mulligan se n'era andato.
«Allora? Chi hai incontrato?» chiese Thomas Merowitz, consumato dalla curiosità.
Charlie ci pensò un poco, prima di rispondere.
«Un cervo» mormorò, scurendosi in volto.
«Tutto questo casino per un cervo?». Billy Morgan raccolse i fiammiferi dallo zaino. «Dai Timmy, accendiamo il fuoco. Sto morendo di fame».
Charlie Marsh non disse più nulla. Scelse di tenere per sé il ricordo agrodolce di quella casa fra gli alberi e dell'anima solitaria che la abitava, fino al giorno in cui iniziò a dubitare che fosse mai davvero esistita.

ndon the plant
don't believe I can
come on & help in th
matter, altho' I'd b
Ben Watson. He is ha
give you better adv
you want book h
Telephone Costme

Capitolo IX
Benvenuti a Clarence

Otto miglia a nord di New London, sorgeva la cittadina di Clarence, dove la vita fluiva placida come acqua di lago e il vice sceriffo Ellis Finch trascorreva ogni pomeriggio sorvegliando la Plymouth Sapporo del sindaco Wilson, per assicurarsi che i ragazzini non urtassero i retrovisori con i loro zaini, all'uscita da scuola.

La strada principale era Cedar Street, che tagliava in due il centro storico e si distendeva da un capo all'altro del paese.

Cominciava il suo percorso lasciandosi alle spalle il birrificio di Carl Mallon – incastonato in mezzo a un grappolo di sempreverdi – per poi andare a spegnersi nei pressi di Calvin Hill, da dove la chiesetta di Santa Clara dominava l'orizzonte con il suo campanile bianco e il tetto di mattoni.

A Clarence pareva che tutti si conoscessero per qualche motivo, e davanti alle vetrine dei negozi la gente si tratteneva a conversare ad alta voce, come se nessuno avesse orari o qualcosa di più importante da fare.

Ogni mattina, uno dei primi ad alzare le serrande era il signor Dankworth, che apriva il suo emporio alle 7:30 precise.

Usciva di casa indossando sempre la stessa camicia a scacchi e camminava a passo svelto fino alla caffetteria della signora Jennings, dove lasciava un caffè pagato per il suo vecchio amico Hank Martell, titolare del negozio di antiquariato all'angolo di Elm Street. Poi, transitando accanto alla casa di riposo di Mud Creek, dedicava un sorriso ai vecchietti che si sbracciavano da dietro i vetri delle finestre, senza mai scordarsi di programmare una deviazione sul proprio percorso che gli consentisse di passare davanti al chiosco di fiori di Martha Briggs, solo per godere di quei pochi istanti in cui i loro sguardi si incrociavano per un fugace saluto.

Ne era passata di acqua sotto i ponti, dai tempi in cui trovò il coraggio di invitarla al ballo di fine anno; peccato che quel figlio di buona donna di Benjamin Sacks avesse avuto la sua stessa idea.

A distanza di quarantadue anni e con Benjamin sotto due metri di terra, non c'era sera in cui il signor Dankworth non si coricasse pensando a quale sarebbe stato il modo migliore di invitare Martha fuori a cena. Gli mancava solo di trovare il coraggio.

A Clarence ogni giorno era esattamente uguale al precedente, ed era proprio questo a rendere speciale quel posto. Tutti vivevano nell'illusione dell'immutabile, come se si potesse intrappolare la felicità in un'istantanea.

Non a caso, il signor Dankworth rimase piuttosto stupito quando nel suo emporio entrarono tre ragazzini dall'aria stralunata, che di sicuro non si erano mai visti da quelle parti.

Accadde una domenica pomeriggio come tante, più o meno verso le cinque.

«Quindi mi sta dicendo che da Clarence non partono autobus diretti a Suttwin?» domandò Billy Morgan, che non riusciva proprio a farsene una ragione.

«Esatto, giovanotto. Abbiamo un autobus in partenza alle dieci di questa sera, ma ferma a Greenville» specificò il signor Dankworth, con la sua aria bonaria e la voce grave.

«Mi scusi, signore. Quanto costano le Ruffles?» chiese Thomas Merowitz, afferrando un pacchetto di patatine.

«E lascia questa roba!» sbottò Billy, strappandogliele di mano e rimettendole nel cestello di fronte alla cassa, per poi riprendere la conversazione da dove l'aveva interrotta. «Insomma, tutto quello che vorrei sapere è se esiste un modo di raggiungere direttamente Suttwin: un treno, un traghetto, una mongolfiera… Va bene qualsiasi cosa!»

«Sto cercando di spiegartelo da dieci minuti, ragazzo. La stazione ferroviaria di Clarence è inattiva dal '72, e se vuoi raggiungere Suttwin l'unico modo è prendere l'autobus. Ne parte uno ogni sei ore, e la fermata più vicina alla tua destinazione è Greenville. Ci siamo capiti?».

Nello stesso momento, mimetizzata fra le colonnine di riviste esposte vicino all'entrata, una ragazzina dai capelli ramati stava ascoltando quel dialogo, piuttosto divertita.

Con una copia di Seventeen spalancata davanti al volto, di tanto in tanto allungava il collo per sbirciare il gruppetto, facendo del suo meglio per non dare nell'occhio.

Charlie Marsh – che per fiutare certe occasioni aveva un talento nascosto – s'accorse di quella strana presenza e decise che sarebbe stato meglio vederci chiaro.

«Hey Billy… Mi allontano un secondo, ok?».

Billy Morgan nemmeno fece in tempo a rispondere, che Charlie aveva già quasi raggiunto la zona dei quotidiani. Una volta lì, ne afferrò uno a caso – il Daily Chronicle, probabilmente – e si mise a sfogliarne le pagine, mentre provava ad avvicinarsi alla ragazzina ostentando la più classica delle espressioni da finto tonto.

Quando erano ormai a un paio di metri l'uno dall'altra, lei decise fosse arrivato il momento di scoprire le carte.

«Che ci andate a fare, a Suttwin?» domandò, abbassando la copertina di Seventeen quel tanto che bastava per far lampeggiare i suoi occhi azzurri.

«Come, scusa?»

«Mi hai sentito. Ci sono stata, a Suttwin. Circa un paio d'anni fa. È noiosa. Voi perché volete andarci?»

Charlie Marsh, colto alla sprovvista, prese a balbettare un sillabario piuttosto sconnesso, tanto che la ragazza non sapeva se ridergli in faccia o averne compassione.

«Sono Phoebe» disse, tendendo la mano affusolata, subito dopo aver riposto il giornale.

«Charlie…»

«Sì, lo so chi sei. Ho visto la tua foto stamattina, al telegiornale delle 10:00. C'era pure quella dei tuoi amici».

Charlie Marsh si fece rosso che pareva un astice in pentola, e ovviamente non era solo per il fatto che non avesse mai stretto la mano a una ragazza in vita sua.

«Non preoccuparti, non farò la spia. Ma sarà meglio che non vi facciate vedere troppo in giro, o presto qualcuno si accorgerà che ci sono tre fuggitivi in città» soggiunse, facendo ondeggiare la coda di cavallo.

«D'accordo, visto che non mi lascia alternative, almeno può dirmi dove posso comprare questi maledettissimi biglietti dell'autobus?» si udì borbottare Billy Morgan, giusto un paio di corridoi più in là.

«Li vendo io, i maledettissimi biglietti. $5.60 l'uno, se li vuoi sola andata. $8.79, se preferisci includere il viaggio di ritorno da Greenville» bofonchiò il signor Dankworth, che pareva piuttosto divertito da quel fuoriprogramma.

«Mi dia solo un secondo» mormorò Billy, nel mettersi a far di conto sfiorando la punta delle dita. «Merda, sarebbero più di sedici dollari...»
«So che Charlie ha tre dollari...» mormorò Thomas Merowitz, arricciando il naso. «Per i biglietti non sono sufficienti, ma per le Ruffles dovrebbero bastare...».
Billy Morgan sentiva di aver raggiunto il suo limite e prese a sbuffare come un toro nell'arena di Las Ventas. «Potresti smetterla, solo per un istante, di pensare a mangiare?!»
«Sono simpatici, i tuoi amici» disse Phoebe Sanders, cominciando a frugarsi nelle tasche della salopette. «Questa sera verrete, al Magic World?»
«A dire il vero... Non so nemmeno cosa sia» balbettò Charlie Marsh, che proprio non riusciva a reggere lo sguardo di quella ragazza per più di tre o quattro secondi.
«È un luna park itinerante. Sgombrano domani mattina, quindi non ci sarà un'altra occasione. Ci sarà moltissima gente, lì nessuno farà caso a voi. Allora ti aspetto davanti al cancello d'entrata. Alle sette».
Così dicendo, mise nelle mani di Charlie un bigliettino accartocciato, e tempo di sbattere le palpebre era già fuori dall'emporio. Lui rimase lì impalato per un po', come nemmeno avesse ben compreso da quale strano incantesimo fosse stato colpito, e per quale ragione si sentisse così disorientato. «Magic World. 38, Maple Street» lesse, tornando a capo chino verso il bancone del signor Dankworth.
«Si può sapere dov'eri finito?» chiese Billy, non appena lo vide sbucare da dietro alcune casse di Budweiser, impilate una sull'altra che quasi sfioravano il soffitto.
«Allora ragazzi, che vogliamo fare? Li prendete questi biglietti oppure no?».

L'esimio professore Arthur Pembroke visitava l'emporio del signor Dankworth ogni domenica. Si faceva vedere sempre nel tardo pomeriggio, quando la calura tendeva ad allentare un po' la stretta.

La sua spesa, il più delle volte, non riempiva un sacchetto. Un cartone di latte, un pacco di biscotti e qualche foglia d'indivia, da consumare preferibilmente con un condimento appena accennato.

Se proprio si sentiva in vena di concedersi uno sfizio, aggiungeva al carrello un po' di focaccia, ma di solito si pentiva dell'acquisto prima ancora di riaprire la porta di casa. Dopotutto, come amava ripetere, a un vecchio non serve molto per sopravvivere.

A Clarence ci era nato e, da circa un paio d'anni, era tornato, perché lì desiderava morire. Per le strade del paese lo si avvistava di rado ma, quando accadeva, tutti gli dedicavano un saluto affettuoso, per poi rabbuiarsi nel vederlo andar via con indosso un completo elegante che pareva divenire ogni giorno più largo.

L'ultima tomografia risaliva a circa sei mesi prima e il Dottor Dempsey – di Northampton, nel Massachusetts – si era lasciato sfuggire una smorfia d'amarezza, nel compilare il referto. Nessuna possibilità di indorare la pillola, nessun margine per prospettare un qualcosa di diverso da un lento declino.

Carcinoma polmonare al quarto stadio con metastasi al fegato, con una chance di sopravvivenza a cinque anni inferiore all'1%.

I dottori non sanno niente – ripeteva il professore, nel sistemare il bocchino della sua Dunhill. E se a parole allontanava la rassegnazione, a tradirlo era lo sguardo languido e perso di chi già insegue l'invisibile assecondando la vita che si spegne.

Sembravano distanti gli anni della gioventù, spesi fra una cattedra ad Harvard e il museo Peabody, di cui era stato curatore per più tempo di quanto riuscisse a ricordare.

Rispettato dai colleghi e quasi venerato dagli studenti, era passato senza rendersene conto dal plasmare le giovani menti a svuotare il pappagallo ogni mattina, perché non riusciva ad arrivare alla stanza da bagno senza annaffiare i pantaloni del pigiama.

«Ecco qui, Henry. Per favore, metti tutto sul mio conto, come al solito» disse il professor Pembroke, adagiando sul bancone il cestello con la spesa.

«Buonasera, professore. Certo, adesso le faccio subito il totale! Devo solo finire il discorso con questi ragazzi»

«È che noi non li abbiamo tutti quei soldi…» bofonchiò Billy Morgan, insolitamente impacciato.

«Allora devo chiedervi di farvi da parte, mi dispiace» intimò il signor Dankworth, mentre faceva segno al professore di passare avanti.

Poco fuori dall'emporio, Billy si sedette sul marciapiede, sconsolato. «Quel tale vuole $5.60 a biglietto, ti rendi conto? Dove andiamo a prenderli?»

«Forse potremmo proseguire a piedi» suggerì Charlie Marsh, senza accorgersi di quanto fosse assurda l'idea.

«Sì, è una proposta interessante… Sempre che non ti crei problemi arrivare a Suttwin la settimana prossima! Sai, Charlie, una cazzata del genere me la sarei aspettata da Timmy, non da te»

«Non starmi addosso, Billy… Ho tante cose per la testa!»

«Davvero? Quali cose, sentiamo. E già che siamo in argomento, ti spiacerebbe dirmi con chi stavi parlando prima, mentre io mi davo da fare per capire come arrivare a Greenville?»

«Prometti che non ti arrabbierai?» mormorò Charlie Marsh con un filo di voce, provando a blandirlo.
«Tu comincia a parlare...»
«Ecco, vedi... Ho conosciuto una ragazza».
Billy Morgan stentava a credere alle proprie orecchie.
«Mi sa che non ho capito, chi hai conosciuto?» incalzò, tirandosi in piedi, mentre Thomas Merowitz si gustava la scena, pacioso e soddisfatto che per una volta non fosse lui il bersaglio della reprimenda.
«Si chiama Phoebe» continuò Charlie, già rassegnato al fatto che, nel migliore dei casi, quel che stava per dire lo avrebbe condannato senza appello a una decina d'anni di prese per i fondelli. «Ci ha invitato in Maple Street, questa sera. Dice che c'è un luna park itinerante. Potremmo divertirci un po', se per te va bene...»
«Ora ascoltami, Charlie... E apri bene le orecchie. Se mi stai prendendo per il culo, dimmelo subito. Così ci facciamo tutti una bella risata e chiudiamo qui la questione»
«Io davvero non capisco perché te la stia prendendo tanto...»
«Me lo stai chiedendo sul serio?» sbraitò Billy Morgan, convinto come non mai che nessuno, a parte lui, sarebbe stato in grado di guidare quella combriccola di scellerati. «Siamo stanchi e sporchi, non abbiamo soldi per mangiare, né un posto dove dormire... Insomma, vuoi dirmi che intenzioni hai? Sono entrato in quel negozio convinto che volessi andare a Suttwin. Esco fuori, dieci minuti dopo, e ti sento parlare di un luna park e di una femmina che ci ha invitato a fare un giro sulle giostre...»
«Non è cambiato niente, Billy. Voglio ancora andare a Suttwin...» protestò Charlie Marsh, che detestava sentirsi in colpa.

«E allora smettila di giocare e pensiamo a come recuperare quindici dollari prima delle 10:00 di questa sera, se non vogliamo rimanere bloccati qui!».

Uscendo dall'emporio del signor Dankworth, il professor Pembroke sfilò proprio accanto ai ragazzi in cui si era imbattuto poco prima; nel carpire i loro discorsi, si lasciò scappare un sorriso, per poi imboccare Pine Street proprio all'altezza del Blackboard Cafè, dove le coppiette erano solite trascorrere i pomeriggi bevendo mojito.

Billy Morgan lo vide arrancare per qualche metro, barcollando da un lato all'altro del marciapiede, per poi rovinare al suolo come avesse appena subìto un placcaggio da Reggie White, ai tempi d'oro dei Packers.

Charlie e Timmy ancora non s'erano accorti di nulla, che Billy già stava tendendo una mano al vecchio, per aiutarlo a rialzarsi.

«Tutto bene?» chiese, mentre Pembroke s'affrettava a scrollarsi la polvere di dosso.

«Sì, è stato solo un capogiro…» balbettò il professore, vilipeso nell'orgoglio.

«Ecco la sua spesa».

Raccogliendo i sacchetti dalle mani di Billy, Arthur Pembroke si domandò quale considerazione potesse avere un uomo di sé, quando nemmeno era più in grado di comprarsi qualche foglia d'insalata senza stramazzare al suolo come un beone. Cosa gli era rimasto, nella vita, a parte dormire, tossire e defecare? E non necessariamente in quest'ordine.

«Come ti chiami, ragazzo?»

«Billy, signore. Billy Morgan»

«Piacere di conoscerti, Billy. Io sono Arthur. Ti ringrazio per l'aiuto». Così dicendo, fece per andarsene, ancor più pallido e

ricurvo di quanto fosse il giorno prima, e meno di come sarebbe apparso l'indomani.
«Posso accompagnarla, se vuole».
Il solito Billy – pensò Charlie Marsh. A distanza di tanto tempo, ancora non era riuscito a decifrare l'enigma di quel ragazzo spigoloso e introverso, che un attimo prima pareva provare disprezzo per l'umanità intera e quello dopo si commuoveva per un vecchio che percorre in solitudine il suo ultimo miglio.
«Sono solo due isolati, Billy. Penso di potercela fare...»
«Beh, comunque io non ho niente da fare» replicò lui, scrollando le spalle. «Hey, ragazzi! Restate in zona, d'accordo? Accompagno questo signore e torno!».
Charlie Marsh li vide andare via così, fianco a fianco, le ombre che s'allungavano fin quasi a sfiorarsi nell'istante in cui il crepuscolo lascia spazio alla sera.
«Senti, Charlie...» mormorò Thomas Merowitz «Dato che non abbiamo soldi per i biglietti dell'autobus, non è che potresti...»
«Goditi le tue Ruffles» lo interruppe Charlie Marsh, allungandogli tre dollari. Quindi si sedette sul ciglio della strada, augurandosi che Billy non ci mettesse troppo. Alle sette aveva un appuntamento, e non sarebbe mancato per nulla al mondo.
«Vieni, Billy. Accomodati».
La casa del professor Pembroke pareva il magazzino d'un robivecchi e puzzava come una cantina. I muri erano ricoperti di biglietti infilzati da puntine colorate, così numerosi che sembravano carta da parati; Billy ne ricavò l'impressione che, senza gli appunti, quell'uomo si sarebbe scordato anche di cambiarsi le mutande. Sul tavolino del salotto, invece, erano accatastate pile di libri sgualciti, accanto a piatti sporchi con avanzi di cibo che sembravano lì da almeno tre settimane.
«Scusa il disordine. Vivo solo, e di solito non ricevo visite»

«Nessun problema. Mi piace la sua bicocca» disse Billy Morgan, raddrizzando un quadro sulla parete.
«Aspettami qui, per favore. Torno subito».
Mentre Pembroke si dileguava in una stanza attigua, Billy si lasciò tentare dall'idea di dare un'occhiata in giro. *Spero solo che non si metta strane idee in testa...* – rimuginò, mentre passeggiava – *Se dovesse chiedermi un massaggio ai piedi, si becca un calcio dove dico io.*
Curiosando fra gli scaffali della libreria, si accorse di un piccolo terrario; all'interno – fra torba, muschio e corteccia – si muoveva un grosso ragno peloso che s'era fatto la tana in un vasetto rotto.
«E questo che diavolo sarebbe...»
«Grammostola rosea!» rispose il professor Pembroke, ricomparendogli alle spalle. «Conosciuta anche come tarantola del Cile. Mi tiene compagnia. Non è bellissima?»
«A dire il vero, non saprei. I cani non le piacciono?» rintuzzò Billy, eludendo la domanda. Pembroke, che sapeva apprezzare l'ironia, non la prese a male.
«Oh, li adoro! Vedi, Billy, un cane sarebbe un impegno troppo grande per un vecchio nelle mie condizioni. Devi sapere che le tarantole sono animali altrettanto affascinanti... Pensa che possono digiunare per lunghi periodi, e le femmine sono molto longeve, vivono anche più di vent'anni!»
«Però... È un sacco di tempo»
«Il tempo non è mai abbastanza» chiosò il professore, picchiettando l'unghia sul vetro. «Allora, come mai sei diretto a Suttwin?».
Billy Morgan si ritrasse un poco, parendo a disagio per quella domanda inattesa. Delle tante cose che lo infastidivano nelle persone, il non farsi gli affari propri era di sicuro al primo posto. «Lei come fa a sapere che vado a Suttwin?»

«Sono vecchio, ma le orecchie mi funzionano ancora» replicò Pembroke, con un sorriso sornione. «Vi ho sentiti, prima, giù all'emporio…»
«Ah, già… L'emporio». Billy temette di aver appena fatto la figura dello stupido. «Ecco vede, c'è questo mio amico… Charlie. Io gli voglio bene, ma negli ultimi giorni non è più in sé. Tutto a un tratto, si è messo in testa di fare questo viaggio, non so nemmeno bene perché. Lui non vuole ammetterlo, ma credo sia solo molto spaventato per il fatto che a breve cominceremo le superiori. Come posso dire, è uno a cui non piacciono i cambiamenti…»
«E i vostri genitori sono d'accordo? Insomma, viaggiare soli può essere rischioso…»
«Io non ce li ho più, i genitori»
«Ah. Capisco… Mi dispiace tanto, Billy» mormorò Pembroke, lisciandosi il viso smunto. «Ad ogni modo, riferisci al tuo amico che può stare tranquillo. Per quanto mi riguarda, ricordo il periodo trascorso alle superiori come il più bello della mia vita».
Billy Morgan, osservando la Grammostola rosea provare ad arrampicarsi sul vetro, per poi inevitabilmente cadere, affondando nel terriccio, si sentì allo stesso modo. Tentare, non riuscire e riprovare. Quindi, fallire nuovamente. Questo per lui era stata la vita, fino ad allora, e non c'era ragione di credere che qualcosa sarebbe cambiato.
«Dubito che sarà lo stesso per me» disse, gettando un'occhiata malinconica all'andirivieni di passanti fuori dalla finestra del soggiorno. «Forse farei meglio a imparare un lavoro, i miei professori dicono che ho una testa che non funziona come dovrebbe»
«Questa è proprio bella» commentò Arthur Pembroke, infilandosi in bocca del tabacco Oliver Twist. «Vedi, Billy…

Spesso le persone si spaventano quando intravedono negli altri qualcosa che non riescono a comprendere. Conosci Thomas Edison, vero?»
«Ovviamente»
«Ebbene, devi sapere che i suoi professori delle medie pensavano che fosse lento nell'apprendere. Eppure, quella che loro classificavano come deficienza, altro non era che una scintilla di genialità. Capisci dove voglio arrivare?»
«Credo di sì» rispose Billy, ch'era sempre in grado di apprezzare il valore di un buon consiglio.
«Bravo. Sono certo che te la caverai bene, perché hai un cuore gentile. Ora tieni. Un piccolo aiuto per il proseguio del vostro viaggio».
Così dicendo, il professore fece cadere una banconota nelle mani di Billy Morgan, che tutto s'aspettava tranne che di trovarsi faccia a faccia con il vecchio Ben Franklin.
«Cento dollari? Sono tantissimi, non posso accettarli!»
«Certo che puoi. Voglio solo assicurarmi che arriviate dove volete arrivare, e che possiate tornare a casa senza restare digiuni nel frattempo. Prendili, a me non servono più».
Billy, tornando a passo spedito verso l'emporio del signor Dankworth, già immaginava l'espressione che avrebbe fatto Charlie, nel vedere tutti quei soldi.
Forse le cose belle accadono, a chi sa aspettare – pensò, stringendo in pugno il denaro. Ora avrebbe potuto acquistare i biglietti dell'autobus, mettere qualcosa nello stomaco e persino concedere a Charlie di spendere qualche spicciolo al Magic World, per far colpo sulla sua bella. E sì, forse anche Timmy avrebbe potuto finalmente avere le sue Ruffles.

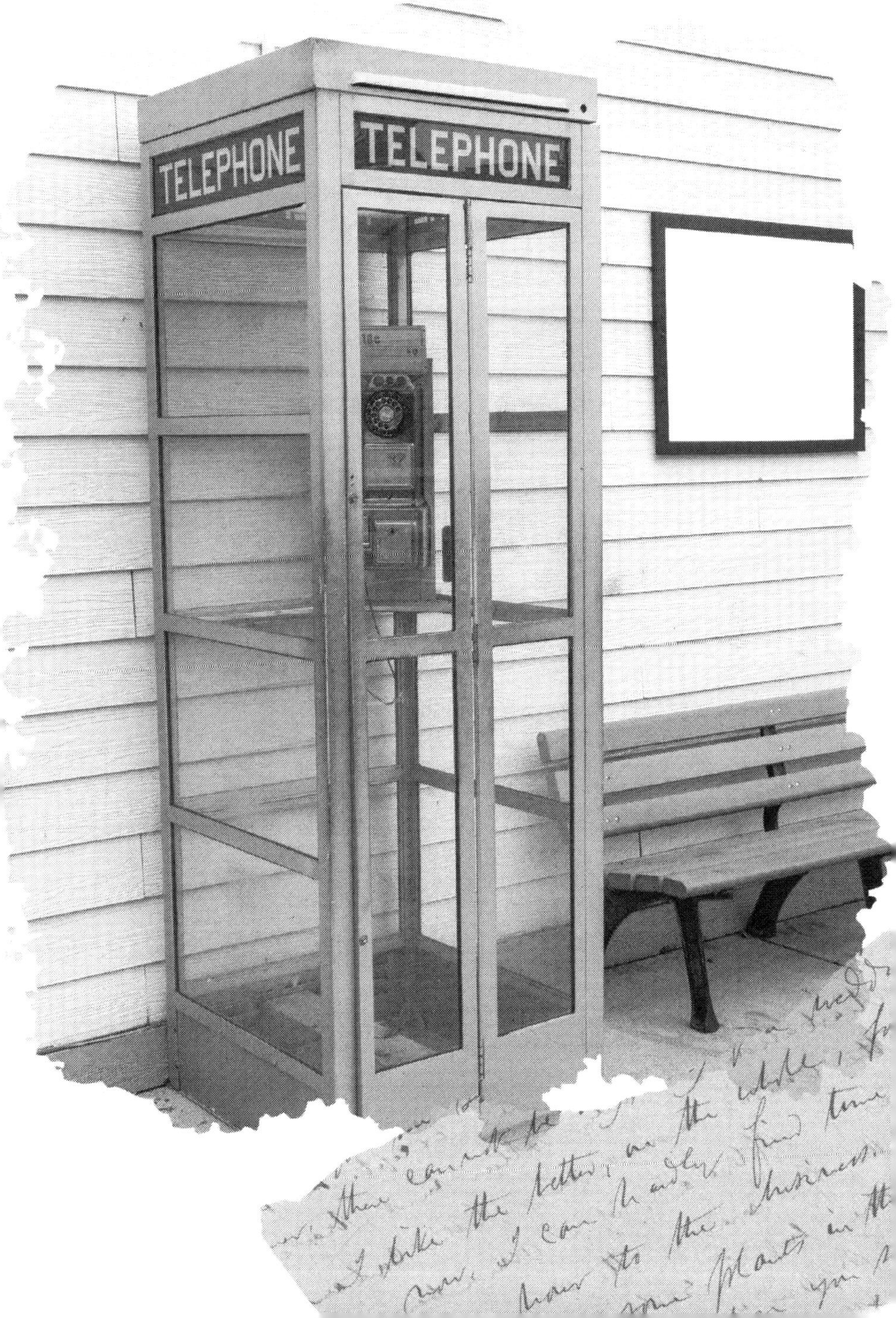
TELEPHONE
TELEPHONE

Capitolo X
Per una sola notte

«Ora sì, che si ragiona!».

Thomas Merowitz se ne uscì dall'emporio con una borsa a tracolla, piena zeppa di quel genere di spazzatura in grado di spappolargli il fegato prima ancora dei trent'anni.

«Lo dico sempre che fare del bene conviene» esclamò Billy, pavoneggiandosi un po', mentre la brezza della sera gli scompigliava i capelli.

Charlie lo guardò di sbieco, un tantino perplesso. «Credo sia la prima volta che te lo sento dire…»

«Ma se lo ripeto in continuazione!»

«Sarà…».

Charlie Marsh si era messo alla testa del gruppo e, seguendo le indicazioni del signor Dankworth, stava percorrendo High Bank in direzione di Maple Street, che ormai mancavano pochi minuti alle 7:00.

Appena prima della svolta che imboccava sulla sesta strada – proprio fra l'entrata alle vecchie miniere d'argento e il museo ferroviario – Weldon Riley stava sistemando i cartoni per la notte, giusto all'altezza della cabina telefonica.

Degli anni trascorsi nell'esercito gli restava una Silver Star conservata in una scatoletta di legno e il ricordo di quando fu costretto a togliersi il fegato di Andy Pappas dalla faccia, dopo l'esplosione di una mina a pressione dalle parti di Khe Sanh.
Da quando aveva preso congedo, la sua routine non era mai cambiata d'una virgola. Niente era stato più in grado di colmare quel vuoto che aveva sempre avvertito, e nessuno riuscì mai a far tacere le voci che gli s'affollavano in testa. Si potrebbe quasi affermare che finire in mezzo a una strada non fu nemmeno troppo traumatico, quanto piuttosto la conseguenza naturale.
Al mattino si svegliava alle 7:45 precise, non appena Onion – il cane di quartiere – svuotava la vescica sui suoi scarponi, tempestivo come una cambiale.
Verso le 8:30 si sistemava all'angolo di Olive St., giusto in tempo per raccogliere due pancakes al mirtillo dalle mani della signora Moore, che programmava per l'occasione una breve sosta sul percorso verso l'ufficio.
Il resto della giornata, invece, faceva la spola fra una panchina del Cedar Park e il cortile sul retro del Red Light Restaurant, dove si augurava che i dipendenti avessero il buon cuore di allungargli qualche avanzo a fine turno, dato che l'alternativa era gettare tutto nel bidone dell'umido.
Non chiedeva soldi e non parlava mai con nessuno – se proprio non era necessario – tanto che in pochi ricordavano il suono della sua voce. In compenso non c'era anima viva, a Clarence, che potesse affermare di non conoscere quell'individuo calvo e corpulento, che soleva gironzolare per le strade della città trascinandosi dietro due grossi sacchi neri, una coperta piena di buchi e l'odore ripugnante di chi ha una relazione complicata con il sapone.

Giunta sera, stendeva qualche cartone a terra vicino alla cabina telefonica, ché in caso di maltempo ci si ficcava dentro, facendola diventare in men che non si dica dormitorio e toilette, tutto in uno.

«Vedete anche voi quello che vedo io?» chiese Thomas Merowitz, con aria soddisfatta.

Subito Billy Morgan aguzzò la vista. «Ti riferisci al vagabondo che sembra scappato da un manicomio?»

«Mi riferivo alla cabina telefonica… Ma anche il vagabondo potrebbe tornarci utile».

La trattativa fu rapida e indolore. A Weldon Riley vennero offerti un trancio di pizza quasi del tutto integro, una bibita dietetica e una barretta Baby Ruth. Tutto ciò che avrebbe dovuto fare per guadagnarsi quel ben di Dio era alzare la cornetta e fare due chiacchiere con la signora Merowitz.

«Non lo so mica se è una buona idea…» mormorò Charlie Marsh, mentre quel tizio si faceva dettare il numero da Timmy. «E se avessero messo i telefoni sotto controllo?»

«Qui dentro c'è una puzza infernale, vediamo di fare in fretta!» si lamentò Billy, che stava provando a resistere pur di non perdersi quel teatrino.

Thomas Merowitz, per una volta, sentiva d'aver tutte le buone ragioni del mondo. «Ascolta Charlie, io so solo che è l'unico modo che abbiamo per far sapere a tutti che stiamo bene! Dobbiamo correre il rischio, lo sai anche tu che è la cosa giusta da fare… E comunque non sento nessuna puzza!»

«Mi prendi in giro? Mi ricorda quando abbiamo trovato il cadavere di quell'opossum in giardino, a casa di Charlie… Si faceva fatica a respirare!»

«Fate silenzio, il telefono squilla!»

«Pronto?» bofonchiò Weldon Riley, stringendo la cornetta come se non avesse mai adoperato nulla di simile in vita sua.

Dall'altro capo del telefono si udì una voce flautata pronunciare qualche parola incomprensibile.
«Parlo con la signora Claire Merowitz? Suo figlio si chiama Thomas?». Il tono della donna parve farsi ancor più stridulo e concitato, mentre Timmy provava a far chinare Weldon Riley quel tanto che gli avrebbe consentito di ascoltare la conversazione.
«Senta signora, devo solo dirle che qui c'è suo figlio. È con i suoi amici. Vuole che le riferisca che stanno bene e che torneranno a casa presto» farfugliò, con la bocca impastata e l'alito che odorava inspiegabilmente di branzino sotto sale.
«Mi faccia parlare con Thomas! Subito!»
«È lui che non vuole… È vero che non vuoi parlare con tua madre?». Timmy, colto dal panico, prese a gesticolare in maniera inconsulta, che pareva uno di quei personaggi dei vecchi film muti che si muovono a 16 fotogrammi al secondo.
«La avverto…» strillò Claire Merowitz, al punto che tutti poterono udirla chiaramente «Non si azzardi a torcergli un capello e soprattutto stia lontano dalle sue parti intime!».
«Non credo debba preoccuparsi di questo, signora…» mugugnò l'uomo, osservando Timmy con un certo disgusto. «Bisognerebbe prima riuscire a trovarle».
«Ok, è sufficiente!». Così dicendo, Billy Morgan strappò l'apparecchio dalle mani di Weldon Riley e mise fine alla conversazione.
Il senzatetto non se la ebbe a male. Per un minuto scarso di telefonata aveva rimediato una fetta di pizza e una barretta Baby Ruth, che non ne mangiava una dal '76. Nel veder andar via quei ragazzi, tutto ciò a cui riuscì a pensare fu che forse, per consumare la bibita dietetica, avrebbe fatto meglio ad attendere il giorno successivo, perché la sua prostata non era più quella di un tempo e svegliarsi con i pantaloni imbrattati

di urina non era una sensazione particolarmente gradevole, nemmeno per un disperato come lui.

Al 38 di Maple Street, tre uomini vestiti da clown si muovevano fra una piccola folla in attesa di varcare il cancello. Vicino all'entrata, sistemata dietro un banchetto di legno, una donna più larga che alta vendeva biglietti a tre dollari l'uno.

«Avete visto quante stelle stasera?» osservò Charlie Marsh, con il volto accarezzato dalle luci stroboscopiche, che dalle giostre s'allungavano sul marciapiede.

Nel frattempo, Billy scrutava i passanti con aria torva. «La tua amica, la vedi?» domandò, a denti stretti. Aveva sempre detestato i posti affollati, vai a sapere il motivo. Una volta disse che avrebbe preferito ingoiare una blatta viva piuttosto che andare alla festa di compleanno di Becky Drummond. Charlie, però, aveva sempre sospettato che la ragione di tanta acredine fosse che non aveva soldi per comprarle un regalo.

«Sì, eccola lì!»

«Però... È carina. Mica scemo, il nostro Charlie!»

«Quelli con lei chi sono? Li conosci?» chiese Timmy, indicando due ragazzotti piuttosto alti, con i capelli impomatati e la pelle annerita dal sole.

«No, all'emporio non c'erano...»

«Voi andate avanti» borbottò Billy Morgan che, tanto per cambiare, di fare nuove conoscenze non aveva una gran voglia. «Io vado a comprare i biglietti».

Phoebe Sanders prese a sbracciarsi, non appena s'accorse che Charlie si era presentato puntuale all'appuntamento.

«Non pensavo saresti venuto! Ciao, sono Phoebe» disse, tendendo la mano a Thomas Merowitz, che si fece rosso come l'etichetta di una Coca-Cola. «Lui è Zach. Sfortunatamente è mio fratello maggiore. Mentre questo qui è Finn, il suo migliore amico. Loro sono Charlie e Timmy».

Di tipi come quei due, alla Stanton, tanti ce n'erano che avrebbero potuto riempire una palestra.

Finn era più grosso e minaccioso, e le ascelle gli odoravano di tonno sott'olio. Aveva una cicatrice in fronte e le mani con le nocche sbucciate, tipiche di chi è avvezzo ad alzarle sugli altri. Zach, invece, dava l'idea di aver perso qualche diottria a forza di guardare "Gioventù bruciata". Indossava jeans con i risvolti alle caviglie e una maglietta così aderente ch'era riuscito ad incastrare un pacchetto di sigarette nel risvolto della manica.

Entrambi erano accomunati da gambe arcuate, andatura insolente e lo sguardo di un fesso che vuol sembrare sveglio a tutti i costi.

«Come andiamo, Charlie…» biascicò Zach Sanders, sforzandosi di apparire amichevole.

«Bene… E tu?»

«Alla grande» rispose a mezza bocca quel bifolco, mentre si accendeva una Camel. «Vengo adesso dalla Westside Avenue. Conosci il negozio di scarpe di Bob Truman?»

«Charlie non è della zona… È qui in vacanza» intervenne Phoebe, prima ancora che Charlie Marsh potesse aprir bocca.

Zach le alitò uno sbuffo di fumo in faccia.

«Ma non mi dire… Hai scelto uno strano posto per venire in villeggiatura, lo sai Charlie? Io comunque ci lavoro, in quel negozio. Diciamo che ogni tanto riesco a procurare della merce… Capisci cosa intendo, Charlie? Se dovesse interessarti qualcosa… Che ne so, Adidas, All Star… Fammelo sapere, ok? Possiamo metterci d'accordo, ti faccio un buon prezzo».

Charlie Marsh ci stava capendo ben poco, in realtà. Si era recato in Maple Street speranzoso di trascorrere un paio d'ore con Phoebe Sanders, e d'un tratto era finito a parlare di sneakers con un tizio che pareva saltato fuori da una

rappresentazione Off-Broadway di "Grease". Come fosse successo, non se lo sapeva proprio spiegare.
Ad ogni modo, lui di abbigliamento ne sapeva meno di quanto Timmy ne capisse di baseball. Era abituato a vestirsi con quel genere di indumenti che solitamente si trovavano scontati nelle ceste dei grandi magazzini. Spesso, quando indossati, risultavano troppo larghi o troppo stretti perché quasi mai era fortunato abbastanza da trovare la taglia perfetta.
«D'accordo, me ne ricorderò...» balbettò Charlie, che non sapeva più da che parte guardare.
«Ecco, bravo. Tienilo a mente»
«Ho preso i biglietti» disse Billy Morgan, nel farsi largo fra famigliole e gruppetti di adolescenti sovraeccitati. A lui, Zach Sanders non piaceva nemmeno un po'. Non che ci fosse un motivo particolare, semplicemente non gli andava a genio.
«Andiamo, stanno aprendo i cancelli...» soggiunse, senza staccargli gli occhi di dosso, facendo in modo che fosse lui il primo ad abbassare lo sguardo.
Poco dopo essersi avviati lungo il viale d'ingresso, il gruppo si divise, senza che nessuno ci facesse troppo caso. Zach e Finn preferirono andar per proprio conto, ché di artisti e attrazioni gli interessava ben poco; nulla li divertiva di più che bighellonare senza meta con una lattina di Miller in mano, avendo come unico intento l'importunare ogni ragazza sfortunata abbastanza da capitar loro a tiro.
«Non mi piacciono quei due zotici...» ringhiò Billy, non appena ne ebbe l'occasione.
Charlie sudava freddo al pensiero che Phoebe potesse sentirli.
«Ma se non li conosciamo nemmeno... Dovresti provare a scambiarci due chiacchiere. Magari scopriresti che avete qualcosa in comune...»
«Per adesso mi sembrano solo due stronzi»

«Shh, abbassa la voce. Con te è sempre la stessa storia. Non si dovrebbe giudicare qualcuno basandosi sulla prima impressione… Dopotutto, anche tu non piaci a molta gente»
«Ma davvero… Sentiamo, a chi è che non piacerei?»
«Adesso non ti arrabbiare, facevo per dire…» si giustificò Charlie Marsh, mani in tasca e sguardo basso, mentre allungava il passo per sfuggire al ciclico attacco d'ira di Billy Morgan.
Le luminarie, in Maple Street, facevano brillare chioschi e baracchini, e i viali erano imbevuti di odori. Nell'aria si muoveva leggera la sensazione che tutti – ma proprio tutti – si fossero messi di buzzo buono per rendere speciale quella notte.
La signora Anna May Tripplehorn, per esempio. Sessantaquattro anni all'anagrafe, di cui quarantadue trascorsi a preparare hot dogs nella cucina d'una vecchia roulotte. Lei, ogni volta che poteva, rammentava a ogni astante che i suoi erano i panini migliori del Midwest. Non essendoci controprova, la gente tendeva a fidarsi.
Non aveva mai fatto un giorno di vacanza in vita sua e, a tutti quelli che la conoscevano, amava ripetere che il periodo più rilassante della sua vita fu quando venne ricoverata in Wisconsin per un'operazione all'anca.
Poi c'era Sergej Makarov, che aveva scelto di diventare trampoliere per toccare alte vette senza mai perdere contatto col suolo. Ogni sera, prima di dormire, buttava giù due shots di Eristoff alla memoria di sua sorella trapezista, morta sei anni prima durante un tour con i fratelli Ringling. Povera Irina, aveva solo ventidue anni. Pace all'anima sua.
Dalle parti dell'autoscontro, invece, bazzicava sempre Tom Patterson – timido e nevrotico – che, megafono alla mano, invitava i passanti ad entrare nel tendone nero e viola del mago Andruzzi, un tale col riporto e i baffi da cosacco, il cui

divertimento più grande era segare in due la sua assistente almeno un paio di volte al giorno.

Ognuna di quelle persone – come chiunque altro al mondo – sentiva di avere in cuor suo un buon motivo per rattristarsi, e uno altrettanto buono per sorridere. Ma la felicità è una scelta, è cosa risaputa, tanto che quando Charlie li incrociò sul proprio percorso ebbe la sensazione di non aver mai visto nessuno così contento di trascorrere una domenica sera lavorando.

Anche Charlie Marsh non si era mai sentito così felice.

Mai era stato tanto entusiasta nel centrare la boccia dei pesci rossi con una pallina, e nemmeno si era mai mostrato rapito a tal punto nel rimirare le sfumature dei fuochi artificiali.

Mai aveva riso così a lungo, nello scansarsi per la paura che i mangiafuoco potessero bruciacchiargli i capelli, e non gli parve vero quando riuscì far cadere un clown in una tinozza piena d'acqua, dopo aver piazzato un colpo fortunato.

Così, ad un tratto, nel soffermarsi qualche istante alla bancarella dello zucchero filato, nel momento preciso in cui la sua mano arrivò a sfiorare quella di Phoebe Sanders, Charlie fu tentato dal pensiero di non fare più ritorno.

Lei era tutto ciò che lui non era stato mai. Sicura di sé, entusiasta della vita e del futuro, pareva già sapere cosa le avrebbe riservato il domani e si sentiva pronta ad afferrare i propri sogni. Diceva che un giorno avrebbe studiato medicina veterinaria alla Cornwell e che si sarebbe trasferita a New York; lì avrebbe conosciuto un ragazzo con gli occhi verdi, si sarebbero sposati nella cappella di St. Paul e avrebbero avuto due bambini, un maschio e una femmina. E pensare che, per Charlie Marsh, già era complicato decidere quali cereali mangiare a colazione.

Phoebe Sanders si muoveva come una libellula sull'acqua e, quando rideva, le spuntavano due fossette sulle guance che, se possibile, la rendevano ancora più bella. A Charlie furono sufficienti sì e no un paio d'ore per convincersi che mai avrebbe conosciuto qualcuno di altrettanto speciale.

Giunti nei pressi del tiro a segno, il gruppo si ricongiunse con Zach e Finn. Parevano un po' alticci e nessuno sembrava particolarmente contento di rivederli.

Zach finì per spendere almeno una decina di dollari tentando di impressionare sua sorella, ma non riuscì a colpire il bersaglio nemmeno per errore. Quando arrivò il turno di Billy, al terzo tiro aveva già buttato a terra due lattine.

«Avevi già sparato prima?» gli domandò Finn, massaggiandosi i testicoli. Giova precisare che quel ragazzo apriva bocca di rado ma, quando accadeva, era quasi sempre foriero di guai.

«Qualche volta»

«Da dove hai detto che venite?» incalzò Zach Sanders, per dar man forte al compare.

«Non l'ho detto» replicò Billy, occhio fisso sul mirino e stecchino fra le labbra. Bang. Terzo centro.

«Credo che dovresti rispondere in maniera più educata o qualcuno potrebbe risentirsi».

Al che Billy, senza batter ciglio, appoggiò il fucile sul bancone, mosse un paio di passi in direzione di Zach e gli si piantò a una spanna dal muso, con l'aria annoiata di chi si ritrova una lezione di algebra alla prima ora.

«E sai quanto me ne frega» sibilò, concludendo la frase con una smorfia di scherno.

È consuetudine ritenere che se metti due cani in una stanza, presto o tardi cominceranno a litigare. Per Billy Morgan, funzionava più o meno alla stessa maniera. Non ce la faceva proprio ad usare diplomazia, non gli interessavano le buone maniere. Se non gli piacevi, doveva trovare per forza il modo di fartelo sapere, qualunque fossero le conseguenze.

«Io devo andare in bagno» borbottò Thomas Merowitz, quando già pareva che quelle due teste calde avrebbero finito per darsele. «Qualcuno saprebbe dirmi da che parte?».

Nessuno riuscì mai a capire se a Timmy scappasse davvero, o se quello fu solo un modo come un altro per mettersi in mezzo ed evitare un gigantesco casino. Sia come sia, vi sembrerà strano ma funzionò.

«Vieni, Timmy. Ti ci portiamo noi, al cesso» biascicò Zach Sanders, mentre spegneva la sigaretta sotto la suola.

Non appena il fratello fu distante abbastanza, Phoebe si avvicinò a Charlie. «Non è che avresti 25 cents?» gli sussurrò all'orecchio.

«Sicuro. A che ti servono?»

«L'altro giorno la mia amica Becky mi ha detto che vicino all'ottovolante c'è un mago meccanico. Pare sia in grado di realizzare i desideri! Io non credo a queste cose, ma per un quarto di dollaro vale la pena tentare, no? Vorrei tanto che mi ci accompagnassi...».

Così, in pochi istanti, Billy Morgan rimase solo. Imbracciò nuovamente il fucile, prese la mira e vuotò il caricatore, facendo in modo di far fruttare il suo investimento.

Quando ebbe terminato, si ritrovò con cinque dollari in meno nelle tasche e un enorme pupazzo a forma di ippopotamo sotto al braccio.

«Adesso che dovrei farmene di questo affare?».

Di sicuro c'era che camminare trascinandosi appresso quel giocattolo avrebbe nuociuto alla sua reputazione, quindi decise di regalarlo a una bambina bionda coi codini, incrociata casualmente davanti al chiosco dei gelati. Lei, per l'emozione, fece cadere a terra il suo cono al pistacchio e si macchiò il

vestito buono, tanto che le urla della madre si avvertirono a mezzo miglio di distanza.
«Meglio che vada a vedere che fine ha fatto Timmy...» rimugino fra sé Billy Morgan, ciondolando verso la toilette.
I gabinetti s'offrivano esattamente come ve li aspettereste: lerci, squallidi e insopportabilmente fetidi. D'altra parte, dubito esista qualcuno, a questo mondo, che possa affermare di aver trovato dei bagni tirati a lucido in un luna park.
Billy perlustrò ogni angolo e guardò sotto ogni porta, ma tutto ciò che riuscì a trovare fu uno scarafaggio morto schiacciato e una turca intasata di carta igienica sporca.
Ora, tanti erano i dubbi a frullare nella testa di Billy quanti sono i misteri dell'universo, ma di una cosa era assolutamente sicuro: Thomas Merowitz non si sarebbe mai allontanato di sua iniziativa. Voglio dire, riuscireste a immaginarlo? Lui pretendeva che qualcuno di fidato lo accompagnasse persino per andare a comprare i bagel dal panettiere sotto casa, non era verosimile che si fosse precipitato a far baldoria con due tizi appena conosciuti. No, non poteva essere. Quella storia puzzava esattamente come gli orinatoi incrostati del Magic World.
Tornato in strada, Billy Morgan si soffermò qualche istante a scrutare la fiumana di persone urlanti: mamme che strattonavano marmocchi piangenti, padri con i figli sulle spalle e mestieranti col trucco mezzo sciolto, sopraffatti dal caldo umido di quella notte d'agosto. Di Timmy proprio non c'era traccia.
Fu allora che ebbe l'intuizione giusta, appena preceduta da un lieve formicolio dietro la nuca. Arrivò così, senza troppi ragionamenti e senza particolari motivazioni, proprio come si presentano i colpi di fortuna.
Decise di infilarsi nel vicoletto laterale che sfociava sul retro dei bagni pubblici, cercando di farsi largo fra i bidoni gonfi di

avanzi; dopo averlo percorso per intero, si mise spalle al muro e allungò il collo a sufficienza per sbirciare dietro l'angolo.

«Sta' fermo, ciccione! Adesso ci divertiamo».

Illuminati dalla luce fredda d'una lampada al neon, tre individui si stavano muovendo fra gli arbusti. Non fu complicato riconoscere Finn, di spalle, mentre teneva fermo Thomas Merowitz, assicurandosi di tappargli la bocca con la mano. Lui singhiozzava e gemeva, le lacrime un tutt'uno col sudore, e sul viso recava l'impronta purpurea d'uno schiaffo violento. Di fronte a loro, Zach Sanders passeggiava avanti e indietro, fumandosi con piglio strafottente l'ennesima Camel.

«Sapete una cosa? Ho proprio voglia di un bel maialino arrosto» disse, livido in volto come un avvinazzato. Quindi si avvicinò a Timmy, gli sollevò la maglietta e accostò lentamente la sigaretta alla pancia.

A Billy Morgan non serviva altro, mica era uno che si faceva pregare. Non si spaventava mai ad aver di fronte uno più grosso. A sentir lui, era tutta una questione di tecnica. Sosteneva che, se sai dove colpire e sei rapido a sufficienza, puoi buttar giù anche un elefante.

Finn, per esempio, nemmeno lo vide arrivare. Il calcio che ricevette al basso ventre, con tanto di piede a martello, fu un vero e proprio attentato alla fertilità. Il Dott. Malloy, di Little Rock, gli consigliò applicazioni di ghiaccio ogni quarantacinque minuti e antidolorifici al bisogno. Pare che, da quella sera, gli sia passata la voglia di dar fastidio alla gente. Il lato positivo, volendone trovare uno, fu che gli venne offerto un posto nel coro della chiesa.

Quanto a Zach, forse non vi sorprenderà sapere che non ebbe miglior sorte. Non che non ci abbia provato, ad azzardare una reazione; peccato che si muovesse con la destrezza d'un vecchio mozzo ubriaco. Billy se ne sbarazzò in un amen, schivando e colpendo con un gancio in pieno mento, forte abbastanza da spedirlo nel mondo dei sogni senza passare dal via.

Nel rovinare al suolo, Zach Sanders produsse lo stesso, identico tonfo sordo dei sacchi dell'immondizia quando volano nel camion della nettezza urbana. Un spettacolo piuttosto deprimente, potete credermi sulla parola.

«Lo dicevo che erano due stronzi...» sentenziò Billy Morgan, massaggiandosi le nocche. «Vieni Timmy, è tutto a posto. Dai, andiamo a recuperare Charlie».

Ci misero venti minuti buoni a capire dove fosse andato a rintanarsi Charlie Marsh. Lo trovarono seduto su un barile, a due passi dalla tenda della chiromante. Accanto a lui c'era Phoebe Sanders. Quando Billy se ne avvide, ebbe la prontezza di fermarsi a qualche metro di distanza, e con Timmy s'accovacciarono dietro una siepe.

«Lasciamogli un momento» sussurrò, nell'accorgersi che le loro sagome si stavano facendo sempre più vicine l'una all'altra. «Guardalo... A momenti sviene, quel pivello. Eddài, Charlie... Fallo! Hai bisogno d'un invito?»

Thomas Merowitz, nel frattempo, osservava la scena con le guance umide e l'aria afflitta, che pareva non avesse mai smesso di frignare.

«Tu hai mai baciato una ragazza?» chiese, facendosi particolarmente mesto. Billy Morgan venne preso alla sprovvista, proprio non s'aspettava una domanda come quella. Non da Timmy, perlomeno.

Che dovrei rispondergli? – si tormentò. Sarebbe stato facile mentire, ma scelse di non farlo. Decise di non rifilargli l'ennesima spacconata, preferendo aprire il proprio cuore ad un amico. Così, non essendo in grado di trovare le parole giuste, scosse il capo. Non era mai accaduto.

«A me non succederà mai…» soggiunse Timmy, con la bocca contratta di chi prova a trattenere il pianto.
Billy ne ebbe compassione, tanto che quasi si commosse anche lui. «Non dire fesserie…»
«Mi hai visto bene? Nessuna ragazza vorrebbe uscire con me, ne sono sicuro…»
«Questo è solo perché non credi in te stesso» lo redarguì Billy Morgan, provando a far finta di sapere quel che diceva. «Guarda me, per esempio. Ho deciso che, quando torneremo a Cedarbrook, chiederò un appuntamento a Sheila Peterson».
Thomas Merowitz trasalì, che quasi si convinse d'aver capito male. S'asciugò il naso colante e, dopo aver riacquistato il controllo di sé, tornò ad essere la solita spina nel fianco.
«Sheila Peterson?! Ma dai i numeri? Quella è un 10 pieno, non uscirebbe mai con uno come te!»
«Vaffanculo, Timmy! Certo che ci uscirebbe… Ti farò rimangiare tutto, vedrai».
Charlie e Phoebe si erano ormai stretti in un abbraccio, persi in uno di quei momenti che non dovrebbero finire mai.
Billy non avrebbe voluto far la parte del guastafeste, ma mancavano ormai venti minuti alle dieci, e il pullman per Greenville non li avrebbe aspettati.
«Charlie, è tardi. Dobbiamo andare» disse, sbucando dall'ombra. Charlie Marsh, nel trovarselo davanti all'improvviso, sentì sprofondare il suolo sotto ai piedi, avrebbe voluto scomparire in quell'istante. In compenso, sul volto aveva dipinta l'espressione di un tale che, se il mondo fosse finito quella sera, sarebbe morto felice.
«Ma come, te ne vai così?». Phoebe, in un certo qual modo, si sentiva tradita. «Non puoi restare ancora un po'?»

«Scusami, Phoebe… Io… Io devo proprio andare» farfugliò Charlie, mentre si allontanava col cuore in tumulto. «Ti scriverò, va bene? Ci rivediamo!».
Non so perché lo disse, nemmeno aveva il suo indirizzo.
A Charlie Marsh capitò spesso di ripensare a lei, nel corso degli anni. Si chiese se, alla fine, fosse riuscita a trasferirsi a New York e se avesse poi conosciuto quel ragazzo con gli occhi verdi, tanto in gamba da farla innamorare.
Phoebe Sanders morì nel novembre del 1987, mentre era a bordo di un furgoncino Volkswagen guidato da un amico, di ritorno da un concerto dei Fleetwood Mac.
Del desiderio che espresse al mago meccanico, quella sera al luna park, onestamente non saprei dirvi. So solo che della ragazzina che ambiva a frequentare la Cornwell e che avrebbe tanto voluto sposarsi alla St. Paul, rimasero giusto il ricordo sbiadito, un cassetto pieno di sogni e una sciarpa macchiata di sangue sull'asfalto.

MET AT THE WRONG TIME.
THAT'S WHAT I KEEP TELLING
MYSELF ANYWAY. MAYBE ONE
DAY WE'LL MEET AGAIN IN A
COFFEE SHOP

Capitolo XI
Greenville: sola andata!

«Mamma, sono a casa!»
«Ciao, Judith!» rispose Madison, sforzandosi di tirar fuori la voce. «Io e tuo padre siamo in soffitta!».
La ragazza richiuse la porta e corse di sopra, salendo i gradini a due per volta. «Che ci fate lassù?» domandò, guardando la botola di sbieco.
Madison s'affacciò dall'apertura, sfoggiando l'espressione di chi stava scegliendo con cura le parole. «Beh, l'idea di partenza era quella di mettere in ordine, ma tuo padre ha cominciato a intrattenermi con l'*emozionante* racconto delle sue avventure giovanili. Credimi, rimarresti sbalordita…»
«Sì, me lo immagino…» commentò Judith, giocherellando con la cordicella della scala retrattile. «Senti, qui fuori c'è Lenny… Per te va bene se si ferma a pranzo?».
Per Charlie Marsh la misura era colma. Insomma, non bastava che sua figlia se ne andasse in giro con quel mentecatto, ora pretendeva pure di portarlo dentro casa.
Pareva proprio fosse arrivato il momento di stabilire delle regole chiare, o ben presto si sarebbe ritrovato Lenny a

capotavola, pronto a tagliare il tacchino durante il giorno del Ringraziamento.

«Madison: no! Non t'azzardare, sai...» mormorò, facendo in modo di palesare il suo disappunto con tanto di gesti inconsulti. Non gli piaceva imporre delle regole – non era mai stato quel tipo di padre – ma talvolta un uomo è chiamato a dimostrare di possedere il rigore morale per porre limiti invalicabili.

«Ma certo, tesoro! Fallo entrare, che oggi si gela».

Come non detto. Forse, sulla faccenda del rigore morale, Charlie doveva lavorarci ancora un po'.

«Ok. Grazie, mamma» disse Judith, nel precipitarsi dabbasso per aprire le porte di casa al diavolo in persona.

«Sì, grazie. Grazie davvero, Madison» protestò Charlie che, tanto per cambiare, avrebbe dovuto presto prepararsi ad ingoiare il boccone amaro. «La mia opinione conta ancora qualcosa? Puoi dirmelo, se sono di troppo. Vorrei solo che, ogni tanto, stessi dalla mia parte...»

«Sto sempre dalla tua parte, Charlie... Ti sto solo aiutando a vedere le cose dalla giusta prospettiva. Potrebbe essere un'ottima occasione per conoscere meglio Lenny, non ti pare? Judith lo apprezzerebbe...»

«Questa è proprio bella... Madison, quello è scappato dallo zoo, di cosa dovremmo parlare? *Allora, Lenny, preferisci l'erba o le droghe sintetiche? Hai già scelto sotto quale ponte andrete a vivere tu e mia figlia?*»

«Non ti pare di essere un po' melodrammatico?»

«No, non mi pare affatto» rintuzzò Charlie Marsh, convinto che solo una doppia dose di Alka-Seltzer lo avrebbe aiutato a sopportare la prova atroce di una serata in compagnia di Lenny Labarre. «Ma non capisci? Quel tizio non ha futuro, non va bene per nostra figlia! Già me lo vedo, nella migliore

delle ipotesi finirà a confezionare salumi in qualche fabbrica o a insegnare educazione fisica a dei dodicenni!»
«Hey! Anche mio fratello James insegna educazione fisica ed è una persona rispettabilissima!»
«Ma per favore… Parliamo dello stesso James che a sedici anni fu arrestato per atti osceni in un ospizio? Lo stesso James che tirava sacchetti pieni di feci sulla porta della preside Reynolds?» bofonchiò Charlie, sempre più avvilito.
«Erano goliardate, Charlie!»
«Certo, come no. Goliardate… Scusa, si può sapere dove stai andando?»
«Si è fatto tardi…» mugugnò Madison, mentre s'accingeva a tornare di sotto. «Finirai di raccontarmi la tua avventura un'altra volta».
«Ma ti perderai la parte migliore!»
«Perdonami Charlie, ma ora ho davvero troppe cose da fare. Abbiamo anche ospiti a pranzo…».
«E tu, quello, me lo chiami un ospite?».
Madison esitò per un istante e gli sorrise dolcemente, ricordandosi di come la Dottoressa Peyton Sloane, durante il consueto appuntamento del giovedì mattina sul canale 103, avesse messo in guardia tutte le donne: *portate pazienza con i vostri mariti che affrontano il tormento dei cinquanta* – ammonì, citando il suo best seller "Convivere con un nevrotico. Istruzioni per l'uso" – *perché la mezza età porta con sé una transitoria regressione alla fase puberale.*
«Recupereremo, te lo prometto» disse, provando a risultare convincente. Poi, strizzandogli l'occhio, lo lasciò solo.

«È questo il pullman per Greenville?»
«Montate o andiamo via senza di voi» minacciò l'autista baffuto, con le mani già avvinghiate allo sterzo. Donovan Bailey

aveva sempre amato fare il turno di notte; sosteneva che in orari inusuali si incontra la gente più interessante.
Se le cose stessero proprio così, difficile a dirsi. Quel che sappiamo di certo è che nessuna persona sarebbe mai riuscita a catturare il suo interesse più del panino manzo e maionese che teneva in caldo fra le gambe, pronto da addentare a ogni semaforo rosso.
Billy Morgan, appena salito a bordo, si diresse a passo spedito verso i sedili di coda, com'era abituato a fare in occasione di ogni gita scolastica.
«Lo sentite anche voi questo odore di wurstel?» domandò Thomas Merowitz, accomodandosi vicino al finestrino.
«Non sono wurstel, è il panino di quel cinghiale al volante» precisò Billy. «Spero solo che dedichi alla strada la stessa attenzione che rivolge al suo sandwich, altrimenti finiremo tutti giù da una scarpata alla prima curva».
Quel commento non piacque granché al signor Chadwick, seduto insieme alla moglie ottantaseienne tre file più avanti.
«Allacciati la cintura di sicurezza, Marjorie» rantolò, fulminando Billy con un'occhiataccia. Lui non ci badò troppo e preferì dedicare le sue attenzioni alla coppietta che stava dando spettacolo poco distante. Fila 11, posti 43 e 44.
«Hey, Charlie... Hai visto quei due? È quasi meglio del cinema».
Charlie Marsh non rispose. Accennò giusto un sorriso, per poi tornare a scrutare il cielo stellato fuori dal finestrino, proprio mentre Donovan Bailey stava mettendo in moto l'autobus per cominciare il suo solito itinerario.
«Eddài, non fare quella faccia!» continuò Billy Morgan, ch'era abbastanza sveglio da capire quale fosse la natura di quel broncio. «Ti assicuro che fra una settimana te la sarai già dimenticata!»

«Ne dubito, Billy. Cerchiamo di essere realisti. Quante possibilità c'erano che una ragazza come Phoebe si interessasse a un tipo come me? Forse sarei dovuto rimanere a Clarence...»
«Ma ti senti? Stai dando i numeri. Ricordati quanto sto per dirti, Charlie Marsh: di ragazze potrai averne quante ne vuoi, ma i veri amici sono per sempre. Non sei d'accordo?».
Al di là del vetro, le immagini presero a scorrere veloci, mentre le luci di Clarence divenivano sempre più flebili alle loro spalle.
Il viaggio fu tranquillo. Timmy, tanto per cambiare, dormì quasi tutto il tempo. Come ci riuscisse restò un mistero, dal momento che Donovan Bailey aveva l'abitudine di mettere in diffusione una compilation di Jimmy Sturr, per evitare di addormentarsi alla guida. Pare che la polka sia miracolosa per chi vuole tenere alta l'attenzione.
Quando giunsero a Greenville, la mezzanotte era passata da un pezzo. Giusto il tempo per sgranchirsi le gambe, poi Billy Morgan propose di andare a rifocillarsi al Daily Grind, una caffetteria aperta 24h, a un tiro di schioppo dalla stazione degli autobus.
Il locale era accogliente, sempre che non si facesse troppo caso ai senzatetto che facevano avanti e indietro dal bagno e ai camionisti di passaggio, che puntualmente finivano per intrattenersi con qualche prostituta.
Lì dentro si respirava fumo e odore d'olio esausto, e i divani in finta pelle somigliavano ai sedili posteriori di una Impala del '76. C'era chi giocava a carte, chi beveva fino a vomitare e chi provava a ingannar la solitudine mettendosi a raccontare a voce alta storie improbabili, giurando sulla madre che fosse tutto vero.
Fra i presenti, in pochi ordinavano qualcosa, ma non c'era sera che a ogni tavolo non si formasse dal nulla un capannello di

persone, perfetti sconosciuti che in quel preciso istante della loro vita s'incontravano, nella speranza di render la notte meno malinconica e tirar mattino.

Thomas Merowitz, appena entrato, si fiondò al bagno per svuotare la vescica, cogliendo l'occasione per gettarsi un po' d'acqua fresca sotto le ascelle e asciugarsi la maglietta sudata sotto il getto d'aria calda. Quindi raggiunse Charlie e Billy al tavolo 8, proprio mentre il jukebox stava sputando fuori le ultime note di "Free bird".

«Che prendete?» domandò Eleaonor Rigby, con indosso una divisa da cameriera verde menta e sul volto l'espressione avvilita di chi avrebbe voluto essere ovunque, tranne lì. Suppongo che i suoi genitori si augurassero per lei ben altro futuro, quando ebbero la brillante idea di chiamarla come una canzone dei Beatles.

Timmy non perse tempo e cominciò con la solita solfa.
«Li avete i waffles?»
«Sì…»
«Le frittelle?»
«Sì…»
«E i bagels, li avete?»
«Sì…»
«Se ordino la cioccolata, potete metterci sopra anche la panna?»
«Vuoi farla finita? Ordina qualcosa, per la miseria!» sbottò Billy Morgan, nell'osservare quella povera donna che perdeva lentamente la voglia di vivere.

Eleanor Rigby attaccava con il suo turno ogni sera alle 8:30 e staccava poco prima dell'alba. Da quando aveva cominciato a lavorare al Daily Grind aveva imparato a non far caso alle stranezze e a tener per sé le opinioni, quindi evitò di chiedersi per quale bizzarra ragione tre ragazzini si fossero presentati al locale in piena notte, senza nessuno ad accompagnarli.

L'agente Paul Schaff, al contrario, non poteva permettersi quel genere di leggerezza. Lui sapeva osservare e, sebbene tutti lo considerassero un sempliciotto, in cuor suo ancora sperava che un giorno non lontano sarebbe diventato detective.

S'era accomodato al solito posto – terzo sgabello da destra a ridosso del bancone – in attesa che Eleanor gli allungasse la consueta porzione di patatine fritte da asporto, due ciambelle e un caffè nero bollente, per aiutarsi a restare sveglio.

A trentotto anni suonati, poche altre soddisfazioni gli erano rimaste, a parte il cibo. Viveva con sua madre in una bifamiliare alla periferia di Greenville, a due passi dal vecchio inceneritore. Da quelle parti il sole pareva sempre pallido e l'erba, anziché verde, cresceva d'uno strano colore neutro, tendente al grigio tortora. Paul Schaff s'era sempre domandato se fosse per via di quel maledetto inceneritore che a suo padre venne diagnosticato il microcitoma, che non aveva ancora compiuto cinquant'anni. Quando se ne andò, circa sei mesi dopo, Paul decise di arruolarsi, perché ritenne che quello sarebbe stato il modo migliore per prendersi cura di sua madre.

Non aveva la stoffa del poliziotto, e detestava portare la pistola. Fosse stato per lui, avrebbe inseguito il sogno di diventare primo violino della New York Philharmonic. Invece, da un giorno all'altro, si ritrovò in un centro di addestramento ad Allentown, dove un istruttore gli urlava insulti nelle orecchie ogni volta che al poligono non riusciva a centrare una sagoma. Da allora non aveva mai avuto una relazione che fosse durata più di due appuntamenti, e i colleghi lo chiamavano "amico" solo quando avevano bisogno di un favore.

Così, senza che se ne rendesse conto, la solitudine da eccezione divenne regola. La routine del sabato sera prevedeva tacos seduto in poltrona, panini all'aglio e Saturday Night Live. In un amen arrivò a pesare quasi 300 libbre, ma lui pareva non farsene un cruccio. Dopotutto sua madre non smetteva di ricordargli quanto fosse meraviglioso.

Paul Schaff odiava star di pattuglia ad agosto. La divisa gli si appiccicava alla schiena e i piedi gli si gonfiavano al punto che si ritrovava i lacci delle scarpe rotti a settimane alterne.

Anche il Daily Grind non gli piaceva. Troppo frastuono. Ci si fermava solo per crogiolarsi nell'illusione che, presto o tardi, Eleanor Rigby si sarebbe accorta di lui. Non che ci sperasse più di tanto, a dire il vero. Per il momento, tutto ciò che la vita gli aveva concesso era di ammirarla da lontano. Non era molto, ma se lo faceva bastare.

«Ecco qui, Paul. Nel sacchetto ti ho messo anche uno snack alla nocciola, in caso più tardi dovesse tornarti la fame. Omaggio della casa» disse lei, porgendogli una busta che odorava di fritto.

«Grazie Eleanor. Sei sempre gentile...». Così dicendo, Paul Schaff abbandonò faticosamente il suo sgabello e lasciò una banconota da dieci sul bancone. «Allora a domani» mormorò, tutto rosso in viso. Ma Eleanor Rigby già era tornata ai suoi affari, e manco lo sentì.

Arrancando verso l'uscita, l'agente Schaff si voltò un'ultima volta verso quei tre ragazzini ch'aveva adocchiato qualche minuto prima. Erano ancora soli e confabulavano fitto.

Attese di trovarsi nello spiazzo davanti al locale, poi chiamò la centrale.

«Centrale, qui è Lincoln 4»

«Che ti prende, Paul. Hai dimenticato i biscotti della mamma sulla scrivania?»

«Amy, mi trovo al Daily Grind… Ci sono tre ragazzini, credo siano soli. Li sto tenendo d'occhio da quindici minuti e non ho visto nessun adulto»

«E allora?» biascicò Amy Adams, che rispondeva alle chiamate cercando sempre di non interrompere la manicure.

«Mi è venuto in mente quel 10-65 di cui parlavamo ieri, ricordi? I bambini scomparsi da Cedarbrook».

Paul Schaff si accomodò nell'auto di servizio, tirò fuori il contenitore d'alluminio e lo appoggiò, ancora caldo, sul cruscotto. Senza perder di vista il locale, ricoprì di senape le patatine e lasciò che dalla centrale gli fornissero la descrizione completa dei ragazzini che mezza contea stava cercando.

«Avete notato il poliziotto?» chiese Billy, tenendo d'occhio la Dodge Diplomat parcheggiata dall'altro lato della strada.

«Di che poliziotto parli?»

«Di quello che non smetteva di fissarci. È uscito due minuti fa, si è seduto in macchina ma non se ne va».

Charlie Marsh si voltò per dare una sbirciatina, ma Billy Morgan lo colpì da sotto al tavolo, rifilandogli un precisissimo calcio negli stinchi. «Che fai, sei pazzo?! Non lo devi guardare, o capirà che stiamo parlando di lui…»

«Magari sta solo finendo di mangiare» mugugnò Thomas Merowitz, masticando il suo bagel.

«O forse ha ricevuto la segnalazione di tre ragazzini scomparsi. Sai che fregatura se ci riportassero indietro quando siamo così vicini al traguardo…»

«Quindi, che proponi?» chiese Charlie, certo che Billy se ne sarebbe venuto fuori con qualche piano ben congegnato.

«Dobbiamo comportarci con naturalezza. Mai, dico mai, mettersi a correre, qualsiasi cosa succeda. Sarebbe come entrare in banca con un passamontagna in testa». Billy Morgan fece una pausa. Buttò giù un sorso di Pepsi, s'asciugò la bocca sul bavero della camicia e, nel momento stesso in cui s'accorse che tutti pendevano dalle sue labbra, riprese il discorso da dove l'aveva interrotto. «Sentite che faremo. Fra due minuti esatti, con estrema calma, ci alziamo, lasciamo i soldi sul tavolo e usciamo dal locale, andando nella direzione opposta alla stazione degli autobus. Dobbiamo sembrare tranquilli, d'accordo? Giochiamoci bene le nostre carte e tutto andrà come deve».

Mancava più o meno un quarto alle tre quando Billy Morgan varcò la soglia del Daily Grind; fu allora che l'agente Paul Schaff, per la fretta di scendere dall'auto, si lasciò sfuggire un grappolo di patatine dalle mani, finendo per macchiarsi la divisa di senape. «Maledizione… La mamma l'aveva appena fatta lavare».

Charlie Marsh s'accorse che il poliziotto li aveva puntati e provò ad allungare il passo. «Non così, Charlie! Più piano…» sussurrò Billy, che ancora voleva illudersi che le cose non stessero proprio come sembravano.

«Hey, ragazzi!» chiamò Paul Schaff, accendendo la torcia, mentre pregava in cuor suo che non lo costringessero a correre.

«Continuate a camminare» disse Billy.

«Voi tre, potreste fermarvi per favore?»

«Dice a noi?» chiese Thomas Merowitz, indugiando per un istante nei pressi dell'officina Sullivan & Ross, dove i vostri rottami diventano fuoriserie. O almeno così recitava l'insegna.

«Voglio solo scambiare due parole. Sono l'agente Schaff, e vi prometto che non vi accadrà nulla!».

Col senno di poi, meglio sarebbe stato se avesse taciuto. Billy Morgan sapeva più di ogni altro che quando qualcuno si sbilancia in promesse di quel genere, di solito è proprio la volta buona che dietro c'è la fregatura. E pure bella grossa.

Con Charlie non servirono parole, bastò un rapido cenno d'intesa: era arrivato il momento di darsela a gambe. Peccato si fossero dimenticati d'avvertire anche Timmy, che cominciò a correre quando quei due traditori avevano già accumulato una quindicina di metri di vantaggio e l'agente Schaff s'era lanciato all'inseguimento con tanto di fischietto fra le labbra.

«Che fine ha fatto il "non correte, qualsiasi cosa succeda"?» sbraitò, provando a non perdere terreno.

«Cambio di programma!» replicò Billy, poco prima di svoltare su Mutton Lane, dove le insegne dell'Alpine Theater illuminavano sacchi pieni d'immondizia abbandonati sul ciglio della strada.

«Centrale, parla Lincoln 4! In corso un 10-80! Richiedo assistenza per un inseguimento a piedi, mi trovo fra Mutton Lane e Cypress Avenue!».

Billy Morgan, alla testa del gruppo, imboccò Roosvelt Road all'altezza del negozio di animali della signora Alritt, sgusciò fra le auto parcheggiate davanti al White Rose Motel e finì per trovarsi a ridosso della Pinewood Drive, la strada a percorrenza veloce costeggiata dagli uffici a sei piani della Bristol-Myers.

Non esitò un istante, quel pazzo di Billy. Si gettò fra le auto che nemmeno rallentavano, e i fanali che fendevano la notte parevano lucciole che s'inseguono su un prato. Charlie e Timmy lo avrebbero seguito ovunque, in quel momento, anche avesse fatto un salto mortale attraverso un cerchio infuocato.

Al di là del guardrail, una breve scarpata andava a risolversi su una radura; fra le chiazze d'erba secca, ancora si riusciva a distinguere il contorno incerto della vecchia conceria Tucker, abbandonata dalla metà degli anni sessanta.

«Va' a farti fottere, agente Schaff!» urlò Billy, poco prima di scivolare giù dalla pendenza, rotolando sul terreno.

L'omone arrivò in Pinewood Drive appena in tempo per scorgere quelle tre piccole ombre abbracciare la notte.

Col fiato corto e l'orgoglio ferito, Paul Schaff si fermò sul ciglio della strada per riprendere fiato. Sentiva d'avere la stessa utilità di un'auto con due gomme bucate.

«Centrale, qui è Lincoln 4»

«Qui centrale, ti ascolto Lincoln 4»

«Li ho persi» biascicò nella ricetrasmittente, mentre il sudore gli gocciolava sulla punta delle scarpe. «Vi do la mia posizione».

Nello stesso istante, un centinaio di metri più a est, Charlie Marsh stava oltrepassando il perimetro della fabbrica, intrufolandosi attraverso un varco ricavato nella recinzione metallica.

Lui ancora non ne aveva idea, ma Suttwin era così vicina che il giorno avrebbe presto illuminato i suoi comignoli, poco oltre il Tunstall Bridge.

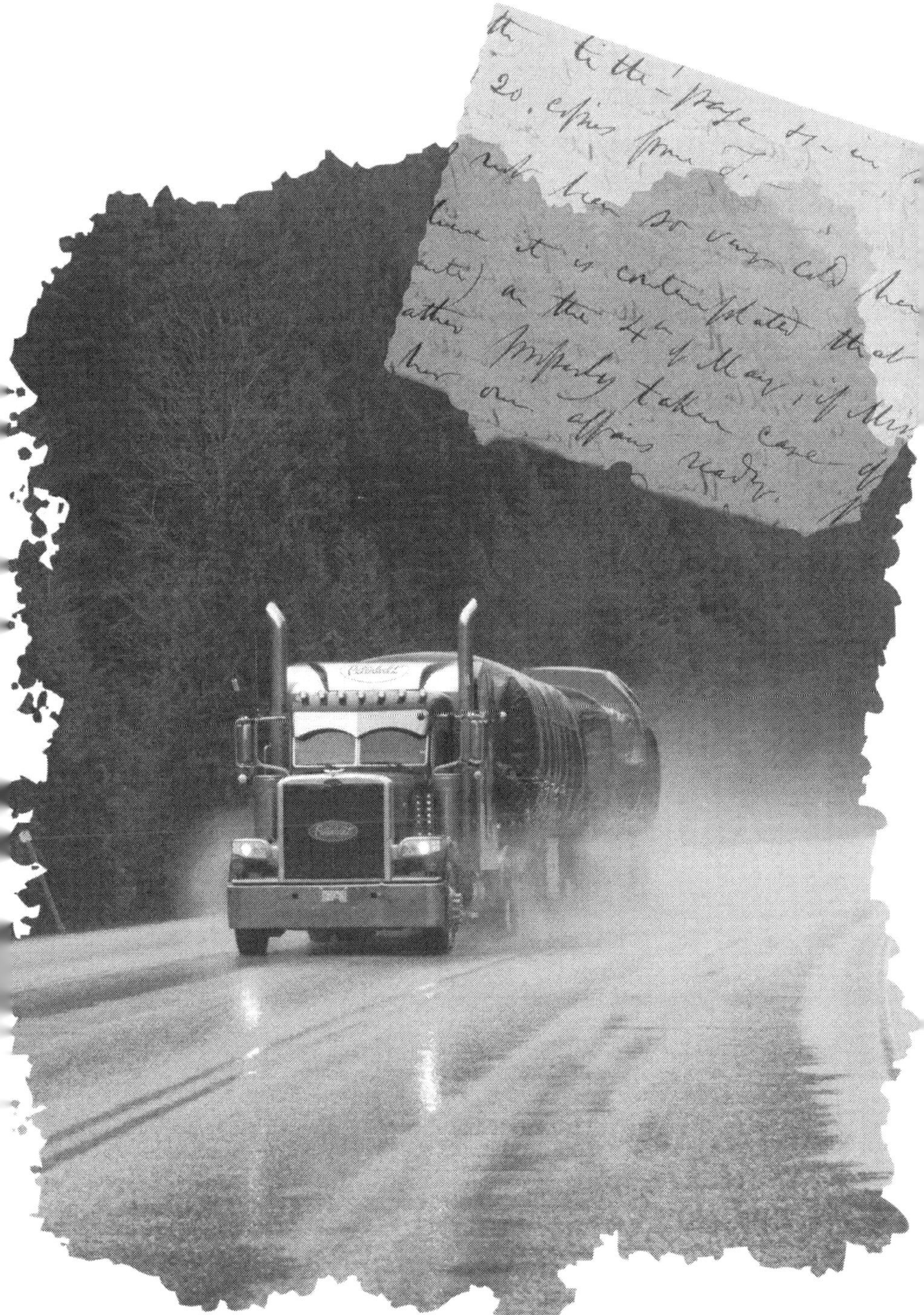

Capitolo XII
Se tu, se noi, domani

«Non è bellissima?».
Si trovavano in un punto imprecisato dell'Olson Park, un fazzoletto di boscaglia che dalle industrie Tucker si spingeva fin quasi all'interstatale 81. Laggiù, fra un nugolo di querce secolari, languiva lo scheletro d'una vecchia ruota panoramica, lasciata ad arrugginire da chissà quanto tempo.
Quando Billy la vide, s'illuminò in volto, e nessuno capì cosa gli stesse passando per la testa.
«Sì, Billy… Davvero meravigliosa» commentò Thomas Merowitz, nell'aprire il cancelletto di una cabina. «O forse sarebbe meglio dire che lo è stata, ai tempi in cui ancora funzionava ed era piena di persone che ci si divertivano. Ora è un ferro vecchio…»
«Io la preferisco così com'è» replicò Billy Morgan, carezzando i sedili ricoperti di foglie. «Ha più carattere. Se solo potesse parlare, chissà quante storie avrebbe da raccontare»
«Se potesse parlare, per prima cosa gli chiederei dove diavolo siamo visto che, per venirti dietro, ci siamo persi di nuovo!».

Talvolta pareva che Timmy provasse un sottile piacere nel punzecchiare Billy, come non aspettasse altro che vederlo andar fuori dai gangheri.
«Stavolta so esattamente dove ci troviamo»
«Come no, Billy…»
«Ho una mappa. Soddisfatto, adesso?» rintuzzò Billy Morgan, tirando fuori un plico stropicciato dalla tasca posteriore dei jeans.
«E quella quando l'hai comprata?» chiese Charlie Marsh.
«Non l'ho comprata. L'ho fregata al Daily Grind, era su un espositore vicino all'entrata. Ne avevano tante, per loro non farà differenza».
Il caro, vecchio Billy aveva un codice morale tutto suo. Si sarebbe potuto definire versatile, nel senso che si adattava alle diverse situazioni a seconda dei bisogni del momento, senza che le fondamenta dei principi sulle quali si posava venissero erose.
«Vedete? Noi siamo qui» spiegò, puntando il dito su una piccola area verde disegnata sulla carta. «Suttwin, invece, è qui. Non manca molto, stiamo andando nella direzione giusta. Direi che c'è tutto il tempo per fare un riposino. Ripartiremo appena farà giorno».
Così dicendo, prese a scansare le foglie secche dal pavimento della cabina, gettò il suo zaino a terra e si sdraiò pancia all'aria, lo sguardo già rivolto verso le stelle.
«Ecco fatto. È tranquillo, protetto e sollevato dal suolo. Dai Charlie, chiudi il cancelletto e mettiti accanto a me. Staremo bene, vedrai».
Quella notte tutto sembrava perfetto. In fondo, lo era davvero. Dopo un lungo cammino, Suttwin non era più solo il miraggio sullo sfondo di un orizzonte languido ma aveva assunto i contorni definiti di un sogno prossimo a realizzarsi,

tanto vicino che quasi lo si sarebbe potuto sfiorare allungando le dita.

Erano tre tredicenni sul pavimento di una giostra abbandonata, niente di più. Eppure avvertivano pulsante la sensazione di non essere gli stessi ragazzini che s'erano intrufolati sul treno 2117 della CSX Transportation, appena qualche giorno prima.

«A quanto pare ce l'abbia fatta» mormorò Charlie Marsh, mentre il vento faceva oscillare dolcemente la cabina. Il tempo stava cambiando di nuovo.

«Ancora no, ma siamo vicini» precisò Billy, che all'occorrenza sapeva essere pragmatico.

Charlie, però, non riusciva proprio a tornare con i piedi per terra. «Avete pensato a cosa farete della vostra parte? Voglio dire, una volta aperta la tomba»

«Sempre che troveremo davvero qualcosa»

«Sarà così, Billy. Me lo sento!»

«Sapete che vorrei?» intervenne Timmy, con l'aria sognante e il dito nel naso. «Una bella auto da corsa, tipo quelle che gareggiano a Indianapolis!»

«Ma se non hai nemmeno la patente! Mica la danno alle talpe come te...»

«Non è vero, sei un bugiardo, Billy! A mio padre mancano sei diottrie, è ipermetrope e quando guarda la televisione gli occhi gli si gonfiano che sembrano due emorroidi. Eppure guida lo stesso...»

«Io, per prima cosa, vorrei aiutare la mia famiglia» confessò Charlie Marsh. «Se mio padre perdesse il posto alla Litton, non saprebbe dove andare a sbattere la testa. Poi, se avanzasse qualcosa, mi piacerebbe molto anche un nuovo telescopio... E tu, Billy? Hai già qualche idea?».

Billy Morgan non rispose subito. Preferì soffermarsi a riflettere per qualche istante, come volesse dare il giusto peso alle parole. Poi, d'improvviso, parve colto da ispirazione e cominciò a parlare con tale sicurezza che, non fosse stato Billy ma uno qualunque, si sarebbe detto che s'era preparato prima il discorso.

«Vorrei dare una casa a chi non ce l'ha, e una famiglia a ogni animale di strada» disse con un filo di voce. «Vorrei riempire d'elio dei palloncini e legarli a una sedia, per vedere se potrei prendere il volo, e fin dove riuscirei ad arrivare. Vorrei anche imparare a pilotare un aereo. E poi mi piacerebbe tanto avere un cane. Sì, mi piacerebbe parecchio. Qualche volta mi capita di sognare un grande cane bianco che corre in mezzo a un prato. È un sogno ricorrente. Si dice così, no? Chissà che significa…»

«Tutto qui?» ironizzò Thomas Merowitz, con una smorfia di scherno.

«A dire il vero, vorrei anche dell'altro… Ma nulla che i soldi potrebbero comprare. Per esempio, sapete… So che suona incredibile, ma vorrei riavere mio padre. Credo mi manchi, in un certo qual modo»

«Dici sul serio?» domandò Charlie Marsh, poggiandosi sui gomiti.

«Non sono stupido, so bene che per lui ero solo un fastidio… Eppure, tutto ciò che avrei voluto è che fosse orgoglioso di me». Billy s'asciugò gli occhi umidi, prima di continuare. «Comunque, se non posso riavere mio padre, credo che mi potrei accontentare di una Desoto Firesweep del '59, se non è chiedere troppo!».

Tutti risero, ma Charlie Marsh ripensò a quelle parole per molto tempo. Non aveva idea da quale recondito anfratto della mente di Billy fossero scappate fuori, si faticava persino a credere che fosse stato proprio lui a pronunciarle.

Pochi minuti più tardi, mentre Timmy s'era già fatto vincere dal sonno, Billy Morgan non sembrava aver ancora risolto il suo tormento.

«A che pensi?» chiese Charlie, nel sorprenderlo assorto, con gli occhi spalancati verso il vuoto.

Lui se ne uscì con una delle sue frasi strampalate, che non sapevi mai fino a che punto fosse serio. «Non voglio diventare grande» rispose, senza voltarsi. «Dico davvero, sai? L'idea mi mette i brividi…»

«Dubito che si possa evitare, Billy…»

«Sì, mi sa che hai ragione. Promettimi una cosa, però: resteremo sempre amici».

Charlie Marsh, insicuro per natura, sentiva fosse una promessa a cui in pochi sarebbero stati in grado di tenere fede. Non che non lo volesse, sia chiaro, ma una vocina gli sussurrava che la vita non fosse compatibile con l'immutabile, di qualsiasi cosa si trattasse.

Billy colse quell'esitazione, e non insisté. Se ci rimase male, v'assicuro che non lo diede a vedere.

«Dimmi una cosa, Charlie. Se domani me ne andassi, ti ricorderesti di me?»

«Ora mi spaventi…»

«Ma no. Dicevo così, per dire…» mugugnò lui, mordicchiando un filo d'erba. «È che se trovassimo qualcosa nella tomba della Davenport… Qualcosa di valore, intendo… Non lo so mica se mi andrebbe di tornare ad Abbey Manor. Ci sono così tanti posti che vorrei vedere, e cose che vorrei fare. Non sono mai stato da nessuna parte…».

Cosa frullasse in testa a Billy Morgan, Charlie non riusciva proprio a immaginarlo. Ancora non sapeva che per chiunque

arriva un momento, nella vita, in cui non basti più a te stesso, e ciò che eri fino a ieri d'un tratto non esiste più. Così non resta che andare, capire, scoprire chi sei veramente, per poi magari tornare al punto di partenza, una volta compreso che ciò di cui avevi bisogno già ce l'avevi.
«Non che Abbey Manor sia così male, dopotutto…» proseguì, dopo aver valutato bene le opzioni. «E tu, magari, potresti venirmi a trovare, una volta ogni tanto… Insomma, sarebbe bello se non ti dimenticassi di me».
Pareva quella la sua unica, grande paura. Essere dimenticato.
Di lì a poco, Charlie s'abbandonò alla stanchezza, che Billy stava ancora parlando.
La mattina dopo vennero svegliati da una pioggia leggera come una ragnatela. Il cielo ingrugnato, macchiato di grigio, somigliava a una vecchia coperta rattoppata, e in lontananza s'udivano i rumori del traffico. Quando raggiunsero l'interstatale 81, ancora avanzavano un paio di miglia abbondanti da percorrere e già erano fradici al punto da sembrare bucanieri alle prese con le bizze d'un mare crudele.
All'altezza del miglio 83, proveniente da Salt Lake City, si muoveva a velocità di crociera l'autocarro di Brent Patton, in direzione del confine canadese. Dopo aver fatto tappa a Denver, Topeka, St. Louis e Nashville, negli ultimi due giorni aveva attraversato il Maryland accarezzando gli Appalachi, per ritrovarsi d'improvviso a guidare inseguito da un racimolo di nubi scure come acqua di fogna.
Nell'accorgersi di tre ragazzini che stavano arrancando a bordo strada, Brent Patton non ci pensò sopra due volte e accostò, dando un paio di colpi di tromba.
«Dove siete diretti?» domandò, avaro di convenevoli, mentre si lisciava con soddisfazione i folti baffi a manubrio.
«Suttwin» replicò Billy.

«Vi gira bene, è sulla strada. Montate, che vi ci porto».

William Butler Yeats sosteneva che non esistono estranei, ma soltanto amici che non abbiamo ancora incontrato. Belle parole, indubbiamente, ma Charlie Marsh aveva sempre faticato non poco ad approcciarsi a una visione così ottimistica dell'esistenza.

Se sembra troppo bello per essere vero, probabilmente lo è. Suo padre non faceva che ripeterglielo, al punto che per lui era diventato una specie di mantra. L'idea di accettare passaggi da un tizio qualunque, nel bel mezzo di un'interstatale, non gli sconfinferava granché, tanto che la prima cosa a cui pensò, nel vedere quel tizio con un cappellino degli Indians affacciarsi dal finestrino, fu che non avrebbe voluto far la triste fine di Thomas Lundgren, prima vittima del famigerato Freeway Killer, terrore della West Coast.

«Se preferite star sotto la pioggia, per me va bene» disse Brent Patton, cogliendo la loro esitazione.

Difficile dire se fu la stanchezza, piuttosto che l'entusiasmo d'esser così vicino alla meta, a fare in modo che Billy lasciasse da parte ogni prudenza.

«Sì, accettiamo» mugugnò, allungando un braccio per fare in modo che l'autista potesse aiutarlo a salire. A Charlie e Timmy non restò che seguirlo.

«Brent Patton, qua la mano» si presentò l'uomo, una volta che tutti si ritrovarono a bordo. «Nel cassetto c'è un asciugamano pulito, se volete darvi una sistemata».

La cabina di quel camion era un vero disastro. Non somigliava all'ambiente di lavoro di un uomo adulto, quanto più alla casa sull'albero di un dodicenne. Il pavimento dell'abitacolo era ricoperto di lattine vuote, vecchie riviste e un buon numero di musicassette degli Eagles, mentre vicino al cambio faceva bella mostra di sé un enorme portacenere di Betty Boop, pieno di mozziconi non del tutto spenti.

«Ci dorme anche, qui dentro?» chiese Timmy, indicando le coperte appallottolate sopra un giaciglio, ricavato nel vano dietro i sedili.

«Ci dormo, ci mangio e, all'occorrenza, ci vado pure in bagno. Non mi manca niente!».

Brent finì per rivelarsi un uomo affabile. Aveva lo sguardo stanco di chi è sempre al volante, e la voce roca del fumatore incallito. A Billy, quel tale, andò subito a genio. Non saprei dire se fosse per quella sua risata contagiosa – forte al punto da far tremare i finestrini – o per l'odore di birra e tabacco che si librava nell'aria ogniqualvolta staccava le dita dallo sterzo. Se dovessi tirare a indovinare, azzarderei che fu per il fatto che avessero gli stessi gusti in tema d'arredamento.

«Mi piacciono le decorazioni» disse Billy Morgan, indicando le foto di ragazze mezze nude, appese ovunque ci fosse uno spazio libero.

«A quanto pare sei uno che ne capisce, Billy boy! Vedi quella bionda vestita da Babbo Natale? È Ashley Cox. È stata eletta playmate del mese, nel dicembre del '77. Che donna, porco mondo… Invece quella con i pantaloncini blu, proprio sotto Ashley, è Connie Brighton, settembre 1982»

«C'è da farsi una cultura» commentò Billy Morgan, particolarmente a suo agio. Certo, non si poteva affermare che Brent si distinguesse per eleganza, ma in fondo era un povero diavolo, e tutti finivano per volergli bene.

«Puoi dirlo forte, ragazzo. Sul mio camion c'è posto solo per un altro uomo, oltre al sottoscritto. Eccolo qui: Larry Bird» gongolò, picchiettando il dito su una foto incollata al cruscotto.

«E chi sarebbe?» domandò Thomas Merowitz. Brent Patton lo fulminò con un'occhiataccia, come avesse appena bestemmiato.

«Porco demonio, farò finta di non aver sentito»

«I Celtics hanno fatto una grande stagione» intervenne Charlie Marsh, sperando di rabbonirlo. «Mio padre dice che se nemmeno Jabbar e Johnson sono stati in grado di fermarli, neanche l'ira di Dio potrà riuscirci»

«Già, è proprio vero. Sapete cosa mi piace di Bird? Tutte le volte che lo guardo giocare, mi ricorda che ognuno di noi ha il potere di decidere chi vuole essere, a questo mondo. È quello che sto cercando di insegnare ai miei figli, mi seguite?»

«No, in verità...» replicò Billy Morgan, che nel frattempo aveva trovato una lattina di Pepsi ancora chiusa e s'era servito da bere.

«Voglio dire che mi faccio da una costa all'altra del paese quattro volte al mese, ci siamo fin qui? E questo solo per fare in modo che i miei figli possano fare una vita migliore della mia. Vorrei dargli quella possibilità che io non ho avuto. Davvero credete che il mio sogno di bambino fosse fare il camionista? Diamine, no di certo. Io volevo giocare per i Bruins...»

«Sì, ma che c'entra Bird!» insistette Billy.

«Che mi venga un colpo, c'entra eccome! Prima che arrivasse questo signore, tutti dicevano che nessun bianco avrebbe potuto tenere il passo dell'NBA. Ora è lui che detta legge, capite? Niente è impossibile, ragazzi».

Così dicendo, tirò fuori dal portaoggetti lato guida una confezione di sottaceti, la aprì e si ficcò in bocca un paio di cetrioli, non prima di aver fatto nuotare per un po' le dita nel barattolo. Persino Thomas Merowitz lo osservò con un certo disgusto. «Volete un altro esempio? Prendete Reagan... Gesù Cristo, quel tizio faceva l'attore, fino a qualche anno fa. E ora sta alla Casa Bianca, vi rendete conto?! Quindi, gente, lasciate che vi dia una dritta: se volete qualcosa, andatevela a prendere, o qualcun altro lo farà al vostro posto. Posso avere un amen?».

Charlie Marsh tutto si sarebbe aspettato, tranne che durante quel viaggio avrebbe finito per ascoltare perle di saggezza da un camionista con le dita a salsicciotto e un crocifisso d'oro al collo, che sarà pesato come una confezione d'arance. Eppure, c'era della saggezza in quelle parole.

Magari la forma lasciava un po' a desiderare, questo sì, ma il contenuto era valido. In fondo, fu proprio per inseguire quell'ideale che s'erano ritrovati sull'interstatale 81: stavano andando a prendersi ciò che volevano, prima che lo facessero altri.

«Eccoli qui, i miei ragazzi» disse Brent Patton, nel recuperare il portafoglio dalla tasca posteriore dei pantaloni, lasciando che il camion sbandasse un pochino a sinistra. «Beckett e Olive. Non sono stupendi?»

«Sì, meravigliosi» rispose Billy, senza nemmeno guardare la foto, preoccupato solo che lo sterzo potesse andarsene per conto proprio.

Di lì a poco, smise di piovere. Nel prepararsi ad affrontare l'ultimo tratto d'asfalto, Charlie Marsh strinse forte a sé lo zaino, ripensando al testamento che vi era riposto.

Guardava Billy di sbieco, senza farsi notare, e avvertiva una stretta nel petto al solo pensiero che quei giorni vissuti come anime erranti presto sarebbero andati a sbiadire. Cosa ne sarebbe rimasto, aveva terrore di scoprirlo.

Quanto a Brent Patton, dopotutto si era rivelato un buon alleato. Un po' rumoroso, forse, ma con uno spiccato senso dell'ospitalità. Lui proprio non si capacitava del fatto che quei tre marmocchi volessero andare a Suttwin perché, parole sue, «laggiù non c'è davvero un cavolo d'interessante. Solo vecchi

che danno da mangiare agli scoiattoli davanti al circolo ricreativo Clemens. Il cimitero, in compenso, pare sia piuttosto pittoresco. Qualche perditempo ha messo in giro la voce che ci siano i resti di un capotribù Chippewa, sepolti ai piedi di un sicomoro, proprio di fronte al cancello d'ingresso. Si dice che chiunque non voglia incorrere in dieci anni di sfortuna nera, dovrà avere cura di seppellire un quarto di dollaro in quel terreno. È per questo che non ci ho mai messo piede. Mi rifiuto di buttar via 25 cents per un cumulo d'ossa, ma nemmeno voglio rischiare di prendermi il malocchio, mi seguite?»
«Faremo in modo di ricordarcene» mormorò Billy Morgan che, dopo quanto accaduto alla residenza Everly, aveva cominciato a prender più seriamente certe faccende. «È che abbiamo già avuto la nostra bella dose di scalogna, durante gli ultimi giorni. Non che non sia stato un bel viaggio, questo non potrei dirlo... Però, ecco... Certe situazioni si sono messe proprio di...»
«Merda...» ringhiò Brent Patton, con gli occhi fissi sulla strada.
«Sì, esatto»
«Non hai capito. Mi riferivo a quei poliziotti laggiù. Guarda, c'è un posto di blocco, poco prima della nostra uscita».
L'agente della stradale Gaylord Burch s'era sistemato al lato dell'interstatale con paletta d'ordinanza – proprio all'imbocco dell'uscita per Suttwin – e stava facendo accostare ogni mezzo ch'avesse la sfortuna di passargli a tiro.
Poi, non appena lo sventurato automobilista s'arrischiava a tirar giù il finestrino, l'agente Burch gli si accostava con aria svogliata e cominciava l'interrogatorio di rito.
Dato che, tanto per la cronaca, gli mancavano esattamente duecentoquattordici giorni alla pensione, aveva preso l'abitudine di muoversi come se ogni gesto gli costasse fatica, e

parlava in modo biascicato, che pareva ti stesse facendo una cortesia nel rivolgerti la parola.

Quando scorse in lontananza l'autocarro di Brent Patton, cominciò ad agitare le braccia, tutto scoordinato, manco stesse dando la caccia alle mosche.

«Voi due. Buttatevi dietro i sedili e nascondetevi sotto la coperta».

Charlie e Timmy pensarono di non aver capito bene. Si guardarono l'un altro e rimasero esattamente dove si trovavano.

«Rapidi, dannazione!» ringhiò Brent Patton, che nell'approssimarsi al posto di blocco aveva cominciato a sudare come un ippopotamo. «Tu no, Billy. Resta accanto a me, e fai in modo di reggermi il gioco».

Che aveva di sbagliato, quel tale? Charlie Marsh non smise di chiederselo nemmeno per un secondo, mentre si raggomitolava sotto quella coperta che pungeva la pelle e odorava di panino con le polpette.

«Buongiorno, agente! Spero di non aver commesso infrazioni».

Gaylord Burch mosse un paio di passi in direzione dell'autocarro, e prese a massaggiarsi la pancetta da birra.

«Favorisca i documenti, per favore»

«Se è per quello stop che non funziona, ho già informato il mio capo» precisò Brent Patton, mentre allungava patente e libretto. «Le assicuro che sarà messo a posto entro un paio di settimane»

«Non è per lo stop. A dire il vero, stiamo cercando dei ragazzini… Sa di cosa sto parlando?»

«No, in realtà. Sono in viaggio da giorni, credo di essermi perso le ultime notizie».

Nel frattempo, nello specchietto retrovisore, s'agitava il riflesso di alcuni poliziotti che, armati di torce, si stavano adoperando a ispezionare il rimorchio, che parevano tante formiche operose.

«Sono in tre» precisò l'agente Burch, col tono esausto di chi è costretto a ripetere per l'ennesima volta lo stesso ritornello. «Scomparsi da Cedarbrook nella giornata di venerdì. Hanno tutti tredici anni, e l'ultima volta sono stati visti a Greenville, nella zona della stazione dei pullman»

«Però, brutta storia»

«Già, molto brutta» continuò Gaylord Burch, levandosi il berretto bagnato di pioggia e sudore. «Dubito abbiano fatto molta strada, di sicuro sono ancora in zona. Non è che, per caso, le è capitato di vederli?»

«No, non direi» replicò Brent Patton, grattandosi la tempia, proprio nell'istante in cui l'agente Leo Sawyer – un ragazzone di trentotto anni con le ascelle pezzate e il sedere di piombo – si stava arrampicando dal lato passeggero per dare un'occhiata all'interno dell'abitacolo. Quando Billy Morgan se lo vide sbucare davanti, sentì il cuore arrivargli in gola con la velocità di un proiettile.

«Ci pensi bene…» insisté Gaylord Burch, sfoggiando l'aria sorniona di chi ha in serbo novità appetitose, e attende solo l'occasione propizia per sputartele in faccia.

«Mi faccia far mente locale… Eh no, non mi pare proprio, agente. Desolato di non poter aiutare»

«Il ragazzino chi è?» domandò Leo Sawyer, puntandogli la torcia dritto in faccia nonostante fosse pieno giorno.

«Oh, lui è mio nipote Bobby, il figlio di mia sorella. Gli do uno strappo fino a casa, torna adesso dal campo estivo. È vero che ti sei divertito, in Colorado?».

Billy Morgan permise che Brent Patton gli scompigliasse i capelli e, nel lasciarsi blandire da quella carezza, per un attimo pensò a quanto sarebbe stato bello avere nella propria vita qualcuno ch'avesse avuto un gesto gentile nei suoi confronti, anche solo una volta ogni tanto. «Sì, zio! È stato fantastico! Ci hanno insegnato a fare rafting e a cercare funghi commestibili».

Come no. E chi le aveva mai fatte, quelle cose. Per essere onesti, Billy credeva che il momento più bello della sua vita fu quando suo padre lo portò a Plymouth, nel Massachusetts, per visitare la replica della Mayflower. All'epoca sua madre non aveva ancora tagliato la corda e tutti ancora s'ostinavano ad alimentare l'illusione che la famiglia potesse restare unita. Peccato che Billy avesse solo quattro anni, quindi la spensieratezza di quei giorni finì ben presto nello scarico dello sciacquone, insieme al ricordo di quegli stessi istanti.

L'agente Leo Sawyer, tutto accigliato, non disse nulla, preferendo dare un'ultima occhiata all'abitacolo. Puntò la torcia ovunque il fascio di luce riuscisse ad arrivare, e di certo non s'avvide che, sotto quelle coperte infeltrite, Thomas Merowitz stava tremando di paura, con Charlie che gli stringeva forte le mani per provare a calmarlo.

«Per me possono andare» disse infine, quasi deluso, nel balzare giù dal camion con un saltello insospettabilmente plastico.

«Bene, signor Patton… Allora questo è tutto, ci scusi per averla trattenuta. Faccia buon viaggio».

Quando la sagoma di Gaylord Burch si fece un tutt'uno con l'asfalto, fino a svanire, Brent Patton tirò un lungo sospiro, quindi prese l'asciugamano e si tamponò il volto, come avesse appena terminato una serie di venti ripetizioni alla panca piana.

«Potete uscire, adesso».

Charlie Marsh sgusciò fuori dal suo nascondiglio, si riaccomodò accanto a Billy e per un po' non disse nulla, nel mentre che provava a riordinare le idee.

«Lei lo sapeva fin dall'inizio, vero? Era a conoscenza del fatto che fossimo noi i ragazzini scomparsi da Cedarbrook» mormorò, dopo qualche minuto.

«Ti dirò una cosa, ragazzo…» rispose l'uomo, senza staccare gli occhi dalla strada «Non succede mai nulla, negli Stati Uniti d'America, che non si venga a sapere prima dalla radio a circuito chiuso d'un camionista. Capisci cosa intendo?»

«E allora perché… Voglio dire, poco fa ha rischiato grosso. Per quale ragione non ci ha consegnato a quei poliziotti?».

Brent Patton imboccò la Railroad Avenue proprio all'altezza della chiesetta di St. Patrick, dove le stradine acciottolate parevano prender la gente per mano, accompagnandola fino alla soglia del vecchio municipio. Il cielo s'era aperto, e l'aria era tornata a profumare d'estate.

«Mettiamola così: anche Brent Patton ha avuto tredici anni. Fra vent'anni avreste ripensato a me come a quel figlio di puttana che ha interrotto il vostro viaggio a un metro dall'arrivo, e non m'andava d'esser ricordato in questo modo. Ora io non so cosa vi siate messi in testa, e quale motivo vi abbia condotto fino a Suttwin. Però, per quel che posso vedere, siete in buona salute e nessuno vi ha fatto del male. Quindi fate quel che dovete fare, e tornate di corsa dalle vostre famiglie. Siamo intesi? Per quel che mi riguarda, non vi ho mai visto né conosciuto».

Pochi minuti dopo, accostò l'autocarro dalle parti dell'agenzia funebre Milward. *Vi verrà un colpo quando conoscerete i nostri prezzi*. Così c'era scritto su un espositore a cavalletto, sistemato poco prima dell'ingresso. Oltre la soglia, vestito di tutto punto, Aaron Milward aspirava lentamente il suo Davidoff, osservando i passanti come s'aspettasse che da un momento all'altro qualcuno tirasse le cuoia.

«State attenti, lì fuori» si raccomandò Brent Patton, non appena si ritrovò solo in cabina. Quindi rimise in moto e ripartì, senza nemmeno attendere risposta.

Nel vedere il camion riprendere la strada, Charlie Marsh fece appena in tempo ad alzare il braccio per salutare, regalando un sorriso a quell'amico che fino a poche ore prima non sapeva di avere.

Capitolo XIII
Polvere, lucciole e anime perdute

Suttwin era una delle tante piccole città d'America, uno di quei posti sfuggiti per miracolo alla scure della storia, al punto che nemmeno i cartografi più scrupolosi si preoccupavano di segnalarne l'esistenza.

Le villette a due piani – quasi tutte uguali – puntellavano le strade del paese, colorandole con un fazzoletto d'erba cucito davanti al portico, e una Old Glory a penzolare accanto a ogni ingresso.

Non vi era mattina in cui la signora Granch – titolare dell'omonimo Bed & Breakfast – non uscisse a controllare la cassetta della posta, sempre alla stessa ora, per poi sedersi in perenne attesa di turisti che, manco a dirlo, non si palesavano mai.

Lei e Stu Hamrick – il proprietario del Ceasar's Diner, la tavola calda abbarbicata sull'altro lato di Forest Avenue – discutevano spesso di come rivitalizzare la soporifera routine di Suttwin, ma ogni proposta andava puntualmente ad infrangersi contro la cocciutaggine del sindaco Frohnmayer, il quale non faceva altro che ricordare a tutti come fosse complicato destreggiarsi con la sempiterna mancanza di fondi.

Ad ogni modo, quel giorno la fortuna arrise al signor Hamrick, che si ritrovò tre ospiti inattesi per il pranzo, mischiati fra gli anziani del circolo Clemens e gli operai della compagnia telefonica, che già da una settimana stavano facendo la spola fra il locale e il palo di fronte all'entrata, nel vano tentativo di riparare un guasto causato da un fulmine.

«Dovremmo chiedere a qualcuno dove si trova il cimitero» suggerì Charlie Marsh, spiluccando noccioline da una ciotola.

«Non ci siamo già?» replicò Billy Morgan «È pazzesco, questo posto è pieno di vecchi. Credo di non averne mai visti tanti tutti assieme. È difficile stabilire chi di loro faccia ancora parte del mondo dei vivi».

Il Cottonwood Cemetery si trovava a un tiro di schioppo dal colorificio Bidelspach, proprio a ridosso di Myrtle Street. Era circondato da un bel muro di mattoni, alto un paio di metri all'incirca, e panchine verniciate di bianco ne impreziosivano i viali alberati.

Tutto sommato, era un bel posto per dedicarsi all'eterno riposo. C'era persino una fontana accanto all'ossario, dove due putti si riparavano dai getti a cascata sotto a un ombrello in polvere di marmo. Laggiù le vedove solevano intrattenersi in cerca di un po' di refrigerio, attendendo il crepuscolo, quando il custode sarebbe passato puntualmente ad avvisarle che stava per chiudere il cancello.

«Che vi porto, ragazzi?» domandò Stu Hamrick, sfoggiando il sorriso delle grandi occasioni e un grembiule macchiato di sugo. Quel pover'uomo non ricordava nemmeno quando era stata l'ultima volta che aveva visto un forestiero varcare la soglia del suo locale.

«Che ci consiglia?» rintuzzò Thomas Merowitz, che già avvertiva lo stomaco protestare per la fame.

«Il piatto del giorno è il polpettone con patate. Lo prepara mia moglie Julie Lynn, e sono pronto a scommettere che non ne avete mai assaggiato uno più buono!»

«Dicono tutti così...» lo sobillò Billy, inarcando le sopracciglia. «Per dolce che avete?»

«Torta di mele, torta di pere, e la miglior torta di ciliegie del Midwest, la fa mia sorella Betty Sue! Usa un ingrediente segreto, non mi ha mai voluto dire quale sia, ma hey... V'assicuro che nessuno si è mai lamentato».

«Andata!» esclamò Timmy, euforico come avesse appena sbancato il casinò del Bellagio.

«E voi, ragazzi?»

«Che posso dire...» bofonchiò Billy Morgan, dopo essersi scambiato un cenno d'intesa con Charlie. «La storia dell'ingrediente segreto mi suona un po' inquietante, ma sono dell'idea che nella vita si debba provare di tutto, prima o poi. Porti anche a noi polpettone e torta di ciliegie. Ci aggiunga tre milk-shake alla banana, se possibile».

Stu Hamrick riparò in cucina manco avesse avuto pattini a rotelle sotto le suole, sventolando in aria la comanda. Tornò dieci minuti più tardi, con due vassoi pieni di cibarie.

«Gli anelli di cipolla sono in omaggio» sussurrò, strizzando l'occhio, sperando che nessuno dai tavoli vicini lo sentisse.

Charlie Marsh, fra una portata e l'altra, colse l'occasione per farsi spiegare con esattezza dove fosse ubicato il Cottonwood Cemetery. Si inventò ch'era arrivato in paese per far visita alla tomba di sua zia, pur non avendo idea di dove fosse sepolta; al che Stu Hamrick se ne venne fuori con una dritta piuttosto apprezzata.

«Datemi retta, fate un salto in municipio e chiedete di Josephine Hamrick, è la figlia di mia cugina. Ditele che sono stato io a mandarvi. Vi risolverà il problema in un paio di minuti».

Fu un bel colpo di fortuna che, almeno in parte, andò a compensare il fatto che la torta di ciliegie procurò a Thomas Merowitz un attacco di dissenteria violento come una tempesta tropicale. Se fosse per via di quel fantomatico ingrediente segreto, nessuno lo seppe mai.

Quando arrivarono al municipio di Suttwin, si trovarono di fronte a un edificio color panna con gli infissi in legno – piccolo ma grazioso – che tanto somigliava a una sala da tè.

Subito dopo l'ingresso, svoltando a destra rispetto alla bacheca, si sbucava in una stanzetta che odorava di candeggina, dove una ragazza occhialuta ammazzava il tempo sfogliando vecchie riviste.

«Buongiorno» disse Charlie Marsh, sicuro che quella tizia nemmeno si fosse accorta della loro presenza. Lei, in effetti, manco alzò il naso dalla pagina, preferendo continuare la lettura facendo scorrere il dito lungo ogni parola.

«Qui dice che gli scarafaggi possono sopravvivere senza testa per una settimana intera. Vi sembra possibile?» chiese, parlando come se i tre individui che gli erano comparsi dinanzi all'improvviso fossero sempre stati in quella stanza.

«Non mi pare una gran cosa» commentò Timmy, per tutta risposta «Billy lo fa da tutta una vita, e nessuno ci ha mai scritto un articolo sopra»

«Chiudi la bocca, idiota» s'affrettò a replicare Billy Morgan, guardandolo storto. La donna, piuttosto divertita da quell'inatteso intermezzo, si decise a metter da parte la rivista, per provare a capire cosa andassero cercando tre ragazzini dall'aria stralunata nel municipio di quel paese dimenticato da Dio.

«Allora, che posso fare per voi?»

«Siamo diretti al Cottonwood Cemetery» precisò Charlie Marsh.

Lei parve piuttosto perplessa. Si sistemò gli occhiali sul naso e si sporse un pochino, come per osservare meglio i suoi ospiti.
«Davvero? E potrei chiedervi che ci andate a fare?»
«Dobbiamo seppellire il gatto. È morto ieri sera» rimbeccò Billy, con un sorriso maligno.
«Non lo stia a sentire. Il fatto è che vorrei far visita alla tomba di mia zia, ma non ho idea di dove sia stata tumulata. Al Ceasar's Diner ci hanno detto che Josephine Hemrick avrebbe potuto aiutarci»
«Josephine Hemrick sono io...» replicò lei, aguzzando la vista, come dovesse ritrovare la concentrazione perduta. «E vi hanno detto giusto. Come si chiama, questa zia?»
«Evelyn Davenport. È deceduta nel 1978, se può aiutare».
Neanche il tempo di terminar la frase, che Josephine Hemrick s'era già precipitata dietro una fila di scaffali; di tanto in tanto, un pezzettino della sua gonna verde oliva s'intravedeva fra un fascicolo e l'altro, e più svolazzava fra i documenti, più lingue di polvere s'alzavano, per poi depositarsi ovunque trovassero un appoggio.
«Comincia a mancarmi l'aria, qui dentro» si lamentò Thomas Merowitz, prendendo ad ansimare con tanto di sibilo.
«Adesso non attaccare con la solita solfa» lo rimbrottò Billy Morgan, nell'aprire un po' la finestrella che s'affacciava sul cortile. «Tieni, mangia questa barretta, così ti distrai»
«E quella da dove salta fuori?» domandò Charlie, particolarmente sospettoso.
«Beh, ecco...»
«Aspetta, stavolta non voglio sapere dove l'hai rubata. Temo mi renderebbe tuo complice»

«Eccoci qui!» esclamò Josephine Hemrick, con aria soddisfatta, mentre posava un grosso tomo sulla scrivania. «Registri cimiteriali. Lettera D».

Così dicendo, prese a sfogliarne le pagine, bagnandosi la punta delle dita ad intervalli regolari.

«Dunque, vediamo un po'. Davenport avete detto, vero?»
«Sì, è corretto»
«Davenport… Davenport… Ecco qui, credo di averla trovata. Evelyn Davenport. Deceduta il 23 dicembre del 1978. Sì, dev'essere lei per forza. Anche perché al Cottonwood non sono sepolti altri Davenport. Non di sesso femminile, perlomeno».

«E dove…» sospirò Charlie Marsh, non avendo la forza di terminare la frase.

«Riparto 13. Loculo 383. Si trova all'interno di una cappella di famiglia, non potete sbagliare».

No, non potevano. Non quella volta. Era fatta.

Ringraziarono in fretta e furia la signorina occhialuta, e sgattaiolarono fuori come fossero in ritardo per un appuntamento importante.

Il resto della giornata la trascorsero fra un tavolino della gelateria Pomeroy e una panchina del parco Rutherford dove, fra una manciata di alberi secolari e un laghetto artificiale, l'apice del divertimento lo si poteva raggiungere lanciando qualche tozzo di pane alle papere.

Poco prima di sera, Billy Morgan si staccò dal gruppo per fare una capatina alla ferramenta dei gemelli Beauford, dove ebbe la lungimiranza di procurarsi un piede di porco, un martello e qualche metro di corda.

Infilò tutto nello zaino, allungò una banconota da venti al cassiere, e si diresse poi a passo svelto verso Myrtle Street, dove

Charlie e Timmy già s'erano appostati nell'ombra, in paziente attesa che la notte velasse ogni cosa di nero.

Quando Jeremiah Bidelspach tirò giù la serranda del suo colorificio – e già da un pezzo s'era avvistato l'ultimo passante – Billy Morgan capì ch'era giunta l'ora di regalare un degno finale a quella storia, e diede il segnale.

«Da quella parte» ordinò, indicando un qualche cosa lungo la strada. Poi, senza nemmeno perder tempo a spiegare le sue intenzioni, s'arrampicò su alcuni cassonetti imbottiti di spazzatura fino all'orlo, e in un attimo si ritrovò senza sforzo a cavalcioni del muro di mattoni.

«Allora, vi muovete o devo andare da solo?». Da lì fu sufficiente un balzo, e scomparve alla vista. Era dentro. Charlie e Timmy trasalirono, quasi come non si aspettassero che quel momento sarebbe effettivamente arrivato.

«Guardate che non me ne starò qui ad aspettare ancora per molto!» si udì Billy protestare, dall'altro lato della parete.

Ritrovatisi sul lato est del camposanto, s'avviarono, torce in pugno, fra moccoli e fiori di stoffa, che dalle lapidi s'affacciavano per lusingare fotografie maltrattate dal tempo.

«Sembra che ci abbiano catapultati nel video di quel tizio con la voce stridula e i capelli pieni di brillantina» mormorò Thomas Merowitz, guardandosi intorno circospetto. Charlie Marsh prese a fissarlo con espressione dubbiosa, come avesse un grosso punto di domanda stampato sulla fronte.

«Penso si riferisca a Thriller di Michael Jackson» suggerì Billy Morgan, scuotendo la testa rassegnato. Poi, nel transitare davanti al sicomoro piantato di fronte al cancello d'entrata, si fermò e cominciò a frugarsi nelle tasche. «Aspettatemi qui, ci vorrà solo un secondo».

Giunto ai piedi del grande albero, s'accovacciò e scavò una piccola fossa in prossimità delle radici. Quindi ci gettò un quarto di dollaro e ricoprì tutto per bene.

«Ecco fatto!» esclamò, riprendendo subito a camminare. «Ora possiamo andare tranquilli, lo spirito è placato».

Il riparto 13 non era distante, appena una cinquantina di metri più su, percorrendo il viale principale. Laggiù, su una piccola altura, languiva la cappella dei Davenport, abbracciata dai rami d'un tasso.

Il tenue bagliore di un lume votivo fendeva la notte attraverso il lucernario, mentre uno sciame di lucciole s'agitava fra le tombe, che pareva volesse indicar loro la via.

Quando arrivarono in prossimità dell'ingresso, Charlie fu scosso da un fremito oscuro, tanto violento che quasi fu persuaso dall'idea di gettare la spugna, preferendo di gran lunga lasciarsi alle spalle il mormorio dei defunti e il bubolare dei gufi. Billy, al contrario, pareva a suo agio.

«Ci penso io» disse, posando in terra lo zaino, e tirandone fuori il piede di porco. Poi s'avvicinò al cancelletto, scostò una grossa ragnatela dalla soglia e cominciò a forzare la serratura, con la naturalezza di chi non aveva fatto altro in vita sua.

«Prego, dopo di voi» bofonchiò, dopo che ebbe finito.

Tre lapidi di marmo, tre loculi in fila, dall'alto verso il basso. L'ultimo, quello vicino al pavimento in pietra lavica, era quello di Evelyn Davenport.

«383» sussurrò Charlie Marsh, sfiorando le cifre di bronzo.

Thomas merowitz si fermò sulla soglia e serrò i pugni. «Non so se dovremmo farlo, ragazzi… Ho un brutto presentimento»

«Ora non fartela addosso» lo rimproverò Billy, asciugandosi il sudore. «Non abbiamo fatto quel che abbiamo fatto per arrivare fin qui e rinunciare».

Così dicendo, afferrò il martello e si preparò a colpire.
«Aspetta» lo interruppe Charlie, con un filo di voce. «Peccato dover rompere tutto, non credi?»
Billy Morgan si voltò, e pareva costernato. «Se preferisci, uso il teletrasporto!» borbottò, posando l'attrezzo. «Proprio non capisco che ti prende, Charlie. Siamo venuti per profanare una tomba, mi pare. E adesso fai tante storie per spaccare un pezzo di marmo?».
Charlie Marsh tirò un lungo sospiro e provò a ricacciare in gola la paura. «Hai ragione». E fece un passo indietro.
Al che Billy decise che avrebbe dovuto cogliere l'attimo. Sferrò un colpo, poi un altro, poi un altro ancora – sempre più forte – fino a che della lapide non rimasero che detriti, e da un nugolo di polvere e calcinacci emerse il profilo lugubre di un feretro.
«Aiutatemi a tirarlo fuori»
«Devo proprio?» domandò Timmy, che s'era rifugiato in un angolino buio, sperando non lo coinvolgessero in quel macabro rito.
«Sì, se vuoi la tua parte. Forza, che da solo non ce la faccio».
S'aggrapparono alle maniglie di ottone e tirarono, facendo scivolare la cassa sul pavimento. Poi Billy Morgan fece leva con il piede di porco, e quasi subito uno schiocco sordo annunciò la rottura dei sigilli, poco prima che il coperchio si sollevasse d'un pollice.
Quindi si fermò – solo un istante – per riprendere fiato, giusto il tempo di osservare i volti dei suoi amici divenire atterriti, e gli sguardi sempre più assenti. Quando comprese che nessuno avrebbe avuto il fegato di farsi avanti, aprì la bara con un gesto deciso.
I poveri resti di Evelyn Davenport giacevano su un'imbottitura imbrattata dell'ombra corvina dei liquami. Il corpo s'era

tutto rinsecchito, due fosse al posto degli occhi, la bocca spalancata come fosse sorpresa d'esser stata svegliata.

Vestita di nero che pareva una suora, fra le mani stringeva il portagioie che fu di sua madre, un ottagono d'ebano con intarsi dorati celati fra polvere e sangue rappreso.

Charlie Marsh rimase fermo lì, senza dir nulla, come non avesse più una direzione da seguire o un posto dove andare.

Quel cadavere era la cosa più orribile che avesse mai visto, e allo stesso tempo, in qualche modo, la più fantastica.

«A quanto pare ci siamo, è il momento della verità» biascicò Billy Morgan, ch'era scosso almeno quanto gli altri, ma avrebbe preferito dormire su un letto di chiodi piuttosto che darlo a vedere. «Avanti, vediamo cosa c'è in questo famoso portagioie. Prendilo, Timmy»

«Perché io?!»

«Mentre eri al bagno abbiamo tirato a sorte, e tocca a te… Dai, non farla tanto lunga!»

«Non è vero, io non c'ero, siete dei vigliacchi!» protestò Thomas Merowitz, riparando alle spalle di Charlie. «Io… Io credo di dover vomitare…»

«Magnifico, come se questo posto non fosse già abbastanza disgustoso… Eddài, non posso mica far tutto io!»

«Non guardare me…» farfugliò Charlie Marsh, che s'era fatto di pietra. «Proprio non me la sento. Non chiedermelo, Billy…»

«Ci avrei scommesso che finiva così» borbottò fra sé Billy Morgan «Fatevi da parte… Dovreste vergognarvi».

Così dicendo, afferrò la scatola con entrambe le mani, per poi cominciare un inatteso tira e molla.

«Beh, che stai aspettando?» lo incalzò Charlie, piuttosto spazientito.

«Non viene via, questa non molla la presa!»

«E tu mettici più forza!»
«Lo sto facendo, credi che mi stia divertendo?!».
Tanto perseverò che le ossa cominciarono a scricchiolare e le falangi di Evelyn Davenport finirono per frantumarsi fra le mani di Billy.
«Speriamo che almeno ne sia valsa la pena» disse con una smorfia di disgusto, nel porgere a Charlie il portagioie, mentre rabbrividiva al solo pensiero che l'odore mortifero della cara estinta gli fosse rimasto addosso, come colla sulla punta delle dita.
Timmy, piano piano, si avvicinò e allungò il collo, mentre Billy Morgan, distante appena qualche passo, guardava entrambi senza batter ciglio. «Fallo, Charlie. Aprilo».
Charlie Marsh sollevò lentamente il coperchio, inclinando il capo per provare a sbirciare il contenuto.
«Non posso crederci» sussurrò poco dopo, richiudendo il portagioie di scatto, non prima d'aver guardato una seconda volta, giusto per essere sicuro.
«Che c'è, Charlie? Cosa hai visto?» domandò Thomas Merowitz, che non vedeva l'ora di capire per cosa – esattamente – avesse macinato tutta quella strada.
«Insomma, si può sapere che ti prende?»
«Temo di non avere buone notizie, Billy»
«Che vuoi dire?»
«Vieni, dai un'occhiata tu stesso».
Il contenitore, foderato di velluto, custodiva un libro con la copertina in tessuto verde. Billy Morgan prese a sfogliarne le prime pagine, soffermandosi un momento sul frontespizio.
«*Spoon River*, di Edgar Lee Masters. Che roba è?»
«È una raccolta di poesie, ignorante» bofonchiò Timmy, rabbuiandosi in un cipiglio. «Lo sapresti, se fossi stato attento nell'ora di lettere…»

«Va bene, ma che diavolo ci fa in una bara?!».

Charlie Marsh raccolse il volume dalle mani di Billy e prese ad esaminarne il contenuto. «Aspettate, qui c'è qualcosa» mormorò, a denti stretti, ancora animato da una flebile speranza. Capitò sulla pagina di un poema intitolato "Elizabeth Childers". Proprio accanto a quei versi – attaccata con del nastro adesivo – c'era la fotografia di una ragazzina e una ciocca di capelli biondi impastati di polvere, tenuta insieme da una fettuccia di raso. «Maryanne Davenport, Luglio 1960», recitava un appunto scritto a matita.

«E questa chi sarebbe?» domandò Thomas Merowitz, piuttosto confuso.

«Non lo so proprio, Timmy… Giuro che non lo so».

Charlie pareva ormai rassegnato ad assaporare il retrogusto amaro della fregatura, e a stento riuscì a trattenere le lacrime.

«Beh, non c'è altro?»

«No, Billy. Credo sia tutto…».

Charlie Marsh rimise a posto il libro e richiuse la scatola, quindi s'ammutolì per qualche istante. «Allora è così…» mormorò infine, con la voce rotta. «A quanto pare abbiamo fatto tutta questa strada per una ciocca di capelli, una vecchia foto e un libro di poesie…».

Nessuno trovò il coraggio d'aprir bocca, e Charlie venne sopraffatto da una nube di rabbia. Scuro in volto che pareva gli avessero soffiato addosso fuliggine, scaraventò a terra il cofanetto, che solo per buona sorte non si ruppe in centinaia di frammenti.

Nell'osservare quei resti consumati dal tempo e il libro di poesie abbandonato sul pavimento come un rifiuto, Billy Morgan ebbe compassione di quella povera donna.

«Ora calmati, Charlie» disse, raccogliendo da terra i ricordi di un'anima spenta. «Per te queste cose non valgono niente, ma sembra che per lei fossero molto importanti... Rimettiamo tutto a posto, dai». E così fecero.

Senza dire una parola, riposero il portagioie sul ventre della Davenport, richiusero il cofano, e spinsero la bara nel loculo, sbarazzandosi poi dei detriti alla bell'e meglio.

Quando uscirono dalla cappella, trascinando i piedi sul vialetto di ghiaia, Charlie Marsh pensò che presto sarebbe tornato alla solita vita. Ad attenderlo, le prime giornate d'autunno.

Avrebbe significato tuffarsi di nuovo nei mucchi di foglie secche nel giardino di Timmy, salire sul tetto per osservare le stelle e ricominciare a progettare insieme quella casa sull'albero che non avrebbero mai costruito. Dopotutto, non avrebbe potuto desiderare nulla di meglio, anche se ancora non lo sapeva.

Appena qualche ora più tardi, Charlie camminava su e giù per la banchina della stazione ferroviaria di Suttwin, prendendo a calci una lattina vuota. Nell'attesa del treno che lo avrebbe ricondotto a Cedarbrook, masticava amaro e si tormentava al pensiero di tornare a mani vuote.

Quando Billy se ne accorse, gli si avvicinò e cominciò a parlare come avessero interrotto un discorso poco prima, senza far tanti preamboli.

«Vedi Charlie, ci sono due modi in cui puoi prendere le cose. Quello giusto e quello sbagliato». Così dicendo, tirò fuori da un sacchetto un donut ricoperto di glassa, acquistato poco prima da un distributore automatico. «Guarda questa ciambella, per esempio. Ci sei? Al centro è completamente vuota, non c'è nulla, quindi potrebbe risultare molto poco appetitosa da questo punto di vista, non trovi? Ma se sposti la tua attenzione su tutto quanto c'è di buono intorno a quel vuoto, allora ti accorgerai che vale davvero la pena assaggiarla. Capisci cosa

voglio dire? La vita è proprio come questa ciambella. Questione di punti di vista. È vero, non siamo diventati ricchi, ma sarebbe stato meglio non averci nemmeno provato? Io mi sono divertito, tu no?».
Allora Charlie Marsh cominciò a capire. Forse quel tesoro che stava cercando, alla fine lo aveva trovato davvero. Il ricordo di quei giorni sarebbe divenuto come lo strato di polvere che sfiora i mobili antichi. Pare leggero e insignificante. Soffiandoci sopra, si disperde nell'aria ma non svanisce. Non te ne sbarazzi, ma lo respiri. Senza che te ne renda conto, è già parte di te.
Davanti a casa Marsh, Richard Bancroft attendeva qualche buona notizia masticando tabacco fra i sedili in pelle di una Ford Capri. Quando vide comparire nel retrovisore le sagome di tre ragazzini ciondolanti, capì quasi immediatamente che la fortuna aveva chiamato il suo numero.
«Ecco la mia prima pagina» mormorò, non appena riconobbe Billy Morgan, che s'avvicinava a capo chino macinando gli ultimi metri che le sue scarpe scollate gli avrebbero concesso.
Richard Bancroft afferrò la Canon da 35mm e corse lungo il viale, giusto qualche istante prima che la volante degli agenti Payne e Carmichael accendesse la sirena, per poi avviarsi sullo stesso percorso.
«Sei Billy Morgan, dico bene?» chiese Bancroft, provando a tenere a bada l'affanno.
«In persona»
«Come state, ragazzi? Sapete che c'è molta gente che vi sta cercando? Tu devi essere Charlie…»
«Stiamo bene, grazie» replicò Charlie Marsh, che già aveva rivolto lo sguardo verso il portico, nella speranza di veder comparire sua nonna.

«Raccontatemi della vostra fuga... Perché lo avete fatto? Dove siete andati?»
«A fare un giro» mugugnò Billy, accelerando il passo.
«Un giro? Un giro dove?!»
«In giro, no?» ribadì Billy Morgan con piglio impertinente, come stesse rimarcando l'ovvio.
«Va bene, ora basta, devo chiederti di fare due passi indietro, Bancroft! Dobbiamo prendere in custodia i ragazzi» ammonì l'agente Carmichael, nel sopraggiungere quando ormai mancavano pochi passi allo steccato di casa Marsh.
«Va bene, va bene... Non vi scaldate. Vi chiedo solo uno scatto, d'accordo? Per il Chronicle. Mettetevi qui. Ecco, bravi... Fermi così».
Richard Bancroft ebbe la sua foto da prima pagina, e Gladys Marsh poté riabbracciare suo nipote appena pochi istanti più tardi.
Mentre Billy Morgan rimaneva in disparte, osservando di sottecchi gli amici riunirsi ai loro cari, non poteva immaginare che Betsy Kinkaid già si era messa in viaggio sulla volante dell'agente Adam Rose, per riportarlo di corsa ad Abbey Manor. A cena Bob Whitman avrebbe servito zuppa di fagioli e petto di pollo.
E questo è il racconto di quei giorni.

strongly b...
he moment you de...
etter at your chosen
men you'll become m...
rore to learn. My jo
own brientation fail

EPILOGO

«Ciao, Billy. È un po' che non ci vediamo» mormorò Charlie Marsh, con una voce che si sentiva appena.

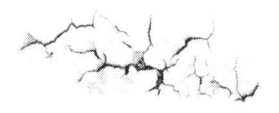

Quando si è ragazzi, nessuno pensa mai al fatto che si debba invecchiare. Viviamo un'illusione. Crediamo che sarà sempre tutto bello come ci appare in quel momento, che il potere che sentiamo di avere fra le mani sia destinato a durare in eterno. Salvo poi svegliarci una mattina ed accorgerci che è tutto finito. Passeranno gli anni, ma a noi sembrerà che siano trascorse solo poche ore.

Ogni tanto, a Charlie Marsh, capita ancora di sognare i suoi amici d'infanzia. Nei suoi sogni, nessuno di loro è cambiato. Il più delle volte si trovano tutti a casa di Timmy, come accadeva quasi tutti i giorni, a quei tempi.

Di quell'estate dell'84 rimase poco. A malapena qualche ricordo indistinto, come se quelle immagini nella testa di Charlie fossero sempre state sul punto di fuggire via, svanendo del tutto da un momento all'altro.

Thomas Merowitz si trasferì a San Francisco due anni dopo, quando la sua famiglia cominciò a pensare che Cedarbrook stesse troppo stretta alle ambizioni di un figlio che avrebbero voluto veder diventare magistrato, banchiere o candidato alla presidenza del paese.

Di lui Charlie perse le tracce, nonostante si fossero ripromessi di mantenere i contatti. Divenuto adulto, immaginò che suo padre fosse riuscito a imbucarlo in qualche posizione di prestigio, dove si sarebbe sentito costretto a indossare completi eleganti e scarpe da mille dollari, per poi magari ritrovarsi a trascorrere le serate da solo, mangiando cibi precotti e montando uno di quei modellini che da bambino gli piacevano tanto.

Nella casa di Timmy ora abita una coppia di sposini. Charlie non li conosce bene ma la signora Obermeyer sostiene che lui sia una specie di musicista, mentre lei non fa altro che scattarsi foto con il cellulare dalla mattina alla sera, e pare che riesca a guadagnare dei soldi in questo modo.

Quanto alla roulotte di Billy, non esiste più. Nessuno la volle acquistare e venne rottamata nel 1986, dopo aver trascorso un paio d'anni abbandonata nella stessa autorimessa da cui era stata sputata fuori.

Qualcuno direbbe che se ne andò senza far troppo rumore, esattamente come Billy.

Dicembre, 1984. Mancavano undici giorni a Natale. Fu quella l'ultima volta che Charlie riuscì a incontrarlo.
Lo intravide attraverso un vetro pieno di ditate, sdraiato su un letto che pareva troppo grande per lui.
Quando si accorse che Charlie Marsh era venuto a fargli visita, alzò la mano per salutare, in uno dei suoi ultimi, brevi momenti di veglia.
A dispetto delle circostanze, di certo c'era che Charlie non avrebbe mai pensato che di lì a poco se ne sarebbe andato; nemmeno capiva bene perché fosse in ospedale, e per quale ragione si stesse consumando così in fretta. Tanto velocemente che la mattina dopo il telefono squillò, che non erano ancora le sette. Sentì sua nonna che provava a soffocare i singhiozzi, e allora capì.
Charlie avrebbe tanto voluto stringerlo un'ultima volta, per sussurrargli all'orecchio che era stato un buon amico.
Billy Morgan resterà un tredicenne per sempre. Lui, adulto, non lo divenne mai, esattamente come aveva desiderato.
Durante quei giorni, in molti ebbero l'impressione che quel ragazzo, volando via, si fosse portato dietro l'innocenza e il coraggio, la voglia di sognare e di sentirsi vivi.
Chissà, forse crescere in questo mondo – divenuto d'un tratto così diverso da quello che aveva imparato a conoscere – non gli sarebbe piaciuto.
Nei mesi che seguirono, capitò di sovente che Charlie pensasse a lui, e ai momenti che avevano trascorso insieme. Se lo immaginava quasi sempre seduto fra i rami d'un albero, a scrivere, con la punta della lingua che spuntava da un lato della bocca e una penna di riserva appoggiata sopra l'orecchio.
Fu proprio in quegli istanti che Charlie realizzò quanto fosse difficile restare, mentre osservi qualcuno andare via.

Chi se ne va non avrà mai il cuore pesante di chi sarà costretto tutti i giorni a fare i conti con l'assenza, con il peso di ciò che era e non sarà mai più.

C'è da scommetterci, se Billy Morgan fosse stato ancora vivo, probabilmente avrebbe detestato la maggior parte di ciò che avrebbe visto e vissuto: eppure – suppongo – avrebbe anche compreso che se niente sarà mai così bello come i nostri giorni da adolescenti, magari qualcosa, lungo il percorso, potrebbe rivelarsi altrettanto importante.

Billy ancora non poteva saperlo, ma di cose interessanti se ne sarebbe perse parecchie. Di lì a breve, il grande Joe Montana avrebbe portato i 49ers a vincere il loro secondo Superbowl e Ronald Reagan avrebbe cominciato il suo secondo mandato da Presidente. "Abbatta questo muro!" avrebbe gridato a Gorbaciov, solo qualche anno più tardi, davanti alla porta di Brandeburgo, di fatto ponendo le basi per la fine della Guerra Fredda.

Nel luglio dell'85, Marty McFly avrebbe mostrato al mondo che per viaggiare nel tempo sarebbe stato sufficiente possedere una bella auto e 1,21 gigawatt di energia, mentre nei primi anni novanta un ricercatore del Cern avrebbe definito il protocollo http – cambiando il corso della storia – e le persone avrebbero cominciato ad andarsene in giro con un telefono in tasca.

Charlie Marsh raccolse il ritaglio del Chronicle e se lo infilò in tasca; quindi si sistemò proprio di fronte allo specchio a figura

intera – regalo di nozze del cugino Francis – che stava appoggiato al muro, in un angolo della soffitta.
Osservando la propria immagine riflessa, ripensò a suo padre. Di punto in bianco gli parve di essere diventato esattamente come lui, gli somigliava persino. E nel ricordarsi di quel suo continuo girovagare su un'auto scassata e di quell'eterno svegliarsi e coricarsi alla stessa ora, non vide più un patetico abbandonarsi al declino. Vide un uomo che fece sempre del suo meglio per trovare un'armonia fra quello che la vita gli mise nel piatto e i rimpianti di quanto avrebbe voluto.

Charlie Marsh afferrò il cappotto dall'appendiabiti, tanto velocemente che Madison ebbe appena il tempo di accorgersi che stava uscendo.
«Charlie, dove stai andando?» urlò, correndogli appresso.
«Devo fare una cosa, torno presto!»
«Ma Charlie... Sta nevicando!».
Lui nemmeno la sentì.
Quando arrivò al cimitero di St. Matthew, trovò le lapidi imbiancate, e sul viale d'ingresso la neve fresca non recava il segno d'una impronta. Nessuna visita, quella domenica mattina. Le persone a malapena si ricordano di chi è vivo, figuriamoci se trovano il tempo per chi sta due metri sottoterra.
Charlie attraversò il camposanto a passo svelto. Svoltò a destra quando giunse al crocicchio dinanzi all'ossario, e si ricordò di proseguire dritto costeggiando i cespugli, una volta trovatosi a transitare vicino alla tomba di suo nonno.
Riparto 5. Giardino 102. Posto numero 838.

«Ciao Billy. È un po' che non ci vediamo» mormorò, con una voce che si sentiva appena. «Sì, lo so, è colpa mia. Scusa se non sono più venuto a trovarti».

Charlie Marsh s'asciugò una lacrima e si stropicciò i capelli, che s'erano riempiti di fiocchi. La tomba di Billy Morgan era semplice, senza nemmeno una foto. La parrocchia s'era fatta carico di tutte le spese, alla sua morte, e non si poteva dire che Padre Harding avesse fatto le cose in grande.

«Scommetto che mi trovi un po' invecchiato. Puoi dirmelo, mica mi offendo. Tu, invece… Tu sei sempre uguale. Sei proprio come ti ricordavo».

Charlie parlava, guardando dritto di fronte a sé, come se qualcuno potesse davvero sentirlo.

Alcuni sono convinti che non esistano tante anime, ma una sola. Una grande anima di cui ognuno di noi possiede solo un ritaglio. Charlie Marsh si era domandato tante volte se per caso un pezzettino, solo un piccolo frammento di quella di Billy, facesse ancora parte della sua; se vi fosse davvero un posto, chissà dove, in cui ogni brandello di questo grande spirito avrebbe potuto ricongiungersi.

«Hai saputo che la Stanton non esiste più? Di sicuro qualcuno te l'avrà riferito. Hanno buttato giù tutto, non è rimasto niente. Nel punto esatto dove stava la classe della signorina Edwards, ora c'è un tale che vende cibo per gatti. E nemmeno dei più pregiati, se vuoi il mio parere».

Charlie raccolse un sassolino e lo posò gentilmente sulla lapide di Billy, scostando un cumulo di foglie secche. «Questo è da parte di Timmy. Sono sicuro che gli avrebbe fatto piacere. Non lo vedo da anni, nel caso te lo stessi chiedendo. Mi domando che fine abbia fatto…».

Cosa resta, di quei giorni – ci chiedevamo, all'inizio di questa storia. Cosa rimane, se la parte migliore dei nostri anni langue sotto un cumulo di terra, insieme a ricordi che spesso ci si dimentica di avere, o ad istanti che fa male rammentare.
Se ogni giorno che resta da vivere pare proporsi come una ripida salita, che quando arrivi in cima non resta che scendere da quel crinale, più velocemente di quanto si possa sopportare. Quindi, cosa rimane?
Charlie Marsh si strinse nel cappotto, mentre le folate di vento si facevano sempre più frequenti.
«Sai, Billy, devo confessartelo… Nella vita non ho combinato granché. Se potessi vedere come trascorro le mie giornate, credo ne resteresti deluso. Ho un lavoro che detesto, e non vado in vacanza da sei anni. Madison dice che è meglio risparmiare per il college delle ragazze. Però, ecco, questa cosa te la volevo proprio dire… Mentre venivo qui mi è venuto in mente Walt Whitman. Te lo ricordi? Alla Stanton fu materia d'esame. Lui diceva: ho imparato che stare con quelli che amo mi basta. E penso che, in fondo, sia così anche per me. Credo mi basti, dopotutto. *Deve* bastare. Altrimenti, cosa rimane?».
Fuori dalle mura del cimitero, si udivano le grida di alcuni ragazzini che avevano preso a lanciarsi palle di neve. Avesse avuto qualche anno in meno, Charlie Marsh avrebbe creduto che, chiudendo appena un po' gli occhi, nel riaprirli sarebbe stato possibile tornare a quei giorni. E allora avrebbe corso a perdifiato e, scivolando sull'asfalto ghiacciato, si sarebbe unito ai loro giochi, senza pensare a cosa l'avrebbe atteso l'indomani. Ma non era più tempo di sognare.

«Ora credo che andrò a finire il mio plastico» sussurrò, mentre già rifletteva su cosa raccontare a Madison, che di sicuro si stava chiedendo che diavolo gli fosse preso tutto a un tratto.
«Ah, quasi dimenticavo. Ti ho portato un regalo».
Charlie Marsh si frugò nelle tasche e tirò fuori il ritaglio del Chronicle. Quindi si chinò, scavò una piccola buca e ce lo seppellì dentro, proprio come faceva da ragazzo.
«Mi manchi, Billy. Ci vediamo».
Uscendo dal cimitero, nel passare accanto all'angelo piangente che sorvegliava la cappella della famiglia Carroll, Charlie Marsh dedicò uno sguardo a quel signore ricurvo che stava provando faticosamente a spalare la neve dal viale d'ingresso.
«Buongiorno» lo salutò distrattamente. Quindi s'avviò verso casa, senza attendere risposta.
«Buongiorno, signor Marsh» rispose l'omino con un filo di voce, alzando appena la testa. Poi, nel silenzio, riprese a far danzare la sua pala e a borbottare un vecchio ritornello.
«Tre i componenti della famiglia celeste. Otto gli arcangeli davanti al cancello. Tre i colpi del diavolo quando s'annuncia».

383

© 2024 All rights reserved
Contatti: lonelyclub31@gmail.com

Printed in Great Britain
by Amazon

4d4ecbb0-1545-40b5-b21c-6b6fe948c541R01